Mondbeben

Bibliografische Information der Deutschen Nationalbibliothek

Die Deutsche Nationalbibliothek verzeichnet diese Publikation in der Deutschen Nationalbibliografie; detaillierte bibliografische Daten sind im Internet über http://dnb.dnb.de abrufbar.

Umschlaggestaltung: BoutiqueBrutal.com
Druck und Bindung: GGP Media GmbH, Pößneck
ISBN 978-3-99027-241-1

MIX
Papier aus verantwortungsvollen Quellen
FSC® C014496
FSC
www.fsc.org

Alles wandelt sich, nichts vergeht.
Ovid, METAMORPHOSEN, 15. Buch

*Wie gefällt Dir mein Bedlam?
Will ich etwas Ernstes thun, so komme ich mir vor, wie Larifari in der Komödie; will er das Schwerdt ziehen: so ist's ein Hasenschwanz …*
Georg Büchner, BRIEFE

Zwischen ihnen entstand eine seltsame Intimität, während sie sich gemeinsam diese Blaupause der Liebe anschauten. Ähnliche Körperbewegungen hatten ihnen einmal mehr bedeutet als alles andere, was die Welt zu bieten hatte. Der Akt der Lust und der Akt der Liebe sind dasselbe; er läßt sich nicht vortäuschen wie ein Gefühl.
Graham Greene, UNSER MANN IN HAVANNA

Ich habe es Liebe genannt, aber es war etwas anderes – auf Deutsch nennt man es Bejahung.
Frieda Lawrence

*Sunset is an angel weeping
Holding out a bloody sword …*
Bruce Cockburn, PACING THE CAGE

Es wandelt niemand ungestraft unter Palmen, und die Gesinnungen ändern sich gewiß in einem Lande, wo Elefanten und Tiger zu Hause sind.
Johann Wolfgang von Goethe

So oft es ging, trat er nachts ans Fenster und betrachtete den Mond, wenn er sich sehen ließ, den scharfen Bogen seiner Gestalt, und wenn er, in anderen Nächten, voll und rund wie ein Muttertier am Himmel hing und zitterndes Licht über ihn floß, spürte er das Echo der Gravitation und mußte hinaus ins Freie, um ihm ganz nahe zu sein, zu sehen, wie sich Wogen aus Gestein in die Krater ergossen und der ganze Himmelskörper in tektonischer Erhabenheit zuckte.

I.

DAS LETZTE LEBEN

Ein paar Stunden noch, dann würden sie da sein. Helen hatte den Fensterplatz, sie schlief. Jedenfalls rührte sie sich nicht, als er aufstand, um sich die Beine zu vertreten. Er stellte sich vor den Bordtoiletten an, hatte fast sieben Stunden durchgehalten. Es brannte ein bißchen beim Wasserlassen und stach, und war gleich wieder vorbei. Er dehnte und reckte sich, ehe er zurückging und sich wieder neben Helen setzte. Er wischte sich die Hände an der Hose trocken und versuchte, sich nichts anmerken zu lassen. Sieben Stunden sind gar nichts, wenn man sich einen Film im Bordkino anschaut, in einem Prospekt der *Hidden Pearl Resort Company* blättert und ein, zwei Gläschen trinkt. Helen hatte sich die ganze Zeit nicht bewegt.

Nach der Landung hatten sie ihr Gepäck zu der Reihe von Taxis getragen, die vorm Terminal warteten. Ein weißer Mercedes mit rosafarbenem Schriftzug hatte geblinkt, neben ihnen gebremst. Der Fahrer hatte ihnen zugewunken und seinen hocherhobenen Daumen gezeigt.

Hotel *Rosemilk*, hatte er gerufen. Ja!

War ausgestiegen und hatte ihr Gepäck im Kofferraum verstaut, während sie im Fond Platz genommen hatten.

Service, hatte er gesagt, als er losgefahren war.

Als sie nichts sagten, probierte er es mit Welcome und so, und Olav legte Helen eine Hand aufs Knie und nickte.

Egal.

Sie fuhren zum Hafen und dort wie in einem Rutsch auf die Fähre nach Zifere Island.

Als die Fähre abgelegt hatte, stiegen sie aus dem Wagen, aber das Deck war zu voll, und sie konnten sich kaum bewegen, außerdem war es viel zu heiß, Tiere und Autos standen in der Sonne. Wenn man die Augen schloß, hörten sich die Wellen wie Donner an. Aber irgendwie war es ein schönes Gefühl zu schaukeln.

Er fühlte sich leicht verkatert und nahm alles zu deutlich wahr, und das gefiel ihm nicht. Später würde er alles so sehen, wie es wahrscheinlich wirklich war, frei von Erwartung und ohne jede Beschönigung. Ein Schwarm orangegefiederter Vögel kreiste unter den Wolken, hielt plötzlich inne und stürzte sich kopfvoran in die Wogen.

Was sind das für Vögel? fragte er Helen.

Mir ist ein bißchen nicht so gut, sagte sie.

Er führte sie an die Reling, wo sie heftig atmete. Im Prospekt hatten sie gelesen, daß bei klarem Wetter drüben auf dem Festland sogar die Landebahn des Flughafens auszumachen wäre, und sie suchten die Küstenlinie ab, bis sie die Landebahn erkennen konnten: ein schwarzer Strich am Horizont.

Und was sagst du jetzt?

Ich kann jetzt nichts sagen, sagte sie.

Haben wir nicht alles gut gemacht?

Besonders du, sagte sie.
Für dich, sagte er.
Kennen wir uns?
Und ob!

Das Zimmer war okay. Es war frisch gestrichen, und der Fliesenboden wirkte sauber, hallte bei jedem Schritt. Ein paar vertrocknete Fliegenkadaver hingen im verdrillten Moskitonetz. Die Matratzen waren hart und knarzten wie alte Bretter, als sie sich hinlegten.

Zwei, drei Nächte, sagte er.

So schnell wird es nicht gehen, sagte sie.

Vielleicht eine Woche oder so, sagte er.

Sie streichelte ihn, halb schon im Schlaf, unendlich langsam.

Ich kann gar nicht genug getrunken haben, um gleich schlafen zu können, sagte er. Schließlich fängt man nicht jeden Tag ein anderes Leben an.

Im Flugzeug hätte ich fast geweint, sagte sie.

Warum?

Weil es so anstrengend ist, uns zu entkommen, sagte sie.

Im Flugzeug war doch alles in Ordnung, sagte er.

Erinnerte sich an die Schläge der Angst in seinem Kopf, in seinem Bauch und daran, wie er sich festgehalten hatte, als er ein paar Tropfen schwarzen Bluts in der Kloschüssel bemerkte, hatte die Spülung gedrückt, nachdem er sich trockengetupft hatte, hatte in den Spiegel gestarrt und versucht, sich wieder zu erkennen.

Laß uns runtergehn und was trinken.

Wir waren unten und haben was getrunken.

Er hatte nicht davon gesprochen. Auch als sie aufgewacht war, hatte er nicht davon gesprochen.

Der Ventilator eiert, sagte er. Hörst du nicht, wie er eiert?

Sei froh, daß er eiert, sagte sie. Das heißt, daß er arbeitet.

Das Ding arbeitet nicht, es eiert, sagte er. Hat dich schon was gestochen?

Das Repellent ist große Klasse, sagte sie. Sparsam im Verbrauch.

Sparsam im Verbrauch, sagte er.

Ich weiß selber, was ich gesagt habe, sagte sie.

Das Repellent ist sparsam im Verbrauch, sagte er.

Dann lag er einfach da und wartete, ihr Atem wie ein Gebirge neben ihm. Die Nacht stieß ihm Dornen in die Haut, und er riß sie sich heraus, um nicht einzuschlafen. Es ist nichts, sagte er sich, versuchte, es ehern klingen zu lassen. Er spürte eine angenehme Leere im Bauch, rollte sich auf die Seite und wartete auf den Schlaf, lag wach und hörte dem Tuckern des Ventilators zu, das sich anhörte, als würde etwas Schaufelartiges Körperflüssigkeiten umrühren. Unten in der Hoteldisco wurde das Sound-System hochgefahren. Bässe wummerten durch den Fliesenboden. Die Trommeln der Eingeborenen, dachte er, verschrottet. Er erinnerte sich an die Gegenden, durch die sie auf dem Weg zum Hotel gefahren waren, Hütten aus Blech, Zelte aus Plastik, gelbe und rote Erde, von Öllachen durchtränkt, die Straßenbankette mit Müll übersät. Das Licht ein weißes Messer, das an den Farben schabte. Ein Spruchband, über die Straße gespannt, die ins

Zentrum führte: *Willkommen auf Zifere Island – Insel der Inseln!*

Er schloß die Augen, hörte ihrem Atem zu, stellte sie sich jung und nackt vor, wie sie gewesen war, so viele Jahre, lange, lange Zeit, betastete sein Gesicht, seinen Bauch, zog die Knie an, um auch sie betasten zu können. Weiter wollte er nicht. Helen, dachte er, hast du eine Ahnung, wie ich dich liebe, Helen.

Sie hatten sich mit Mr Moses, dem Makler, per Mail am nächsten Morgen im Restaurant des Hotels verabredet, um anschließend das Objekt zu besichtigen, das sie zu erwerben vorhatten. Und er konnte nicht einschlafen, lag da, nackt in seinem Schweiß, fror wegen des Ventilators und wegen des Repellents und erinnerte sich daran, wie alles anfing.

Ein paar Blättchen Rost rieseln auf ihn herab, als die Eisentür hinter ihm zufällt.

Danke, daß du pünktlich bist, sagt sie.

Er kann nicht anders, muß lachen, weiß nicht, was er sagen soll, und sagt: Kein Problem!

Sie küßt ihn auf die Wange. Dann hängt sie sich bei ihm ein, als hätte sie es extra für heute geübt, und sie gehen ein Stück, ohne etwas zu sagen. Es ist noch immer ein bißchen wie Hofgang, und das sagt er ihr.

Sie winkt ein Taxi heran, und sie steigen ein.

Zu dir oder zu mir?

Netter Witz! Er lacht sogar. Schließlich lebt sie in seiner Wohnung. Ich bin nicht wählerisch, sagt er.

Im Schlaf klangen Helens Atemzüge wie ein ruhiger, leiser Gesang. Er stand auf und trat auf den Balkon.

Unten im Hotelpark leuchteten Lampions, und hinterm Küchentrakt schimmerte der Ozean, auf den ein unablässiger Regen von Sternschnuppen niederging.

Er zog sich leise an, machte sich auf den Weg hinunter in die Bar.

Die dunklen Gesichter der Frauen wirkten fast schwarz im Licht, das aus den Spiegeln fiel. Auf der Hotelterrasse vor der Bar gab es eine kleine Tanzfläche aus gewachstem Beton, aber niemand tanzte, die Nacht war noch zu schwül. Er orderte beim Barmann ein Bier, stellte sich mit der Flasche ans Terrassengeländer. Im Pool schwamm der Mond, es roch ein bißchen faulig. Hinterm Pool zweigten weißlich leuchtende Kieswege ab, die durch den Park zum Strand führten. Unter einem zwergwüchsigen Baum standen eine Frau und ein Mann, kaum zu erkennen im Schatten des Blätterdachs. Die Frau lehnte mit dem Rücken am Stamm, während der Mann sie und den Stamm zu umarmen schien. Sie waren zu weit weg, als daß er gehört hätte, was sie sich sagten, er betrachtete lieber die Sterne, die den Himmel mit dem Gewicht ihres Lichts fast zum Einsturz brachten. Er hob die Flasche, winkte dem Barmann.

So ist der Mensch.

Das sagte er oft und gern und meinte damit auch sich selbst.

An der Börse und im Casino abzocken, immer dem Traum vom großen Geld hinterher und überall gewinnen, lukrativ investieren im spielerischen Wechsel von Fluchten und Reisen – und immer wissen, wo einem etwas gehört und wieviel davon. Während er auf das zweite Bier wartete, dachte er an seinen Vater, der eines Tages erst mittags aufgestanden, aus dem Haus gegangen und nie mehr zurückgekommen war. Das war zwar traurig gewesen, aber immer noch viel besser, als an einen toten Engel denken zu müssen.

Der Barmann brachte ihm das zweite Bier, die Flasche war beschlagen, und das Kondenswasser tropfte auf seinen Bauch. Das Paar unterm Baum war jetzt lauter geworden, ihre Stimmen schnitten scharf durch die weiche Nacht, und während er zusah, wie Stern um Stern im Ozean unterging, erinnerte er sich an seine Flitterwochen in einem Hippieparadies in Indien, wo man sogar den Toten Drogen gab. Der Mond aus Honig und jedes Wort Musik. Jetzt schrie die Frau plötzlich, würgte, als ihr der Mann in den Bauch schlug, und das kurze Schweigen, das darauf folgte, hörte sich fast belanglos und vernünftig an. Er wandte sich ab, weil er wollte, daß ihn das nichts anging.

Machen Sie die Musik lauter, sagte er zum Barmann. Die Musik! Lauter!

Tut mir leid, lauter geht nicht, sagte der Barmann.

Ich will das da draußen nicht hören, sagte er.

Haben Sie ein Problem? fragte der Barmann.

Im Moment nur Sie, sagte er.

Tut mir leid, Sir! Was kann ich für Sie tun?

Sagen Sie dem Mann da draußen, er soll aufhören, die Frau zu schlagen. Ich möchte nicht, daß meine Frau aufwacht.

Das ist gleich vorbei, sagte der Barmann und hebelte eine neue Flasche für ihn auf. Er nahm sie, trank sie mit zurückgelegtem Kopf zur Hälfte aus, während er draußen über die Tanzfläche ging. Die Frau unterm Baum war auf allen Vieren und versuchte aufzustehen.

Er ging zu ihr hinunter, sagte Hallo! Hier, trinken Sie, sagte er. Sie hob den Kopf und nahm einen Schluck. Brauchen Sie einen Arzt? Kommen Sie! Er streckte die Hand aus, um ihr beim Aufstehen behilflich zu sein, aber sie kam ohne seine Hilfe auf die Beine, indem sie sich am Stamm hochzog. Als sie stand, nahm sie ihm die Flasche ab und trank sie aus. Prima, sagte er. Im gleichen Augenblick knickte sie ein, hakte sich bei ihm unter. Ein Zuviel an Nähe. Schlaf, meine Liebe! dachte er. Sie war ein kleines bißchen größer als er, obwohl sie leicht gebückt ging.

Er trug, sie an seiner Seite, die leere Flasche in die Bar. Ich glaube, sie braucht Hilfe, sagte er zum Barmann.

Sie braucht einen reichen Freund, sagte der Barmann. Alles, was sie braucht, ist ein reicher Freund mit einem großen Schwanz!

Das haben Sie nicht gesagt, sagte er.

Natürlich nicht, sagte der Barmann.

Er faßte sie unter und führte sie zu den Toiletten. Hier ist für Damen, sagte er. Dann ging er zurück in die Bar und wartete.

Als sie zurückkam, sah sie auf den ersten Blick so aus, als wäre nichts gewesen, hockte sich auf einen der Plastikhocker am Tresen; er war aufgeschlitzt, fauchend entwich die Luft.

Besser?

Sie nickte.

Was war los?

Männer, sagte sie.

Ich würde eher auf Arschloch tippen, sagte er.

Sag das nicht, du, sagte sie.

Mir, sagte er, macht es nichts aus, den Mund zu halten. Ich, sagte er, schrei nicht rum!

Danke, sagte sie.

Ich lade Sie ein, sagte er.

Sie nickte.

Was wollen Sie trinken?

Ich weiß nicht, sagte sie.

Ein Bier?

Sie nickte. Kraftvoll, fordernd irgendwie.

Immer gern, sagte der Barmann.

Rührte in den Eiswürfeln, machte Krach.

Trinken Sie, sagte er, als die Flasche vor ihr stand, wie von Tau beperlt.

Gut, sagte sie, als sie die Flasche ausgetrunken hatte. Dann sah sie ihn an.

Ich will nicht wissen, wie Sie heißen, sagte er.

Ich heiße, wie Sie wollen, sagte sie.

Noch eins?

Schön, sagte sie. Möchten Sie tanzen?

So toll ist das Leben nun auch wieder nicht, daß man dauernd tanzen müßte, sagte er und dachte, was für ein Bild er abgeben würde, falls Helen ihm vom Balkon aus zusähe.

Ich an Ihrer Stelle würde zur Polizei gehen, sagte er.

Sie an meiner Stelle? sagte sie. Ich will mich nicht umsonst ficken lassen!

Sie heißt Assumpta, sagte der Barmann.

Und du Arschloch, sagte sie zu ihm.

Wie kommen Sie nach Hause? fragte er sie.

Ich schwimme, ich fliege, sagte sie.

Sie können das, sagte er. Sie sind jung und kräftig.

Sie umarmte ihn überfallartig, drückte ihm ihren

Kopf ins Gesicht, ihre Haare wie aus Draht geflochten.

Er wandte sich ab und ging hinaus auf die Terrasse, um sich noch einmal vom Nachtwind anwehen zu lassen, schaute der Band zu, die ihr Equipment aufbaute. Alte Männer mit langen Haaren und langen Bärten, die sich so langsam bewegten, als würden sie zwischen ihren Schritten in Trance fallen. Während er ihnen zusah, fühlte er sich wie verwandelt, fühlte sich wie jemand, den er nicht kannte, fremd in seinem Körper.

Als er zurück ins Zimmer kam, weckte er Helen, küßte sie.

Was ist los mit dir?

Nichts. Alles gut. Bin bloß glücklich.

AUTOPILOT BABYLON

Und als er die Augen aufschlug, kam sie bereits fix und fertig aus dem Badezimmer, zeigte auf die offenstehende Balkontür und sagte: Schau, wie blau!

Wie hast du geschlafen?

Gut, sagte sie. Bißchen geträumt, aber sonst gut, wirklich gut!

Und was hast du geträumt?

Kann mich nicht mehr richtig dran erinnern, sagte sie. Da war eine Wolke aus Gold am Himmel, und die ist heruntergefallen und in tausend Stücke zersprungen. Scherben bringen Glück. So viele Scherben!

Mr Moses holt uns nach dem Frühstück ab, sagte er.

Du bist dran!

Dran mit was?

Mit Hygiene, sagte sie.

Nachdem er sich rasiert und geduscht hatte, entleerte er sich in die Toilette. Bevor er spülte, kontrollierte er mit einer gewissen Vorsicht die Farbe seiner Ausscheidungen in der Porzellanschüssel. Aber da war nichts. Nichts und nichts. Was für ein Tag!

Er ging hinaus auf den Balkon, wo Helen halbnackt in einem Liegestuhl lag und sich sonnte. Sonnenflecken geisterten zwischen den Bäumen im Hotelpark, als er hinunterschaute und den Baum suchte, unter dem gestern Abend die Frau geschlagen worden war; ihr Name fiel ihm nicht mehr ein.

Fertig? sagte Helen.

Er nickte, ging zurück ins Zimmer, zwang sich, sich auf das Kommende zu konzentrieren, und das Kommende war Mr Moses, der Makler. Im Prospekt der *Hidden Pearl Resort Company* war ein Foto von ihm: ein Mann mit großen Augen und einem großen Mund, der das Lächeln beherrschte, als würde er vor Gottes Betschemel knien. Seine Lippen waren voll und gekerbt, wie geritzt sahen sie aus.

Er sah zu, wie Helen sich anzog.

Mach Klunker! sagte er.

Sie band ihm die Krawatte.

Im Restaurant war für Frühstück gedeckt. Er nahm sich Früchte vom Büfett, ließ sich Kaffee aus dem Automaten. Helen hatte sich Rühreier und ein Paar Würstchen genommen, kaute knirschend auf einer Scheibe Toast.

Weißt du was? Weißt du, was wir machen? Wir werden uns einfach selber bekochen. Wir kaufen alles auf dem Markt und machen uns richtig gutes Essen, sagte sie plötzlich.

Viel Fisch, sagte er.

Herrlich, sagte sie.

Alles, was wir wollen, sagte er. Ich kaufe ein, und du kochst.

Einkaufen ist Frauensache, sagte sie.

Na gut, sagte er, dann fahre ich mit den Fischern hinaus.

Wie weit?

Zu den … wie heißt das … Fanggründen, heißt es, glaube ich, sagte er. Zu den Fanggründen …

Gar nicht so ungefährlich in deinem Alter, sagte sie.

Er küßte sie auf die Nasenspitze, die leicht nach Schweiß schmeckte.

Weißt du, jetzt hab ich ein gutes Gefühl, sagte sie.

Prima, sagte er, dann sind wir ja schon zu zweit!

Holte sich noch eine Tasse Kaffee am Automaten.

Wir werden es gut haben, du und ich, sagte er.

In dieser Reihenfolge?

In dieser Reihenfolge! sagte er. Erst du, dann ich! Und wenn ich dich dann eingeholt habe, sind wir am Ziel unserer Wünsche!

Gehört sich zwar nicht, sagte sie, als sie sich über den Tisch beugte und ihn küßte; ihre Lippen schmeckten nach Tee und Toast, ein wenig bitter.

Das alles ist nur für uns, sagte er. Wenn es uns gefällt, kaufen wir das Haus, und wenn wir es nicht mehr wollen, ziehen wir einfach weiter, woandershin. Wir dürfen es bloß nicht vollstellen, damit wir beweglich bleiben und jederzeit wieder gehen können. Wir werden keine Spur von uns hinterlassen.

Nicht einmal den Schatten eines Schattens, sagte sie.

Er schaute ihr zu, wie sie ihren Tee trank, mit welcher Andacht. Das liebte er am meisten an ihr: daß sie alles so ganz und gar hingebungsvoll tat.

Mr Moses kann kommen, sagte sie.

Wir sind vor der Zeit, sagte er.

Dann machen wir noch einen kleinen Spaziergang am Strand, sagte sie.

Die Kieswege waren frisch geharkt, sie glänzten im Morgenlicht wie poröses Aluminium. In den Büschen und Hecken rumorten Scharen von Vögeln, die so bunt und so laut waren, daß es eine Weile dauerte, sich daran zu gewöhnen. Der Kiesweg endete am Meer. Sie machten ein paar Schritte in den Sand, durch den sich gelblichgraue Schlieren in der Färbung verwitterten Elfenbeins zogen; überall lag angeschwemmter Plastikmüll. Es herrschte Ebbe, und die Sonnenschirme und Liegestühle standen weit vom Wasser entfernt, das sich draußen weiß im Licht brach. Er schirmte die Augen ab und versuchte, irgendwo dahinter das Festland zu erkennen, den schwarzen Strich der Landebahn am Horizont. In der Nähe spielten ein paar Jungen Fußball, sie waren fast nackt, und ein kleines Mädchen lief zwischen ihnen herum, das vergebens versuchte, den Ball zu fangen. Er legte einen Arm um Helen und drückte sie an sich, und so standen sie da und beobachteten die Parade der Krabben, die aus grünen Löchern im Sand stelzten und sich unter Plastikfetzen versteckten.

Muß schön gewesen sein, sagte er. Vor hundert Jahren oder so …

Olav, sagte sie.

Sie kehrten um.

Komm zu dir, sagte sie.

Bin schon da, sagte er.

Bin schon da. Und so war es.

Helen ging noch schnell hoch aufs Zimmer und machte sich frisch, und er wartete in der Lobby, bis sie wieder herunterkam. Mr Moses erwartete sie schon im Restaurant. Als er sie hereinkommen sah, stand er auf und kam ihnen ein paar Schritte entgegen. Er wirkte nett. Sie schüttelten sich die Hände, setzten sich zu ihm an den Tisch, den er für sie freigehalten hatte. Mr Moses trug einen blütenweißen Jeansanzug und ließ alle seine Zähne sehen, als er lächelte und sie mit erwartungsvollem Blick ansah.

Sie lächeln schön, sagte Helen.

Weil ich mich freue, sagte Mr Moses. Darf ich Sie zu etwas einladen, Mrs Ostrander, Mr Ostrander?

Wir haben gerade gefrühstückt, sagte Helen.

Und Sie sind gut untergebracht?

Bestens, sagte Helen. Direkt über der Bar. Das gefällt meinem Mann.

Sie lachten.

Wie war die Reise?

War keine Reise, bloß ein Flug, sagte er.

Aha, sagte Mr Moses. Dann sagte er: Es ist alles vorbereitet, und wenn Sie wollen, machen wir uns gleich an die Arbeit.

An welche Arbeit? fragte er.

So sagt man, sagte Mr Moses, oder? Ob sie nicht noch einen Schluck zur Stärkung bräuchten?

Zu früh, sagten sie.

Mr Moses klappte einen Aktenordner auf und blätterte gewissenhaft durch das karge Konvolut von Schriftstücken, während er ihnen fortwährend versicherte, daß sie mit dem Erwerb ihres himmlisch gelegenen Anwesens einen verdammt guten Kauf tätigen würden. Ein Prachtstück von einem Schnäppchen! sagte er. Sie haben das Geld?

Zehn Prozent Anzahlung!

Kein Problem am Zoll?

Kein Problem!

Ich möchte nicht zu neugierig sein, sagte Mr Moses, aber verraten Sie mir, wo Sie es versteckt hatten.

Geheimnis, sagte er.

Sie hatten einen ziemlichen Packen Bargeld in großen Scheinen zusammengerollt in einen Fön gesteckt, dessen Innereien sie herausgenommen hatten, hatten es so durch den Zoll geschmuggelt; eine zweite Tranche hatte er im Futter eines Bauchgurts mitgenommen, dicker alter Mann, dem das Geld aus den Rippen quoll. Geld war das Material, mit dem sich die Existenz panzern ließ, war fast schon wie eine Droge gegen den Tod. Während Armut etwas Endliches war, kannte die Vorstellung von Reichtum kein Ende, war grenzenlos.

Unser Termin mit dem Anwalt steht fest? fragte Helen.

Ich warte noch auf seinen Anruf, sagte Mr Moses. Aber er ist natürlich informiert.

Fein, ergriff er das Wort, das beste Wort zwischen Ja und Nein.

Also so schnell es geht, sagte Helen.

Und keine Weltreisen in den nächsten Tagen, sagte Mr Moses. Gefällt Ihnen die Insel?

Ich glaube, sie ist groß genug, um nicht auf Schritt und Tritt zu merken, daß es eine Insel ist, sagte er.

Keine Angst, wir werden uns nicht verlaufen, sagte Helen.

Kommen Sie, ich zeige Ihnen alles! sagte Mr Moses.

Auf dem Parkplatz des Hotels wartete der weiße Mercedes mit dem rosafarbenen Schriftzug auf sie. Der Fahrer hob die Hand zum Gruß.

Das ist Mr Hominy, sagte Mr Moses.

Hallo, Mr Hominy!

Sie nahmen auf der Rückbank Platz, während sich Mr Moses nach vorne neben den Fahrer setzte.

Okay? fragte Mr Moses.

Okay! riefen sie.

Hielten sich an den Händen.

Und was machen Sie beruflich? fragte Mr Moses.

Nichts, sagte er.

Nichts, sagte Mr Moses. Ich verstehe.

Früher hab ich als Debt Collector gearbeitet, sagte er, um es nicht peinlich werden zu lassen.

Ich verstehe, sagte Mr Moses.

Er hat für ein Inkassobüro gearbeitet, sagte sie.

Guter Job, sagte Mr Moses.

Ich hab gutes Geld verdient, sagte er.

Gutes Geld ist das beste Geld, sagte Mr Moses.

Und dann zeigte er hierhin, dorthin, und alles, was sie sahen, hatten sie so oder so ähnlich schon einmal gesehen, vielleicht sogar woanders. Es war offensichtlich, daß der Fahrer Anweisung hatte, nur die Straßen zu nehmen, die in gutem Zustand waren.

Es dauerte nicht lange, bis sie die Stadt hinter sich gelassen hatten und auf der Küstenstraße dahinfuhren, nach kurzer Zeit sah es bald wirklich so aus wie auf den Fotos, die ihnen Mr Moses gemailt hatte: Palmenalleen und hohe Tore aus lackiertem Metall, ab und zu das blaue Rechteck eines Pools, der Straßenbelag glatt und tintenschwarz, so daß man das Rollen der Räder kaum noch spürte.

Was sagen Sie? fragte Mr Moses vorne.

Was sagen wir?

Danke, sagte Helen.

Und dann sahen sie wieder hinaus in den unaufhörlichen Wechsel von Blau und Grün – und dann, als die Gegend langsam ländlich wurde, kam das Village in Sicht.

Ja, sie hatte am Tag seiner Entlassung vorm Tor gewartet, und es hatte irgendwie kitschig gewirkt, wie sie da auf ihn wartete. Sie küßten sich wie Fremde, waren sich noch nie so nahe gewesen.

Ich hab dir keine Blumen mitgebracht, weil ich nicht weiß, ob du Blumen magst, sagte sie.

Lieb von dir, sagte er.

Sie gingen ein Stück. Glasscherben, Stacheldraht. Tore aus Eisen. Dann nahmen sie ein Taxi und machten Station in einer Tagesbar. Auf einer beplüschten Bühne spielte eine Blondine Blues auf einer Tuba.

Und was machen wir hier?

Hochzeit feiern, sagte sie und bestellte Champagner.

Das erste Glas tranken sie ziemlich schnell.

Wie geht's deinem Ex?

Weiß nicht. Hoffentlich nicht gut.

Gleich darauf bestellte sie die nächste Flasche, und er trank ein paar Gläser mehr als sie, weil er ins Leben zurückgekehrt war und weil die Liebe auf ihn gewartet hatte. Als Helen beschwipst war, stellte er der Blondine ein Glas Champagner auf die Bühne und fragte sie, ob sie einen schönen alten, langsamen Blues für sie spielen könne. Dann tanzten sie, er mit Helen und Helen mit ihm, und als der Abstand zwischen ihnen geringer wurde, umarmten sie sich, ließen sich nicht mehr los, und es war einfach schön, ein bißchen glücklich und ein bißchen traurig zu sein. Näher war sie ihm nur gewesen, als er sie im Flur ihrer Wohnung hochgehoben und an die

Wand gelehnt hatte, sie hatte nicht einmal geheult, als sie ihre Zähne am Boden liegen sah. Als sie anfingen, betrunken zu werden, ließen sie sich ein Taxi kommen. Du bist mein Gast! Und er sagte Danke. Und er meinte es so.

Vor seiner Wohnung gab sie ihm die Schlüssel zurück, und er schloß auf, packte sie und trug sie über die Schwelle, trug sie von Zimmer zu Zimmer, was schnell passiert war, trug sie auf den Balkon. Auf dem Balkon, der zu ihrer ehemaligen Wohnung gehörte, spielte ein afrikanisches Mädchen. Sie winkten ihm, und es winkte zurück.

Hat sogar im Sommer einen Pullover an, sagte sie.

Gibt so viele heiße Länder, sagte er.

Dann gingen sie wieder hinein, und er versuchte, sich zu erinnern, wann das war, daß er hier gelebt hatte.

Endlich sagte er: Warum hast du mich nie besucht?

Es hätte dir bloß wehgetan, sagte sie.

Obwohl es noch Tag war, hatte sie im Bad das Licht angemacht und ihm ihre Narben gezeigt. Sie waren weiß geworden, winzige Senken im Gewebe; er hatte sie gestreichelt. Dann, im Bett, hatten sie sich aneinander geklammert und alle Worte verloren, auch die erfundenen. Hinterher lagen sie nebeneinander, die Erde hatte einen winzigen Ruck gemacht, und sie beide hatten ihn gespürt. Draußen war draußen, irgendwo.

Und nach einer Weile sagte sie: Glaubst du, ich weiß nicht, was du für mich getan hast?

Nicht genug, sagte er, sonst wäre er nicht mehr am Leben. Sie küßte ihn, damit er nicht weiterreden konnte. Ich hätte ihn gern umgebracht, sagte er. Dann schwieg er lieber und betrachtete ihre Nacktheit wie ein fernes Bild, so unwirklich nach all diesen Einsamkeiten des Fleisches, denen er unterworfen gewesen war.

Wir müssen nicht dauernd reden, sagte sie. Also hörten sie Musik. So leise, daß sie langweilig wurde. Darüber schliefen sie ein.

Als er aufwachte, sah er, wie sie eine Reisetasche durchs Zimmer schleppte und eilig alles mögliche Zeug hineinpackte; eine Weile bekam sie gar nicht mit, daß er wach geworden war und ihr zusah, und dann, als sie es merkte, winkte sie ihm, ein bißchen so, wie es das afrikanische Kind vom Balkon gegenüber immer tat.

Gleich kommt mein Taxi, sagte sie.

Haust du ab?

Würde dir so passen, sagte sie. Muß nur schnell für ein paar Tage verreisen. Todesfall in der Familie. Vor einer Stunde kam der Anruf.

Tut mir leid, sagte er.

Ich glaube, du glaubst mir nicht, sagte sie.

Viel Vergnügen, sagte er.

Du glaubst mir also wirklich nicht, sagte sie.

Und ob, sagte er.

Gut so, sagte sie, streichelte ihm im Vorbeigehen das Haar aus der Stirn. Ich ruf dich an, sagte sie ein ums andere Mal, so bald ich kann, jeden Tag! So oft du willst!

Laß mich nicht allein, sagte er.

Ich komm wieder, sagte sie. Wenn ich weg bin, tränkst du die Blumen und fütterst die Gorillas im Keller, und wenn ich zurückkomme, ist hoffentlich niemand im Kleiderschrank versteckt, sagte sie.

Versprochen! Dann sagte er: Ich kann dir die Tasche runtertragen.

Ich liebe kräftige Männer, sagte sie. Wenn sie mich nicht verprügeln.

Im gleichen Moment klingelte es, und sie nahm die

Tasche und ging, wie ein Geist aus einem Märchen. Die Leere, die sie im Zimmer hinterließ, machte ihn ganz klein und schwach. Er blieb noch eine Weile liegen und rotierte im Kopf.

In einem Supermarkt besorgte er sich einen Vorrat an Alkoholika, schleppte das Zeug in die Wohnung und packte es in den Kühlschrank. Er nahm eine Flasche und ging hinaus auf den Balkon, winkte dem afrikanischen Mädchen gegenüber, falls es da sein sollte. Machte das ein paarmal, während er trank. Dann wartete er auf Helens Anruf, wissend, wie sinnlos es war, jetzt schon damit anzufangen. Später schlief er wieder ein, träumte vom Knast, träumte von Helen, und das war dann alles.

Mitten in der Nacht zog er los und schaute sich die Besoffenen auf der Straße an, eine Schädelschau Verrückter. Von allen Sprachen, in denen rumgeschrien wurde, verstand er kein einziges Wort. Und er lief herum, bis es hinter seinen Augen zu schneien anfing.

Als es draußen dämmerte, war er wieder in der Wohnung, nahm den CD-Player in Betrieb und ließ Deep Into The Water von Wyckham Porteous spielen, endlos immer wieder, tanzte durch die Wohnung, tanzte auf dem Balkon, suchte den schönsten letzten Stern am Himmel. In der Pause vorm nächsten Track hörte er die Türklingel. Er nahm eine Flasche, tanzte zur Tür. Es war der afrikanische Mann, der mit seiner Familie Helens Wohnung bezogen hatte. Sie machen meinem Kind Angst, sagte er.

Nein, nein, sagte er. Wollen Sie etwas zu trinken?

Vielleicht ein andermal, sagte der Mann.

Bis zum Abend hatte er gewartet, ehe er zu ihnen ge-

gangen war, hatte einen Strauß Blumen für die Frau besorgt, einen Beutel süßer Schleckmuscheln für das Kind und für den Mann einen Porzellankaktus, der mit Schnaps gefüllt war. Er hatte sich die Zähne geputzt und Bonbons gelutscht und entschuldigte sich für sein Benehmen, wurde hereingebeten und ins Wohnzimmer geführt, wo Teppiche an den Wänden hingen. Auf dem Balkon stand ein Eimerchen mit Sand zum Spielen. Man bat ihn, Platz zu nehmen, und die Frau machte ihm eine Tasse Pulverkaffee, den er wohlweislich nicht anrührte. Alle wollten wissen, wo Helen war, und er sagte, er wüßte es selbst nicht so genau. Jemand in der Familie sei gestorben. Als er aufstand, um sich zu verabschieden, sagte das Kind, das besser Deutsch sprach als seine Eltern, daß sie aus Afrika gekommen wären, und er sagte, er kenne keinen Menschen, der nicht aus Afrika komme, denn alle Menschen seien früher oder später aus Afrika gekommen und erst hier seien sie weiß geworden. So wie er und noch ein paar. Auch wenn es eine Ewigkeit gedauert habe. Sie lächelten nachsichtig ob seiner Offenbarung. Kinder? fragte die Frau. Eins, sagte er. Aber es ist tot. Der Mann bekreuzigte sich. Er bedankte sich für den Kaffee.

Der Wagen hielt vor dem Objekt, das sie aus den Fotos im Internet kannten, und sie mußten feststellen, daß die Bilder eine Spur idyllischer gewesen waren, näher an der Herrlichkeit der Vorspiegelungen.

Sie sahen sich an.

Alles in Ordnung.

Sie stiegen aus.

Rochen die Luft.

Ihr Grundstück grenzte an eine Schottertrasse. Mr Moses sperrte das Tor auf. In einem kleinen Anbau unterhalb der Terrasse befand sich, flankiert von zwei Flammenbäumen mit rissiger Rinde, der Dieselgenerator für die Klimaanlage. Bevor sie ins Haus gingen, machten sie eine Runde um den Pool, der am Ende der Schräge ziemlich tief war. Zur Terrasse, holzverschalt, führten zwei, drei Stufen hinauf; sie war fast so geräumig wie das dahinterliegende Wohnzimmer, das durch eine gläserne Schiebetür zu betreten war. Vom Eßzimmer führte eine Tür in die Küche, die mit einer etwas geschmacklos geratenen Kochzeile ausgestattet war. Es gab noch, ebenfalls ebenerdig, ein winziges Gästezimmer. Im ersten Stock befanden sich ein Balkonzimmer und ein geräumiges, im Schatten eines Baumes liegendes Schlafzimmer mit Durchgang zu einem Badezimmer mit Bidet und allem Drum und Dran. Als sie mit dem Rundgang fertig waren, konnte er nicht anders, sagte, nicht schlecht!

Luxus, sagte Mr Moses.

Helen sagte nichts.

Sie ging durchs Haus, von Fenster zu Fenster, öffnete und schloss jede Tür, knipste jeden Lichtschalter an und aus, aber es kam kein Licht, drehte an den Armaturen im Bad und drückte die Toilettenspülung, aber es kam kein Wasser. Er folgte ihr von Zimmer zu Zimmer, hielt ihr die Türen auf, verbeugte sich jedesmal vor ihr. Im Erdgeschoß inspizierte sie die Küchenzeile, Backofen und Kühlschrank, Fritteuse, Mikrowelle, Geschirrspüler. Er folgte ihr hinaus auf die Terrasse, wo sie ein paarmal mit den Füßen auf die Fliesen stampfte und ihm zeigte, wohin sie die Tröge mit den Pflanzen stellen würde. Plötzlich fielen sie sich in die Arme.

Dann riefen sie Mr Moses, der im Schatten des Carports stand und die Rasengevierte zwischen den Parkbuchten musterte.

Ich glaube, es gefällt uns, sagte er.

Ich mag es, am Ende der Welt zu wohnen, sagte sie, stürmte durch den Garten zum Pool, breitete die Arme aus, als wollte sie das Haus und sie alle umarmen.

Mr Moses winkte ihr zu. Ich frage Sie erst gar nicht mehr, ob Sie es kaufen werden, sagte er. Er schwitzte, aber bei ihm sah es gesund aus, fast nachahmungswürdig. Der Eigentümer der Liegenschaft, erläuterte er, sei eine dem Präsidenten nahestehende Person, die nicht öffentlich in Erscheinung treten möchte, und er, Mr Moses von der *Hidden Pearl Resort Company*, sei damit betraut worden, die Abwicklung zufriedenstellend zu gewährleisten. Darf ich fragen, ob Sie die zehn Prozent des Kaufpreises, die für die Errichtung des Vorvertrags fällig werden, hierhergebracht haben?

Dürfen Sie! Haben wir!

Das macht ja alles ziemlich einfach, sagte Mr Moses. Ich habe die notarielle Vollmacht, die bei Unterzeichnung des Vorvertrages fällig werdende Anzahlung auf die Kaufsumme entgegenzunehmen und treuhändisch zu verwalten, bis Sie die Restsumme auf das Konto unseres Notars überwiesen haben werden. Im übrigen gehe ich davon aus, daß der Verkäufer noch ein paar Prozent Nachlaß gewähren wird.

Darf ich Sie zur Housewarmingparty einladen? fragte Helen.

Gern, sagte Mr Moses, aber womit habe ich das verdient?

Ja war das schnellste Wort, schneller als jedes Nicken, ein Faustkeil in die Wälle der Zukunft. Hier sind wir. Jetzt, da sie Ja gesagt hatten, verschloß Mr Moses Tür und Tor hinter ihnen und fragte, ob er sie ein Stück mitnehmen könne? Sie sagten, daß sie noch gern die Gegend erkunden würden und ließen ihn ohne sie zurückfahren.

Mr Moses stieg zu Mr Hominy ins Taxi, und obwohl es ganz langsam davonfuhr, rissen die Reifen jede Menge Staub aus dem Schotter. Sie blieben zurück und umarmten sich. Dann sahen sie sich um. Die Aussicht war auf ein paar mit dürrem Gestrüpp bewachsene Dünenkämme beschränkt, die den Horizont ziselierten. Vom Verkehr auf der Küstenstraße war kaum etwas zu hören.

Komm, sagte sie.

Er folgte ihr auf dem Pfad, der zum Strand führte. Hinter den Dünen der Gezeitenwind, der donnernd übers Meer fuhr und es aufriffelte.

Halt mich fest, sagte sie, als sie außer Sichtweite waren.

Er tat es.

Nicht loslassen, sagte sie, bitte.

Sie sahen das Festland am Horizont, eine Ahnung grüner Berge im Feuer der Sonne.

Schau dir diesen Wind an, sagte sie.

Sie zogen ihre Schuhe aus, gingen barfuß weiter.

Der Sand unter ihren Füßen rauh und heiß, und bald gingen sie bis zu den Knien im Meer. Er nahm ihre

Hand, damit sie von keiner Woge fortgetragen werden konnte. Licht leuchtete unter den Wellen, die Sonne stand kopf, alles konnte möglich sein. Die ganze Zeit redeten sie kein Wort. Es gab nichts zu sagen, außer daß es ihnen schön vorkam. Der Rest war Realität.

Sie waren ein ziemliches Stück gegangen, als sie zu einer Art Strandbar kamen, nicht mehr als eine wagemutig zusammengezimmerte Hütte, die schon mehreren Stürmen getrotzt zu haben schien; davor, in einer Art Laube aus Schilf, standen Bänke und Tische, primitiv, robust.

Wir müssen feiern, sagte er.

Als niemand kam, sie zu bedienen, ging er hinein, kaufte zwei Flaschen Bier und ein Schälchen Erdnüsse bei einem Mann, der in einer Hängematte geschlafen hatte, nahm alles mit hinaus, sagte Danke zu ihr.

Sei nicht so, sagte sie.

Ich bin dir wirklich dankbar, sagte er.

Sagst du mir, warum?

Weil ich ohne dich nicht hier wäre, sagte er.

Dann sind wir quitt, sagte sie.

Sie tranken.

Das Bier war ein bißchen zu warm.

Dann saßen sie einfach nur da und schauten sich um. Weiter draußen schob sich der Koloß einer Fischfabrik aus dem Horizont, und die graue Linie, die zwischen Wasser und Sand verlief, wurde von den Behausungen am Ortsrand zerstückelt, wo der Rauch von Kochfeuern aufstieg. Und weil es so schön war und ein anderes Leben versprach, vergaßen sie für einen Augenblick alles, sogar sich selbst. Und das dauerte so lange, bis sie die Nüsse gegessen hatten.

Zum Begräbnis ihres Onkels war Helen eine Woche weggeblieben, und als sie zurückgekommen war, hatte sie gesagt, mach dich auf etwas gefaßt!

Mach ich, sagte er, etwas anderes fiel ihm nicht ein.

Wir haben Geld, mein Lieber! Das heißt, du hast eine reiche Frau!

Ich weiß nicht, was ich sagen soll, sagte er. Danke?

Am besten erstmal gar nichts, sagte sie.

Sie weinte, wie Frauen es tun, wenn die Männer es nicht fertigbringen.

Er bemerkte die schwarzen Furchen unter ihren Augen, aber er sagte nichts, sagte nichts, während sie sich umsah, als wäre sie jahrelang nicht mehr hiergewesen. Drüben stand die afrikanische Familie auf dem Balkon und winkte ihnen, als wären sie alle Passagiere eines steinernen Schiffs, tief in Wolken versunken.

Wir sind reich, sagte sie. Naja, ein bißchen …

Besser als gar nichts, sagte er.

Ich hab geerbt, sagte sie. Bloß damit du es weißt.

Wenn man Geld hat, sagte er, kommt man nicht zurück! Man schleppt es um die ganze Welt und überallhin, bloß nicht hierher.

Und sie sagte: Du bist da! Ist das nichts?

Erzählte ihm von einem glutofenähnlichen, staubgemarterten Friedhof, von verbranntem Marmor und rissigem Granit, zerzausten Kränzen, von ein paar alten Leuten, die zum Begräbnis gekommen waren, Trauergäste, die sich an ihre Muttersprache zu erinnern versuchten. Ein Kinderchor, sagte sie, hat am Grab gegen den Wind angesungen, er hat so stark geweht, als könne er ihre Schatten vom Erdboden wegfegen. Hinterher habe sie der Notar des Verstorbenen in seine Kanzlei chauffiert und das Testament eröffnet. Sie habe eine Ewigkeit gebraucht, bis sie auch nur annähernd etwas verstanden habe, während der Notar ihr immer wieder zu ihrer Erbschaft gratulierte und sie im Anschluß an die Formalitäten sogar zum Abendessen einladen wollte. Mich, sagte sie, eine reiche Frau! Er hat mich bis zum Lift verfolgt und mir angeboten, mein Vermögen zu verwalten, wenn es sein muß kostenlos.

Ich möchte nicht auf deine Kosten leben, sagte er.

Mir ist lieber, du trinkst etwas, sagte sie.

Später, wenn ich alles verstanden habe, sagte er.

Da gibt es nichts zu verstehen. Ich habe Geld, und wir werden leben. Wie wir wollen und wo wir wollen. Anders kann ich es nicht sagen. Plötzlich sagte sie: Wie geht's meinen Blumen?

Gut, glaube ich, sagte er. Hab sie jeden Tag ein paarmal gegossen.

Und die Gorillas im Keller?

Feiern deine Wiederkehr!

Und du?

Nüchtern durch die Wüste, sagte er.

Jetzt möchte ich doch etwas trinken, sagte sie.

Ich auch, sagte er, vielleicht zu schnell.

Sie tranken ein bißchen, bis sie sich wohlfühlten. Haut an Haut lagen sie dann nebeneinander, und er sagte, er komme sich vor wie bei einem verlängerten Hofgang in Damenbegleitung, und sie sagte, er sei ungerecht, und er sagte, nein, er sei verzweifelt, weil er keinen Job finde, und sie sagte, er brauche keinen Scheißjob, er sei lebenslänglich ihr Gast.

Als er wach wurde, surfte sie im Internet, und einen Augenblick wußte er nicht, war es Tag oder Nacht. Er schaute ihr zu, wie sie versuchte, die Welt größer zu machen, als sie sie sich vorgestellt hatten. Sie klickte drauflos, während der Gestank einer Dönerbude durchs Fenster hereinwehte, fremdes Geschrei. Zufällig geriet sie auf die Site einer Maklerfirma namens Hidden Pearl Resort Company, die verschiedene Objekte in einer neuerrichteten Wohnanlage auf Zifere Island zum Kauf anbot. Weiße Häuser, blauer Himmel, blaues Meer, der Strand, die Wüste, nette Leute, die für ein Lächeln alles tun, und alles nur elf Flugstunden entfernt. Auf hübsch gemachten Videoclips sahen sie sich das Land an, die Hauptstadt, die Insel, auf der sich die Wohnanlage befand, alles tropisch gediegen, sogar ein bißchen protzig, und irgendwie gefielen ihnen die Objekte auf Anhieb so gut, daß sie per Mail den Verkäufer kontaktierten und sich weiterführendes Informationsmaterial erbaten, das prompt geliefert wurde. Unter anderem erhielten sie vom Makler, einem gewissen Mr Moses, einen schriftlichen Lobgesang in arg gewähltem Englisch, in dem sie schon im voraus beglückwünscht wurden, zu den Auserwählten zu gehören, denen sich die einmalige Gelegenheit bieten würde, ein bezaubernd-entzückend luxuriöses Refugium im tropisch-kolonialen Ambiente inmitten eines exotischen Paradieses erwerben zu können. Da, sagte sie, unglaublich! Sagte das, während sie längst in einem gemächlich schaukelnden Sightseeing-Bus durch den Hauptort der Insel zockelten und dann weiter, hinaus zu den Stränden, ein paar Kräne ragten ins Bild. Schon vergessen das tote Grün des Nordens, die Leblosigkeit des Lichts, als sie wieder von Foto zu Foto scrollte und eine Serie von Domizilen auffächerte, Tore und Türen einladend geöffnet, Pools, flankiert von

Bananenbäumen und Blütendickicht, unter dem sich Metallzäune verbargen. Ein Videoclip, gut gemacht, der das Haus ihrer Wahl von allen Seiten zeigte. Das Gebäude war im Bungalowstil errichtet, wirkte massiv, solide. Dann streifte die Kamera über das gesamte Areal, und sie konnten erkennen, daß jede Parzelle mit einem hohen Eisenzaun eingefaßt war. Im Hintergrund Masten mit Videokameras, bei deren Anblick sie lachen mußten, weil sie nicht glauben mochten, daß auch nur eine einzige funktioniert. Leider, hieß es im Subtext, kann das Objekt nicht mit Meerblick aufwarten, da es sich im hinteren Teil des Resorts befindet, also an die Rückseite des Dünenkamms grenzt, dafür ist es aber um einiges erschwinglicher.

KAUFEN SIE – BEVOR ES JEMAND ANDERES TUT!

Nett, sagte er.

Sehr nett, sagte sie. Eigentlich wunderschön!

Und einen Augenblick später zeigte sie ihm Port Kaia, einen grünbraunen Klecks vor der Küste, wie losgerissen, fortgeschwemmt ins Blau des Meeres, dieses Blau, das jede Landkarte in einen Himmel verwandelt, in einen Himmel tiefer als jeder Ozean. Zwischen der Insel und der Hauptstadt auf dem Festland bestand eine Fährverbindung, und natürlich verfügte die Hauptstadt auf dem Festland über einen modernen Airport, der von etlichen internationalen Fluglinien angeflogen wurde. Unter anderem war die Insel berühmt für die Population einer seltenen mausähnlichen Lemurenart, die vom Aussterben bedroht war, da die Tiere es sich zur Angewohnheit gemacht hatten, Landminen aus dem letzten Bürgerkrieg auszugraben.

Sie schauten auf die Bilder, die in steter Folge ver-

schwanden und wiederkamen, bis es den Anschein hatte, als rückten sie allmählich näher und würden größer als ihre Augen, größer als ihre Köpfe und, letztendlich, größer als die Welt.

Ich glaube, das möchte ich mit eigenen Augen sehen, sagte sie.

Teuer, sagte er.

Wir werden sie runterhandeln, sagte sie, markierte das Objekt und ersuchte um weiterführende Informationen.

Nach ungefähr fünf Minuten antwortete per Mail ein gewisser Mr Moses, begrüßte sie persönlich und beglückwünschte sie zu ihrem Interesse.

Mr Moses, sagte sie. Mr Moses führt uns ins gelobte Land.

Amen, sagte er und küßte sie.

Mein Koffer hat Segel, sagte sie.

So hatte es angefangen, so war es gewesen. Damals haben sie noch ein bißchen weitergetrunken und sich vorgestellt, dort, an Ort und Stelle, am Pool zu sitzen und den Orchideen beim Wachsen zuzuschauen. Später haben sie das Foto vom Haus ausgedruckt und sind zu ihren afrikanischen Nachbarn gegangen, um es ihnen zu zeigen und sie zu fragen, was sie davon halten würden. Das Kind hat schon geschlafen, und die Leute sagten nach einem Blick auf das Haus – vielleicht auch nur, weil es schon spät war –, so ein schönes Haus hätten sie noch nicht einmal im Traum gesehen.

Helen hatte ihm Glück gebracht, Glück, ein schwaches Wort. In seinen Träumen trug sie eine Art Flügel. Aber er sagte ihr nichts davon. Schon um sie nicht zu erschrecken.

Das ist wie Musik, wenn der Wind mit den Wellen spielt, sagte er.

Bißchen laut, sagte sie.

Werden wir gleich haben, sagte er, ging in die Hütte und schleppte eine riesige Boombox ins Freie.

Mach dich bereit!

Der Besitzer der Hütte brachte einen Stapel zerkratzter CDs und nochmal zwei Flaschen Bier.

Er schob etwas von Burning Spear in den Player, *Fly Me To The Moon*. Ein paar Takte lang hörte es sich an wie der Ventilator im Hotelzimmer. Dann packte ihn der Rhythmus, und er tanzte zwischen den Tischen, schwitzte heftig, gab auf, obwohl Helen Beifall klatschte. Er wischte sich den Schweiß ab, ging wieder in die Hütte und zahlte.

Als sie weitergingen, ärgerte er sich ein bißchen, weil sie nicht mit ihm getanzt hatte. War trotzdem nett gewesen. Schließlich lag noch der ganze Tag vor ihnen.

Ich weiß schon, sagte sie.

Was weißt du? fragte er.

Daß ich nicht alles richtig mache, sagte sie.

Niemand kann alles richtig machen, sagte er.

Es hätte dir gefallen, sagte sie.

Was?

Mit mir zu tanzen! sagte sie.

Und als er schwieg, sagte sie: Mit mir zu trinken!

Scheiß auf die Reihenfolge, sagte er.

Ich kann nicht mitten am Tag tanzen und trinken, sagte sie. Es geht einfach nicht!

Sie hielten sich in Richtung Küstenstraße. Der Asphalt war weich geworden, das Bankett rostige Erde, die bei jedem Schritt hochpuffte, die Abwasserkanäle voll mit fauligem Müll. Mopedfahrer kurvten um sie herum, die wabernden Wolken der Abgase hüllten sie ein. Die Fassaden der Gebäude stockfleckig von Salz, Staub und Schimmel, dazwischen Läden, die chinesische oder libanesische Billigwaren verkauften.

Im Zentrum stauten sich Pick-ups und Tuk-Tuks in den Straßen, Taxis, Busse, dazwischen Tiere mit Lasten und Menschen mit Lasten, Pyramiden von Plastikeimern und Zementsäcken, Obstkisten und Kleiderballen auf beiden Seiten der Straße, der Asphalt saugte an den Sohlen. Am Sklavendock filmten ein paar versprengte Touristen die Grube, in der die menschliche Ware bis zum Abtransport in Eisen gehalten worden war; ein hiesiger Künstler hatte ein paar von ihnen fast lebensgroß aus Ton nachgebildet und die Figuren in echte Ketten gelegt; die Ketten waren verrostet, und wenn es regnete, hockten die Figuren bis zum Bauch im Wasser, wie in einem heidnischen Swimmingpool.

Als sie auf ihrem Zimmer waren, duschten sie und legten sich aufs Bett. Manchmal stank der Ventilator nach verbranntem Gummi. Im Kopf ging er wieder und wieder durchs Haus, sah sich zu, wie er durchs Haus ging, ungefähr so, als würde ein Schläfer einen Träumer beobachten.

Als er nach einer Weile wieder zu sich kam, lag Helen nicht mehr neben ihm. Er rief sie, stand auf, klopfte an die Tür zum Badezimmer, zog sich an und ging hinunter in die Lobby und hinaus, durch den Park zum Meer. Sie lag oben ohne im Schatten einer Palme auf einem Liegestuhl. Da bist du ja, sagte er, hockte sich neben sie in den Sand.

Hast du schlafen können?

Keine Ahnung, sagte er.

Hier sind überall Kinder, sagte sie.

Wo?

Sie zeigte auf den Stacheldraht, ihr Finger glich einem kleinen Vogel. Und jetzt sah er sie auch, die Kinder, die sie meinte, wie sie ihnen zuwinkten, winzige Gestalten, die wirkten, als wäre die Welt zu groß für sie. Er sagte nichts, als ihm auffiel, daß sich die Gläser ihrer Sonnenbrille beschlagen hatten.

Nach einer Weile stand sie auf und legte sich neben dem Liegestuhl bäuchlings in den Sand. Am Horizont der Ozean. Hotelangestellte zogen breite Rechen über den Strand, um ihn von allem zu säubern, was die Gezeiten an Land geschwemmt hatten. Sie grüßten, wenn sie in ihre Nähe kamen, und hinter ihnen warfen die Kinder Abfälle über die Barriere aus Stacheldraht. Er fühlte sich trotzdem wohl. Alles war so weit weg, und er fühlte sich wohl. Heute war heute und jetzt war jetzt. Alles mögliche fiel ihm jetzt ein, Blitze aus den Kammern des Vergessens. Bilder havarierter Tanker, wie sie durch Korallenriffe pflügten, staubige Jeeps, die in rasender Fahrt Bocksprünge über Schlaglöcher vollführten, während schwarze Flaggen flatterten. Er legte eine Hand auf die heiße Haut ihres Rückens, spürte die Kraft, mit der das Blut durch sie strömte; sie schlief oder träumte, er wußte es nicht, vielleicht hatte sie einfach keine Lust zu reden. Er streichelte sie, küßte sie zwischen die Schulterblätter. Es wird alles gut, sagte er. Sagte es auch zu sich. Dann stand er auf und watete ins Meer, tauchte den Kopf unter Wasser und weinte.

Als er zurückkam, hockten ein paar junge Männer rings um sie im Sand, magere Gestalten in verwaschenen Hemden und Hosen, die es irgendwie über den Stacheldraht geschafft hatten. Eigentlich gefiel es ihm sogar, daß sie von ihnen angemacht wurde: ein Beweis, daß er nicht blind gewesen war, damals, als er sich in sie verliebt hatte. Er setzte sich zu den jungen Männern, als würde er zu ihnen gehören, und es dauerte elend lange, bis sie ihn endlich wahrnahmen und einer nach dem anderen aufstanden und weggingen.

Verehrer, sagte er.

Tut gut, sagte sie.

Hier könntest du jeden Tag ein paar Liebhaber haben, sagte er.

Und was ist mit nachts?

Nachts hast du mich.

In der Hotelbar bestellten sie eine Kleinigkeit zu trinken und nahmen draußen auf der Terrasse Platz. Und natürlich sprachen sie über das Haus und was sie alles tun würden, um es wohnlich zu machen, denn schließlich sollte es Höhle und Bunker, Leuchtturm und Startrampe gleichzeitig sein, Archiv all ihrer Fluchtbewegungen. In den Märchen lebten die Zwerge in den Bärten der Riesen.

Später gingen sie auf ihr Zimmer. Er schaltete den Ventilator ein und sah zu, wie sie Bluse und Rock auszog und unters Moskitonetz kroch. Sie hatte noch immer feste schlanke Beine, nur der Gummibund ihres Bikinihöschens schnitt ihr etwas tiefer ins Fleisch; ihre Brüste waren noch immer rund, bewegten sich kaum, wenn sie ihre Lage veränderte, und ihr Gesicht, kam ihm vor, kannte er seit tausend Jahren. Er hockte sich neben sie auf die Matratze und legte ihr einen Finger auf die Lippen, weil er nicht reden wollte, strich ihr mit der anderen Hand die Haare aus dem Gesicht, küßte sie auf die Stirn. Sie rückte zur Seite, so daß er sich neben ihr ausstrecken konnte. Dann nahm er sie in den Arm, mit einem Gefühl, das nichts mit wilder Trauer zu tun hatte, etwas, wofür er dankbar war, dankbar, aber auch ein bißchen verlegen. Ich liebe dich, dachte er. Und während er das noch dachte, schlief er ein und träumte davon, ihr, die in seinem Traum wachlag, ein Märchen zu erzählen, ein Märchen, das genau so lange dauern würde, bis sie eingeschlafen wäre und ihre eigenen Träume hätte.

Als er wieder aufwachte, ging er ums Bett herum auf ihre Seite und legte ihre Arme so, daß sie nirgends herabhingen. Ein winzig kleines Tröpfchen Schweiß stand ihr auf der Stirn; er ließ es, wo es war, weil es so zierlich aussah.

Da er nichts mit sich anzufangen wußte, setzte er sich auf den Balkon und schaute über den Park zum Meer, nichts hielt seinen Blick. Unterm Balkon wurden von einem Lieferwagen Getränkekisten abgeladen; es dauerte eine Weile, bis der Radau aufhörte. In all dem Licht, das die Wolken zerriß, kam ihm sein Kopf vor wie ein Grab, voll mit Bildern der Erinnerung an sich und sein Leben, und er wußte nicht, ob die Liebe oder der Tod das größere Geheimnis war. Er gab acht, kein Geräusch zu machen und nirgends anzustoßen, als er vom Balkon ins Bad ging, mit nackten Füßen, weiß wie Pinguinbäuche. Er stellte sich vor den Spiegel und ließ die Hose herunter: Sein Schwanz wirkte normal, vollkommen normal, auch die Hoden hingen ordentlich aus einem grauen Nest. Erweckung war das Losungswort.

Gut.

Unten in der Lobby ging es ihm gleich besser, das Personal lächelte ihn an, und er lächelte zurück. Eine sechsköpfige Familie badete draußen im Swimmingpool, nach einiger Zeit konnte er das Geschaukel ihrer Köpfe nicht mehr ertragen.

Der Barmann kam auf die Terrasse, um seine Bestellung aufzunehmen.

Heiß heute, sagte der Barmann.

Sagen Sie mir, wann es zum letzten Mal nicht heiß war, sagte er.

Da müßte ich vielleicht meine Eltern fragen, sagte der Barmann. Aber meine Eltern sind schon lange tot.

Die würden es auch nicht wissen, sagte er.

Bestellte Bier. Große Flasche.

Während er den ersten Schluck nahm, dachte er an Mr Moses, der jetzt sicherlich vor einem Spiegel probte, sich wie ein reicher Mann zu benehmen. Plötzlich war er sich nicht mehr ganz sicher, ob das Haus wirklich genug Zuflucht bot. Immer noch besser als gar nichts, dachte er, und viel mehr, als andere hatten. Man konnte dort schlafen und träumen und sich die Einfachheit, die Einfalt der Tage zur Gewohnheit werden lassen, bis sie sich eines Tages wie die Strafe des Alters anfühlen würde. Festgeschrieben. Unumkehrbar.

Einmal war ihm, als sähe er Helen auf dem Balkon ihres Zimmers, eine Gestalt zwischen Schlaf und Traum, und ihn befiel eine Ahnung von den vielen Abgründen, die es dazwischen gab. Als er beim zweiten Bier war, kam Helen zu ihm heraus und sagte, da bist du. Er rückte ihr den Stuhl zurecht, und sie nahm Platz. Wie lange wird es dauern?

Was?

Bis das Geld da ist?

Zwei, drei Tage, denke ich.

Wir haben doch alles richtig gemacht, oder?

Was sonst?

Es lähmt mich.

Was?

Diese Untätigkeit.

Du kriegst noch genug zu tun. Was möchtest du trinken?

Was du hast!

Er ging in die Bar und sagte es dem Barmann. Der Himmel drängte nicht mehr so herab, als sie angestoßen hatten, die Wolken lagen nicht mehr so krumm auf der Seite.

Wir könnten ein paar Möbelläden abklappern, sagte sie.

Machen wir, morgen früh, sagte er.

Und was machen wir jetzt?

Nichts, außer da zu sein.

Und das taten sie dann.

Sahen zu, wie an den anderen Tischen die Gäste bedient wurden und wie ein paar Musiker ihre Anlage aufbauten, alte Männer mit Regenbogenmützen auf dem Kopf, die seltsam abwesend wirkten und ewig lange ihre Instrumente stimmten; aber selbst das, wenn man wollte, klang schon ganz gut. Dann verschwanden sie wieder irgendwohin, und andere Gäste kamen. Mr Moses in Begleitung eines Mannes in Polizeiuniform, herausgeputzt und wichtigtuerisch, beide wurden vom Barmann mit einer Verbeugung begrüßt und zu einem Tisch geleitet. Mr Moses winkte ihnen zu, und sie winkten zurück, und der Mann in Polizeiuniform hob grüßend die Hand, und sie grüßten zurück. Alles war gut, einfach, leicht. Etwas später gesellte sich noch ein anderer Mann zu Mr Moses und dem Mann in Uniform an den Tisch. Er trug einen Anzug aus feinem Tuch, der wie ein mit Feuchtigkeit vollgesogener Sack an ihm hing, und auch er grüßte in ihre Richtung, nachdem ihn Mr Moses auf sie aufmerksam gemacht hatte. Nachdem er ihm eine Weile zugehört hatte, erhob er sich und kam an ihren Tisch.

Lassen Sie sich nicht stören, Ms, Mr Ostrander! Mein Name ist Kuttu, und ich bin Ihr Anwalt. Nach dieser Begrüßung überreichte er Helen ein teuer aussehendes Visitenkärtchen, sagte, der Eigentümer der Liegenschaft sei eine dem Präsidenten nahestehende Person, die nicht öffentlich in Erscheinung treten wolle, und seine Wenigkeit sei dazu bestellt worden, alles zufriedenstellend abzuwickeln.

Darf ich Sie zur Housewarmingparty einladen? fragte Helen.

Ich fühle mich geehrt, sagte Mr Kuttu. Dann trat er den Rückzug an. Wir haben uns bekannt gemacht, und jetzt wünsche ich Ihnen einen schönen Abend. Wir sehen uns nicht das letzte Mal! Er ging an seinen Tisch zurück.

Er weiß, wie man sich benimmt, sagte sie.

Er sagte nichts.

Mr Moses hätte ihn uns vorstellen müssen, sagte sie.

Dann hätte er uns auch den Polizisten vorstellen müssen, sagte er.

Der Kerl ist mir zu fett, sagte sie. Zu laut und zu fett.

Aber du hörst ihn doch gar nicht, sagte er.

Aber er hat dauernd den Mund offen, sagte sie.

Weil er Hunger hat und Durst, sagte er.

Untersteh dich, ihn einzuladen!

Nehmen Sie Platz! Meine Frau kauft Ihnen ein Haus! Nichts zu danken! Beugte sich zu ihr übern Tisch und küßte sie. Spürte die Härte ihrer Zähne.

Du mußt mir sagen, wenn dir etwas nicht gefällt, sagte sie.

Du gefällst mir, sagte er.

Glück gehabt, sagte sie, lachte. Weißt du, manchmal, da frage ich mich tatsächlich, ob man mit einem Mann einen Mann vergessen kann. Ich meine, ob man wirklich einen Mann braucht, um einen anderen Mann vergessen zu können. Wir hätten ein Kind haben können, hätten wir uns eine Sekunde eher kennengelernt.

Mir kommen Kinder vor wie verwunschene Tiere, sagte er.

Wie reizend, sagte sie.

Ohne Zähne, ohne Stachel.

Als die Band zu spielen begann, stieß er mit ihr an, auf die Zukunft und alles, trank und lehnte sich zurück. Fiel in sich hinein, blieb dort, nur er mit sich, wer immer das sein mochte.

Bald würden die Sterne ihre Lieder singen.

Unterm Tisch streckte er seine Hände aus und legte sie auf ihre Knie, drückte, sachte, zog sie zurück, als Assumpta an ihrem Tisch vorbeikam; sie würdigte ihn keines Blicks, und er war ihr dankbar dafür, daß sie so tat, als würden sie sich nicht kennen, war gleichzeitig aber auch ein bißchen enttäuscht, denn schließlich war er es gewesen, der ihr das Blut abgewischt hatte, gestern oder wann das gewesen war. Er sah ihr aus den Augenwinkeln hinterher, wie sie durch den Hotelpark zum Strand hinunterging. Sie bewegte sich, als wäre ihr Leib voller Erde. Äffchen turnten in den Bäumen, ahmten das Schreien der Vögel nach.

Ich hätte nicht krank werden dürfen, sagte Helen.

Er sagte nichts, wartete auf den Barmann.

Hörst du, ich hätte nicht krank werden dürfen!

Du bist nicht krank, sagte er.

Ich bin krank und betrunken, sagte sie.

Du bist weder krank noch betrunken, sagte er. Du bist du, ob du krank oder betrunken bist, du bist immer du.

Ich hätte Kinder gewollt, sagte sie. Wenigstens eins.

Ich weiß, sagte er.

Du hast wenigstens eines gehabt, sagte sie.

Ich sage jetzt nichts, sagte er.

Tut mir leid, sagte sie.

Und du weißt, warum, sagte er.

Tut mir wirklich leid, sagte sie. Es ist nur, weil… weil ich Kinder liebe, weißt du.

Wir teilen uns fast das gleiche Los, sagte er. So sagt man doch?

Ich weiß nicht, ob man so sagt. Ich weiß nur, du bist nett und daß ich von dir gern ein Kind gehabt hätte.

Manchmal geht eben alles ganz anders, sagte er.

Auch nicht schlecht, sagte sie, lachte.

Endlich lachte sie.

Obwohl die Abenddämmerung längst verflogen war, war es immer noch zu heiß für ein Glas Champagner. Bald würden sie eine Flasche in ihrem neuen Zuhause aufmachen, ein volles Glas in den Pool schütten, was, wie es hieß, Glück bringe. Ein Affe sprang über die Terrasse, und bei seinem Anblick erinnerte er sich merkwürdigerweise daran, in einem Reiseführer gelesen zu haben, daß es hierzulande die größten Ratten aller Herren Länder gab.

Die Terrasse hatte sich inzwischen mit Gästen gefüllt, und die ersten Lampions begannen zu leuchten. Jede Nacht ein Fest. Gelbes und rotes Licht kreiste hinter Helens Kopf. Er musterte ihr Gesicht, das im wechselnden Licht wie falsch geschminkt aussah, erinnerte sich, wie sie durch seine Träume gegangen war, endlos dahin, wie er ihr gefolgt war und wie sie an jedem Horizont auf ihn gewartet hatte. Immer ein Stück voraus …

Ich mag das, wenn der Boden nachgibt, sagte er. Wenn das Harte aufhört. Wenn man weich fällt. Mag es, wenn ich neben jemandem liege, der im Schlaf meinen Namen sagt. Verstehst du? Wieviel Jahre haben wir noch?

Und wenn schon, sagte sie. Kein Grund, sich jeden Tag zu betrinken.

Es gibt auch alkoholfrei, sagte er. Limonade, Eselsmilch, Rosenwasser …

War's das?

Und Kindertränen, sagte er. Für Genießer.

Tu mir nicht so weh, sagte sie.

Heute abend tanzen wir, sagte er.
Hauptsache, das Geld kommt an, sagte sie.
Es wird ankommen, sagte er. Warum nicht?

Dann spielte die Band die erste Nummer. Die Musik fuhr zwischen ihre Worte. Sie saßen da, hörten zu. Das eine oder andere Paar ging auf die Tanzfläche. Nach ein paar Stücken hatte der Bongospieler, dann der Schlagzeuger ein Solo, und dann trommelten sie zu zweit, wurden leiser und langsamer, als Assumpta auftrat und den Titel des Songs ansagte, den sie singen würde: *Die Liebe der Nacht.*

Und wenn wir uns lieben,
sang sie,
so unendlich lieben, Liebster,
dann werde ich ganz klein in meiner Haut,
ein seufzender, stöhnender Zwerg ohne Worte,
und mein Blut fließt durch jeden deiner Blicke,
die mich betören, schwächen und stärken
für diesen fernen, nahen Moment,
an dem wir dann mit unseren Schatten
tanzen werden.
Komm näher!
Halte mich!
Komm näher!
Halte mich!

Es war nicht schlecht gemacht, ein bißchen zuviel Baucharbeit, Gewackel und vergeudete Inbrunst, aber durchaus mehr als eine Karaokekopie. Noch bevor der Applaus richtig einsetzte, war der Police Officer aufgesprungen und walzte selig klatschend zu ihr ans Mikrofon, versuchte ein Küßchen und stand ihren Verbeugungen im Weg, bis sie sich endlich abwandte und mit hocherhobenen Armen so lange zwischen den Tischen umherging, bis sie von einem Gast aufgefordert wurde, sich zu ihm zu setzen.

Helen hatte seine Blicke bemerkt. Findest du sie schön?

Es geht nicht um Schönheit, sagte er.

Oh, sagte sie.

Es geht darum, daß sie ihr Leben lebt und daß sie das ziemlich gut macht, obwohl ihr ins Gesicht geschrieben steht, daß sie ganz andere Träume hat.

Du redest, als würdest du sie kennen, sagte sie.

Ich war noch nie hier, wenn du das meinst, sagte er. Auch in keinem anderen Leben! Wollen wir tanzen?

Hauptsache, sie singt nicht, wenn wir tanzen, sagte sie.

Sie nahmen noch einen Schluck, bevor sie aufstanden. Er nahm sie an der Hand und führte sie auf die Tanzfläche, und sie tanzten, und einmal küßte er sie, als sie sich nahe kamen, überfallartig, und sie sagte, nicht vor allen Leuten, aber er mußte es wieder tun, so gut gefiel es ihm. Dann wurde der Rhythmus schneller, und im nächsten Moment schwitzten sie großzügig, wie er es nannte, als sie wieder an ihrem Tisch waren und austranken.

Sie winkten Mr Moses und dem Mann in Polizeiuniform, als sie aufbrachen. Mr Kuttu war schon gegangen.

Als sie auf ihrem Zimmer waren, hörten sie die Musik wie durch hallende Wände. Sie machte den Anfang mit Körperpflege, verschwand im Bad, während er an der Balkontür Posten bezog und auf die Geräusche achtete, die von der Terrasse heraufdrangen, aber

Assumpta sang nicht mehr. *Komm näher! Halte mich!* Im nächsten Moment mußte er plötzlich ein bißchen zu dringend urinieren, und es strengte ihn an, locker zu bleiben, während Helen sich mit Abschminken alle Zeit der Welt ließ. Seit er im Flugzeug diese Mischung aus Himbeerwasser und Fischblut gepißt hatte, fühlte er sich immer öfter von einer Angst erfaßt, die größer war als er selbst – und trotzdem so tief in ihm, gleich einem anderen fremden Körper. Als Helen dann aus dem Badezimmer kam, sagte sie, morgen abend tanzen wir wieder.

FERN VON WO

Wie zwei blasse Tauben hockten sie am nächsten Morgen auf dem Bettrand, nickten sich zu.

Ja? sagte er. Ja! sagte sie.

Dann rief sie Mr Moses an.

Er hörte zu, wie sie mit ihm sprach. Wie sie sagte, sie hätten beschlossen, das Haus zu kaufen und würden, falls erforderlich, noch heute ihrer Bank die Anweisung geben, die Kaufsumme auf Mr Kuttus Konto zu transferieren. Dann hörte sie zu und nickte ein paarmal, legte auf und sagte, soll dich von ihm grüßen.

Und?

Er hat sich bedankt! Nein, er hat sich sehr bedankt. Hat mir ein Kompliment gemacht.

Nichts dagegen, sagte er.

Er hat gesagt, ich tanze sehr gut.

Das habe ich dir auch gesagt, sagte er.

Weiß ich nicht mehr, sagte sie. Und dann hat er noch gesagt, wir können ihn Tag und Nacht anrufen, wenn wir irgendwelche Fragen oder Probleme hätten.

Sie konnte gut mit Leuten. Etwas, das auch ihm zugute kam. Er schlug vor, nach dem Frühstück ein paar Möbelläden abzuklappern, und sie sagte, sie habe in ihrem Reiseführer gelesen, daß es in der Hauptstadt drüben eine Shoppingmall europäischen Zuschnitts gebe, aber er meinte, sie sollten sich erstmal die hiesigen Geschäfte anschauen, später, falls sie nichts Passendes finden sollten, könnten sie immer noch die Fähre nehmen, um sich drüben auf dem Festland für ein paar erholsame Sekunden in einer Hollywoodschaukel zu fläzen.

Nach dem Frühstück verließen sie das Hotel und mußten feststellen, daß sie die Morgenkühle verpaßt hatten. Sie verzichteten auf Mr Hominys Dienste und nahmen zwei Mopedtaxis für die Fahrt ins Zentrum. Ihr Haar flog im Wind, und bei jedem Schlagloch, das ihr Fahrer umkurvte, klammerte sie sich an ihn.

Am Sklavendock ließen sie anhalten und suchten in den Nebenstraßen nach Möbelläden. Die wenigen, die es gab, waren in chinesischer Hand, und alles, fast alles, war aus Kunststoff, unbrauchbar. Die Hitze vermittelte ihnen eine Ahnung vom Gewicht der Sonne, und nach einer Weile fühlten sie sich, als hätten sie wochenlang in denselben Kleidern geschlafen. Der Fluß, der das Zentrum in der Mitte teilte, war unter Plastikfetzen verschwunden, die wie schmutzige, ineinander verkeilte Eisschollen wirkten und bis zum Meer hinunterreichten, wo sie von der Brandung zerschlagen wurden. Schön, dachte er, keine Illusionen.

Muß mal, sagte sie plötzlich.

Arg? fragte er. Sie nickte.

Sie schafften es zurück ins Hotel.

Kaum war Helen auf der Toilette, rief Mr Moses an. Störe ich?

Bißchen, nicht sehr.

Alles in Ordnung bei Ihnen?

Meine Frau ist krank geworden.

Falls sie einen Arzt braucht, sagte Mr Moses, gehen Sie am besten mit ihr ins Hospital zu Dr Chalie.

Ins Hospital zu Dr Chalie, sagte er. Wird gemacht!

Sie mögen mich nicht, sagte Mr Moses.

So würde ich es nicht sagen, sagte er.

Wie dann? fragte Mr Moses.

Spielt keine Rolle, sagte er. Sie haben wichtige Freunde.

Das sind keine Freunde, sagte Mr Moses, sondern Verwandte.

Wie praktisch, sagte er.

Mr Kuttu möchte gern wissen, wann von Ihrer Seite aus die Überweisung getätigt wird – oder müssen wir uns gedulden, bis Ihre Frau wieder gesund ist?

Moment, sagte er.

Er klopfte an die Tür zum Bad und rief: Mr Moses!

Es dauerte, bis Helen die Tür einen Spalt öffnete, so weiß hatte er sie noch nie gesehen. Ich kann jetzt nicht, sagte sie.

Er will wissen, ob du der Bank den Auftrag erteilt hast, die Überweisung an Mr Kuttu durchzuführen.

Bin noch nicht dazu gekommen, sagte sie. Sag ihm, ich werde es heute noch erledigen.

Brauchst du Hilfe?

Bleib in der Nähe, sagte sie.

Sie bringt noch heute alles auf den Weg, sagte er zu Mr Moses.

Dann ist ja alles in Ordnung, sagte Mr Moses. Grüße und alles Gute!

Helen blieb bis zum Abend im Bett, kaute Kohletabletten aus der Reiseapotheke, schlief, trank Wasser aus der Minibar und sagte ihm, er solle das Leben genießen, schwimmen gehen. Er blieb lieber bei ihr. Falls sie ihn brauchte. Sie rührte sich nicht. Es war lähmend. Ab und zu ging er auf die Toilette, sein Urin kam wunderbar goldgelb und wurde gegen Ende weiß und schaumig: Seine ganze Angst floß aus ihm heraus, und er konnte es kaum fassen, wie schön dies geheime Glück war.

Als Helen sich wieder besser fühlte, gingen sie hinunter ins Hotelrestaurant, wo er à la carte bestellte: für Helen Fisch im Reismantel und für sich gegrillte Ananas und Muscheln in scharfer Bananensauce. Das Essen war genießbar. Durch die offenstehenden Glastüren wehte ein zarter bitterer Geruch nach Tang. Er mochte es, wenn sie sich ansahen und bemerkten, daß sie sich ansahen, ihre Blicke die Sprache ihrer Augen. Mit einem Blick ließ sich alles erinnern. Mit einem Schweigen ließ sich alles sagen. Er trank Wein zum Essen und Wein nach dem Essen, und manchmal legte sie ihre Hand auf sein Glas, und er küßte den Ring an ihrem Finger.

Nach dem Essen gingen sie hinaus auf die Hotelterrasse und sahen sich um, es war noch nichts los, und sie langweilten sich. Manchmal tippte sich Helen auf den Bauch und verzog das Gesicht, und er riet ihr, etwas Hartes zu trinken. Etwas später nahm ein DJ die Anlage in Betrieb und spielte Calypso und Reggae, laut und satt. Niemand tanzte. Helen meinte, es würde ihnen wohl nicht erspart bleiben, die Fähre zum Festland zu nehmen und sich in der Hauptstadt nach Möbeln umzusehen, und er sagte, all das hätte Zeit, bis sie den Kaufvertrag in Händen hielten. Bis ihnen das

Haus gehören würde. Eigentum von Ms und vielleicht Mr Ostrander. Warum vielleicht? Weil es dein Geld ist! Es ist nicht mein Geld, es ist das Geld meines Onkels. Und der arme Kerl mußte sterben, damit ich es bekomme. Sie begann zu weinen und zeigte auf ihren Bauch. Und er fühlte sich irgendwie hilflos und suchte nach Worten und sagte: Zifere klingt schön, oder? Zifere! Sie nickte und sagte: Irgendwann müssen wir ihn aber auf dem Friedhof besuchen! Das, sagte er, heben wir uns für später auf! Spürte einen süßlichen Geschmack im Mund.

Die Musik ist ein bißchen zu laut, sagte sie.

Wir tanzen trotzdem, sagte er.

Aber sie wollten nicht die ersten und schon gar nicht die einzigen auf der Tanzfläche sein und warteten, ob vielleicht ein anderes Paar den Anfang machte. Bevor es dazu kam, erhob sich am Nebentisch ein Mann, verbeugte sich vor Helen und ihm und bat sie um einen Tanz. Er gab seine Zustimmung mit einem Kopfnicken, das irgendwie viel zu spät erfolgte. Während der Mann Helen zur Tanzfläche führte, trank er einen Schluck, schaute ihnen beim Tanzen zu. Der Mann hatte einen runden, breiten Schädel und war bis hoch hinauf rasiert, seine Bewegungen waren eckig und langsam und wirkten, als schliefe er zwischen seinen Atemzügen einen Sekundenschlaf. Er hatte das Gefühl, ihn schon einmal gesehen zu haben, wenn auch nur flüchtig, und dann war er sich fast sicher, daß er eine gewisse Ähnlichkeit mit jenem Mann hatte, der die Nutte im Park geschlagen hatte. Aber das Licht war schlecht gewesen damals, und jetzt war es nicht viel besser. Plötzlich gelang ihm sogar ein Lächeln, als er dem Mann zusah, der mit Helen über die Tanzfläche walzte, so ungleich war sich das Paar; es sah irgendwie akrobatisch aus, wie sie das machten, und mit gebührendem Neid spürte er die Asche in seinen Knochen. Gott! Selbst wenn er total betrunken gewesen wäre, hätte er es nicht geschafft, ihnen ebenbürtig zu sein. Langsam darfst du sie mir wieder zurückbringen, dachte er. Er trank einen harten Schluck. Als eine langsame Nummer kam, tanzten sie enger; mittendrin machte sich Helen frei, kam zurück an den Tisch.

Puh! machte sie.

Was war?

War mir zu eng!

Der Kerl hat ein Faible für seltene Frauen, sagte er.

Ich glaube, ich würde mir wünschen, daß du jetzt zur Strafe Wasser trinkst!

Von allen Dingen, die ich für dich tun kann, könnte ich mir nichts Schöneres vorstellen, sagte er.

Stand auf und hob die Arme. Ergebung. Vergebung. Und noch während er das tat, stürmte Assumpta die Tanzfläche und tanzte zu Ronnie Davis' *I Won't Cry*. Tanzte mit rollenden, ausladenden Gebärden und in einer Haltung, in der man dunklen Schweiß an ihren Schenkeln herabrinnen sah. Helen klatschte und schrie, so sehr gefiel es ihr. Davon hatte er jahrelang geträumt, an einem Ort wie diesem zu sein, sich in einer Freiheit zu bewegen, die ihn mit seinen ganzen Träumen trug. Im Moment war es zum Verrücktwerden schön.

Er ging auf die Tanzfläche, winkte Helen, zu ihm zu kommen, aber sie traute sich nicht, war befangen. Weil er nicht länger auf sie warten konnte, begann er, sich zu bewegen, und nach einer Weile kam es ihm so vor, als habe man die Lautstärke um ein paar Dezibel hochgefahren. Er bewegte sich heftiger, ruderte mit den Armen, als müsse er Kalk abschütteln und Rost, spürte, wie ihm jemand einen Klaps auf den Hintern gab. Assumpta grinste ihn an, als er sich umdrehte. Er sagte Hallo, ein ziemlich einfältiges, nichtssagendes Wort, wie ihm vorkam. Pfeile flogen ihm durch die Brust, als er die Arme nach Helen ausstreckte, Speere, Lanzen, alle mit glühenden Schweifen, und es zischte in seinem Herzen. Er ging los und holte sie sich, zog sie auf die Tanzfläche. Es dauerte, bis sie sich wirklich bewegte. Sie tanzten. So hatten sie noch nie getanzt, glücklich, daß der Boden hart war wie Glas und die Tatsachen im Augenblick keine Geltung hatten. Sie sprachen kein einziges Wort, während sie tanzten, bewegten sich im Atem des anderen, brennend und frierend im Wechsel zwischen Sehnsucht und Erfüllung. Als der Song zu Ende war und sie von der Tanzfläche abtraten, war es Assumpta, die Beifall klatschte.

Die Nutte, sagte Helen, als sie wieder saßen, hat dich angemacht.

Machen die hier so, sagte er. Naturell. Temperament. Aus der Not keine Tugend, was weiß ich.

Bin ich nicht da? Bin ich vielleicht nicht da? Bin ich vielleicht nicht zufällig mit dir da?

Sie stand auf und ging zu Assumpta, zeigte ihr ihren Ehering, aber Assumpta machte ihr bloß, wie nebenbei, das Arschlochzeichen. Im gleichen Augenblick war der Barmann bei ihnen, hatte die beiden getrennt. Er führte Helen zurück an ihren Tisch.

Sie hat dich nicht anzufassen, sagte Helen, als sie

wieder Platz genommen hatte, hielt den Kopf gesenkt. Laßt die Sau raus, sagte sie plötzlich.

Helen, sagte er.

Ich weiß, wie ich heiße, sagte sie.

Er konnte nicht anders, beugte sich übern Tisch und küßte sie. Dann stand er auf und orderte an der Bar eine Flasche vom besten Wein, den es gab, paßte auf, daß die Flasche in Eis gepackt an ihren Tisch gebracht wurde. Wir haben Geld, sagte er, als wollte er sich irgendwie rechtfertigen. Schon vergessen? Aber eigentlich, dachte er schuldbewußt, hätte sie das sagen müssen. Sie tranken den Wein, er war kalt und gut. Sie blieben noch eine Weile, sahen den Leuten beim Tanzen zu. Dann waren sie betrunken und flogen über Brücken.

Während sie sich im Bad für die Nacht zurechtmachte, trank er draußen auf dem Balkon den Rest aus der Flasche, die er mit aufs Zimmer genommen hatte, hörte der Musik zu, die von unten heraufdrang. Es tanzten jetzt ziemlich viele Gäste, aber Assumpta war nirgends zu sehen.

Er ging wieder hinein und ließ die Moskitonetze herabfallen, sah den Schatten einer Kakerlake im Spalt zwischen Sockelleiste und Steckdose verschwinden. Er würde schweigen wie ein Grab. Er war betrunken, aber er würde schweigen wie ein Grab. Scheiß auf die Kakerlaken! Du mußt nur schnell genug sein! Er lachte bei dieser Vorstellung, und Helen, die ins Zimmer gekommen war, fragte, was es zu lachen gebe, und er sagte, es komme ihm komisch vor, daß sie so verrückt seien.

Ich war nie verrückt, sagte sie.

Vielleicht hast du es bloß nicht gemerkt, sagte er.

Wir machen alles richtig, sagte sie, machen es richtig gut, und deshalb sind wir nicht verrückt. Wir sind nur ein bißchen anders als andere, aber verrückt sind wir nicht. Verrückte kaufen sich kein Haus!

Später in der Nacht wachte er auf, war mit einem Schlag hellwach, hatte ungestümen Blasendruck, zwang sich, noch ein bißchen liegen zu bleiben und so zu tun, als wäre nichts, bevor er aufstand und ins Bad ging. Die Heimat ist im Kopf und nirgendwo sonst, dachte er. Dieses Mal war sein Urin röter als zuletzt und so trüb, als hätte er seit Tagen nicht mehr Wasser gelassen.

Du bist nicht krank, sagte er.

Was du nicht sagst, antwortete er.

Hast du was gesagt? sagte Helen, als er zurück ins Bett kam.

Wo?

Da draußen, sagte sie.

Schlaf! sagte er.

Es war nicht richtig dunkel, viel zu warm. Etwas schlug gegen die Tür, wieder und wieder. Fäuste, Tritte. Dazwischen Pausen unerklärlich anmutender Stille. Helen saß aufrecht und rüttelte ihn. Er schob das Moskitonetz zur Seite, ging zur Tür, schlug von innen dagegen, und für einen Augenblick hörte es auf. Dann war Helen neben ihm, entriegelte. Assumpta hockte im Flur und heulte.

Du, sagte sie zu Helen.

Hau ab! sagte Helen. Wartete eine Weile, sagte: Du bist noch immer da?

Ja, sagte Assumpta, nickte.

Warum?

Hat mich gefickt, dein Mann.

Hat er nicht.

Hat mich gefickt, nicht bezahlt.

Helen schloß die Tür hinter sich, lehnte sich dagegen. Hast du?

Scheiße, nein, sagte er.

Assumpta hämmerte wieder gegen die Tür.

Hau ab! rief er. Es klang irgendwie nichtssagend. Helen hatte herrischer geklungen.

Laß mich! sagte Helen.

Sie riß die Tür auf, machte einen Schritt nach draußen. Diesmal war Assumpta direkt vor ihr, hatte einen ihrer Stöckelschuhe ausgezogen, schwankte leicht. Helen stieß sie weg, und Assumpta schlug nach ihr. Sie machte einen verloren wirkenden Schritt rückwärts, gab keinen Laut von sich, obwohl sie getroffen worden war; er fing sie auf, aber sie machte sich sofort wieder los, betastete ihr Gesicht, während Assumpta zurückwich und, den Schuh in der Hand, den Flur hinunterhumpelte.

Er machte Licht und sagte: Laß sehn!

Ihre Fingerkuppen glänzten irgendwie naß von einem Sekret, das nichts mit Tränen zu tun hatte. Laß sehn, sagte er ein ums andere Mal, während er, ganz langsam, ganz allmählich, ihre Hände herunterzog. Eines ihrer Augen schwamm in einer rötlichen Flüssigkeit. Komm, sagte er, führte sie ins Bad und schaltete das Licht überm Waschbecken ein, das ihr irgendwie wehtat oder sie erschreckte, weil sie sich wegdrehte. Komm, laß mich sehn, sagte er. Sie zeigte ihm das

Auge, das zu tränen begonnen hatte und in seiner Höhlung seltsam verrutscht wirkte.

Das können wir so nicht lassen, sagte er.

Laß gut sein, sagte sie. Laß mich schlafen.

Du brauchst einen Arzt, sagte er.

Warum?

Was warum?

Warum schlägt mich die Schlampe mit ihrem Scheißschuh?

Besoffen, sagte er. Wahrscheinlich besoffen.

Scheiß drauf! sagte sie und zog sich an.

Gibt ein Hospital hier, sagte er.

Scheiß drauf! sagte sie nochmal.

An der Rezeption baten sie den Nachtportier, ihnen ein Taxi zu besorgen. Er führte sie hinaus auf den Parkplatz und zeigte auf das weiße Taxi, das sie vom Flughafen abgeholt hatte. Sie stiegen ein, und als sie saßen, legte Helen ihren Kopf in seinen Schoß, und er hoffte, daß ihr das nicht wehtat.

Wie geht es Ihnen? fragte Mr Hominy.

Fragen Sie meinen Mann, sagte Helen.

Wie geht es Ihrer Frau, Mr Ostrander?

Nicht so gut wie uns, sagte er.

Hm, machte Mr Hominy.

Das Taxi schaukelte durch die Nacht. Die Straße hob und senkte sich unter den Rädern. Bei jedem Schlagloch, in das der Wagen krachte, krallte sie sich an ihn, und er hielt sie fest, als könnte ihr das eine Hilfe sein. Draußen Lichter wie unter Wasser und ein Mond, aufgeblasen wie eine gelbe Luftmatratze. Eine Fremde, die sie noch nicht kannten, die Angst vor ihr.

Er dachte an das Haus, daran, wie es sein würde, dort zu sein, Tag und Nacht. Jede Nacht, also für immer und ewig, wenn man so wollte.

Gleich sind wir da, sagte er, eine Lüge, von der er hoffte, daß sie bald wahr werden würde.

Am Ortsrand bogen sie in einen Schotterweg ein, dessen Ende in tiefer Finsternis lag. Ab und zu riß es einen staubigen Baum ins Scheinwerferlicht, einem wilden Tänzer gleich, der erstarrte, bis sie vorüber waren. Dann tauchte eine graue Mauer auf, mannshoch. Mr Hominy zeigte auf ein Tor aus braunem Blech. Er entlohnte ihn und half Helen beim Aussteigen. Knockknock, sagte Mr Hominy, bevor er wendete und zurückfuhr. Er klopfte an das Tor, schlug dagegen, bildete sich ein, Rost zu riechen. Hunde heulten in der Nacht. Helen lehnte sich neben dem Tor an die Mauer und sah ihm wortlos zu, wie er die Nerven verlor und mit den Füßen dagegen trat. Lange nachdem er damit aufgehört hatte und nur noch Gekläff ringsum zu hören war, wurde das Tor von einer Frau in himmelblauer Schwesterntracht geöffnet; sie hatte in einer sinnlosen Gebärde den Finger auf die Lippen gelegt, und der Schein ihrer Taschenlampe zuckte hierhin und dorthin, fuhr in ihre Gesichter. Sie ging ihnen voran, und er führte Helen an der Hand, wie kleine Kinder es tun, wenn sie nicht wissen, wohin, ganz allein auf der Welt, umringt von Geistern und Ungeheuern. Der Engel würde kommen. Vom Orden der Nabelschnur Christi, flüsterte er. Helen seufzte.

Es ging durch eine Art Hof oder Park, begrenzt von niedrigen Gebäuden, Baracken ähnlich. Im Haupthaus wurden sie von der Schwester in eine Art Ambulanz geführt, im geborstenen Linoleum gelbliche, mitunter bräunliche Flecken. Rings um die Wände war eine Holzbank angebracht, die noch fleckiger als der Fußboden war. Helen blieb stehen, unbeweglich, als atmete sie nicht mehr, während er auf und ab lief, bis er müde wurde und zu schwitzen begann. Er setzte sich auf die Bank, hatte das Gefühl, als klebte er fest. Aber davon sagte er ihr nichts.

Sagte nur: Der Arzt wird gleich kommen. Sagte: Ein Blick, und er weiß Bescheid.

Wie schön, sagte sie.

Er sagte lieber nichts mehr.

Warum kommt niemand? fragte sie.

Es ist mitten in der Nacht, sagte er.

Es ist mitten in der Nacht und furchtbar, sagte sie.

Vielleicht ist alles gar nicht so schlimm, sagte er.

Hoffentlich ist nichts, sagte sie nach einer Weile.

Hielt sich das Auge.

Soll ich den Arzt suchen?

Lauf jetzt nicht weg! Sie setzte sich neben ihn.

Er legte ihr eine Hand aufs Knie, drückte. Sie tat seine Hand weg und setzte sich aufrecht. Der Arzt war gekommen.

Dr Chalie, sagte er.

Dr Chalie trug Sandalen und einen karierten Pyjama, darüber einen verblichenen Arztkittel. Durch eine große, dicke Brille sah er sie an, sein Bart war ungekämmt. Helen und er redeten durcheinander, bis Dr Chalie, wie um sich zu ergeben, die Hände hob und in ihrer Sprache darum bat, die eine oder andere Frage stellen zu dürfen. Er ließ sich das Auge zeigen. Wischte seine Brille sauber und sah es sich nochmal an. Das Licht ist schlecht, sagte er, und dann, an ihn gerichtet, sagte er: Möchten Sie mitkommen?

Natürlich, sagte er.

Dr Chalie führte sie über den Korridor in ein fast kahles Ordinationszimmer, in dem ein paar magere Neonröhren bläuliches Licht ausstrahlten. Hier roch es beißend nach Schweiß und Desinfektionsmitteln. Dr Chalie bat Helen, auf einer Krankenliege Platz zu nehmen, die er, kaum daß sie das getan hatte, an seinen Schreibtisch rollte. Mit der Schreibtischlampe leuchtete er ihr ins Auge.

Es fehlt hier an allen Ecken und Enden, sagte er. So, lassen Sie mich sehen!

Er faßte sie unters Kinn, bog ihren Kopf nach hinten, leuchtete gründlich. Stellte die Lampe zurück und sagte: Sehen Sie etwas?

Verschwommen, sagte sie, verzerrt.

Können Sie Farben erkennen?

Blau, sagte sie.

Mein Mantel, sagte er.

Und grün, sagte sie.

Meine Augen, sagte er, lachte.

Helen lachte ebenfalls, wenn auch ängstlich. Ich mag lustige Ärzte.

Wie würden Sie meine Hautfarbe beschreiben?

Graubraun, sagte sie.

Ich habe kein Kompliment erwartet, sagte er. Dann wollte er wissen, was passiert war, und Helen erzählte es ihm. Dr Chalie sagte, hierzulande sei die Prostitution eine Seuche. Es wäre am besten, sagte er, Sie würden zurückfliegen und sich in Ihrem Heimatland behandeln lassen.

Wir sind erst gestern angekommen, sagte er.

Vorgestern, sagte Helen. Ich glaube, es war vorgestern.

Egal, wir würden gern noch ein bißchen bleiben, sagte er.

Wie Sie wollen, sagte Dr Chalie. Dann empfehle ich Ihnen, gleich morgen früh die Fähre zum Festland zu nehmen. In der Hauptstadt wenden Sie sich an die International Clinic – dort gibt es eine Augenabteilung, wo man auch schwerwiegendere Fälle behandeln kann.

Ich bin also kein leichter Fall, sagte Helen.

Das wird man dort feststellen, sagte der Doktor, ich kann es nicht!

Er legte Helen eine Art Notverband an, ein paar Streifen quer übers Auge geklebten Heftpflasters, das einen Mullbausch fixierte. Dann ging erkurz hinaus. Als er zurückkam, schob er einen Rollstuhl vor sich her, ein wackliges, zerschrammtes Gefährt.

Nein, sagte Helen.

Bitte, sagte Dr Chalie, ich möchte nicht, daß Sie stürzen!

Sag ihm bitte, daß ich nicht wegen meiner Hühneraugen hier bin, sagte sie.

Ich rate Ihnen, die Nacht über hierzubleiben, sagte Dr Chalie.

Warum?

Für den Fall, daß es zu Komplikationen kommt, sagte Dr. Chalie.

Ich möchte in mein Bett, sagte sie.

Dr Chalie wandte sich an ihn. Reden Sie mit ihr!

Vielleicht solltest du auf den Doktor hören, sagte er. Ich hab ein schönes Bett im Hotel. Und morgen früh kommen wir wieder.

Ich kann Sie nicht mit Gewalt hierbehalten. Sie können gehen, wann Sie wollen, aber ich übernehme keinerlei Verantwortung. Haben wir uns verstanden?

Ja, sagte er, schon um Helen umzustimmen.

Gut, sagte sie, setzte sich, bereit, jederzeit aufzuspringen, in den Rollstuhl. Dr Chalie wollte schieben, aber sie verwahrte sich dagegen und sagte, ihr Mann würde die Kärrnerarbeit übernehmen. Und so schob er Helen dem Arzt, der vorausging, hinterher. Es ging durch einen hohl hallenden Korridor, auf beiden Seiten lagen dunkle Haufen von Kleidern und Laken auf dem Boden, und erst als sich eines der Bündel bewegte, erkannte er, daß es sich um Schlafende handelte.

Sie wurden von Dr Chalie in einen langgestreckten Raum gebracht, an dem sich links und rechts Gestelle mit Matratzen aneinanderreihten. Auf manchen Matratzen lagen die Patienten zu zweit, und zwischen den Gestellen schliefen die Familienangehörigen. Kinder sangen im Schlaf, Stimmen wie Engel.

Nein, sagte Helen.

Er leistete ihr Gesellschaft, bis Dr Chalie einen Paravent besorgt und ihn vor Helens Lager aufgestellt hatte. Sie können leider nicht bleiben, sagte er zu ihm.

Wann geht die erste Fähre? fragte er.

Normal gegen sechs, sagte Dr. Chalie.

Die nehmen wir, sagte er.

Laß mich bloß nicht allein, sagte sie.

Es wird sich erholen und wieder gut werden, sagte er.

Was?

Das Auge, sagte er.

Ich bleib nicht hier, sagte sie.

Ein bißchen mußt du, sagte er.

Ich bleib auf gar keinen Fall hier. Auf gar keinen Fall!

Warum versuchst du nicht, ein bißchen zu schlafen?

Zur Antwort jaulte sie wie ein kleiner Hund, der einen Tritt bekommen hat. Ihre feuchten Haare ringelten sich an den Schläfen wie archaischer Schmuck. Er suchte nach einem Taschentuch, um ihr den Schweiß abzuwischen, sagte, ich könnte versuchen, dir einen Ventilator zu besorgen.

Laß, sagte sie.

Hast du Schmerzen?

Nein, sagte sie. Vielleicht später.

Bin gleich wieder da! Brauchst du etwas?

Ja, sagte sie, dich.

Ihre Lippen bitter, wie gegerbt.

Du bist nicht entstellt, falls du das vielleicht glaubst, sagte er.

Eigentlich, sagte sie und sah Dr Chalie an, müßten alle Leute hier schwarze Verbände tragen, findest du nicht auch?

Sei nicht so, sagte er.

Und wie bin ich?

Nur meine Frau ist hübscher, sagte er.

Gab ihr einen Kuß auf den Kopf, spürte ihre Hände, die ihn festhalten wollten. Einmal bis Eins zählen und ich bin wieder da, sagte er.

Er folgte dem Arzt durch den Korridor und hielt sich in der Mitte, um niemandem auf den Fuß zu treten, irgendwo ein Baby, das gleichzeitig zu weinen und zu schreien versuchte. Helen würde es aushalten, dachte er, und er, er würde es auch aushalten. Sie machte sich keine Vorstellung, wie er an sie dachte.

Was sind Sie für ein Landsmann? fragte er Dr Chalie.

Pakistani.

Und Sie?

Wir haben in Deutschland gelebt.

Haben?

Wir wollen uns hier niederlassen.

Gute Idee?

Besser als gar keine!

Verstehe, sagte Dr Chalie.

Er fragte ihn höflichkeitshalber, aus welchem Ort er komme, und erfuhr, daß Dr Chalie aus Murree stamme und hierher gegangen war, nachdem seine Familie bei der Explosion einer Bombe in einem Vergnügungspark umgekommen sei. Ich vermisse meine Berge, sagte er. Unser Haus hatte ein grünes Dach.

Da war nicht viel zu sagen. Menschen trafen sich zu den unmöglichsten Zeiten an den unmöglichsten Orten, und die Welt war irgendwie rund, ziemlich sogar, und das wußten alle, und darum wunderte sich niemand besonders, daß immer und überall schreckliche Dinge passierten. Zweimal am Tag steht der Zeiger auf Zwölf.

Dr Chalie rief nach der Schwester, die sie hereingelassen hatte. Eine Sekunde lang wußte er nicht, ob er ihm zum Abschied die Hand geben sollte, dann folgte er der Schwester, die ihn ans Tor brachte.

Draußen glichen die Sterne für einen kurzen Moment bleichen Glühbirnen, die durch die feuchte Nacht schwebten. Er ging den Weg vor zur Straße; selten hatte er sich so allein und fern von allem gefühlt wie jetzt. Es roch stark nach Erde, hinter den Büschen lauerten die Geister und lachten. Der Verband, den Dr Chalie auf Helens Auge appliziert hatte, hatte wie ein Höcker aus Watte gewirkt und fast eine Fremde aus ihr gemacht. Auf der Suche nach einem Taxi lief er im Kreis, wußte längst nicht mehr, wo er sich befand, versuchte, sich Gassen und Plätze bei Licht vorzustellen, geriet irgendwie zum Sklavendock. Die Figuren, die in der Grube saßen, waren mit Stacheldraht gefesselt, und auf ihren Köpfen waren Schnapsflaschen zerschlagen worden. Wie durch ein Wunder fand er ein uraltes, versifftes Taxi, dessen Fahrer den Weg zum *Rosemilk* kannte.

Die Neonlettern flackerten im Sekundentakt. Weit dahinter der Ozean. Er wirkte wie ein fernes Gebirge, dessen weiße Gipfel unablässig in sich zusammenfielen. Trotz der späten Stunde war noch Betrieb in der Bar. Er ging hinein und ließ sich ein Bier servieren, hätte es sich am liebsten übern Kopf gegossen, um den Schweißfluß zu verdünnen. Stattdessen nahm er die Flasche mit aufs Zimmer und trank sie aus, während er die Reisetasche für Helen packte: Zahn- und Haarbürste, Unterwäsche zum Wechseln. Als er fertiggepackt hatte, rief er die Rezeption an und sagte, er möchte um vier Uhr geweckt werden, zog sich erst gar nicht aus, sondern legte sich so, wie er war, aufs Bett und wartete. Als er die Augen zumachte, als könnte er dadurch den Schlaf herbeizwingen, weich, schwarz und alles zwischen Himmel und Erde ausfüllend, beugte sich Dr Chalie über ihn und zog ihm die

Unterhose unter die Knie, drückte mit beiden Händen auf seinen Bauch, sagte, rollen Sie sich bitte herum, ich möchte Ihren Rücken betasten.

Nein, sagte er, braucht lange dazu.

Wie weit ist es zur Toilette?

Von wo aus?

Eben, sagte Dr Chalie, das ist das Problem! Wissen Sie, was? Sie simulieren!

Danke für das Kompliment!

Sie haben ein schönes Glied, sagte Dr Chalie, fragte: Was lieben Sie mehr? Ihr Glied oder Ihre Frau?

Irgendwo klingelte ein Telefon, und er lag da wie ein totes Kind. Mr Moses sagte irgend etwas am Ende der Leitung, am Ende der Welt. Er hörte gar nicht zu, weil er schlief oder träumte, bis an die Tür geklopft wurde. Als er aufmachte, stand Helen, an einen kalbgroßen Blindenhund gekettet, auf der Schwelle.

Der Hund, sagte er zu ihr, sei viel zu groß für sie.

Er ist lieb, sagte sie, er liebt Blinde.

TANZ DER PLANETEN

Beim ersten Klingeln war er aus dem Bett. Fünf Minuten später saß er bei Mr Hominy im Taxi und versuchte, seine Augen an das honigfarbene, rosagesprenkelte Morgenlicht zu gewöhnen, das gegen die Scheiben prallte. Er ließ sich zum Hospital fahren, durch die heruntergekurbelten Scheiben wehte es Holzrauch herein.

Habe schon gehört, sagte Mr Hominy.

Was denn?

Ihre Frau hat Hospital gebraucht.

Ich möchte nicht reden, sagte er.

Und ich, sagte Mr Hominy, singe nicht! Einverstanden?

Im verschwimmenden Dunst sah das Hospital aus wie ein vergilbter Schuhkarton, die Fassade schimmlig und mit Schmutz bespritzt. Das Tor stand offen. Im begrünten Innenhof hockten Patienten, die darauf warteten, behandelt zu werden.

Er grüßte die Schwestern, denen er auf den Fluren begegnete, versuchte, sich an den Weg zu erinnern.

Helen lag hinterm Paravent auf dem Bett, die Knie angezogen, die Hände zu Fäusten geballt, mit denen sie nach ihm boxte, als er sich über sie beugte, um ihr einen Kuß zu geben.

Wir verreisen, sagte er.

Ich liebe es, zu verreisen, sagte sie. Hauptsache, es geht schnell, ganz schnell!

Hast du ein bißchen schlafen können?

Du?

Ich hatte es leichter, sagte er.

Fertig, sagte sie, bin fertig!

Entweder hatte sie ihre Kleidung anbehalten, oder sie hatte sich schon angezogen gehabt, bevor er gekommen war, um sie zu holen. Als sie ihren Rock glattstrich, konnte er nicht anders und küßte sie, küßte sie vor allen Leuten.

Plötzlich brach sie in Tränen aus. Er hat mir die Hand geküßt.

Wenn es weiter nichts war.

Es war nur die Hand, sagte sie.

Welche?

Weiß ich nicht mehr, sagte sie. Dieser Doktor hat die ganze Nacht an meinem Bett gesessen und von Geld geredet.

Na toll, sagte er.

Und er hat mich angefaßt, sagte sie.

Er ist der Arzt, sagte er.

Wo hab ich meine Augen? Da unten? sagte sie. Er hat mich gestreichelt!

Vielleicht aus Versehen, sagte er. Kann doch sein, oder? Aber dann fragte er sie doch, wo Dr Chalie sie angefaßt hatte, und sie sagte, ein bißchen an der Brust und so.

Hast du geschrien?

Hier schreien die meisten, sagte sie.

Im Moment schrie niemand. Vielleicht taten sie das nur in der Nacht.

Gehn wir, sagte er. Wollte die Bilder aus seinem Kopf kriegen, sie hier zurücklassen und ohne Erinnerung daran weiterleben.

Auf dem Korridor begegneten sie der Schwester, die sie letzte Nacht hereingelassen hatte, und er bat sie, Dr Chalie zu bestellen, seine Honorarnote ans *Rosemilk* zu schicken – mitsamt einem Strauß Rosen (oder was man hier in der Gegend so pflückte) –, falls er seine Frau wirklich liebte.

Wir müssen zur Straße, sagte er, als sie vorm Tor waren. Auf beiden Seiten verkohlte Bäume, die Stämme mit Staubplacken beworfen, dahinter Parzellen rostroter Erde zwischen Hütten und Zäunen, auf denen Menschen Wassereimer schleppten. Er rannte fast, hatte Angst, die Fähre zu verpassen, hatte Angst um sie, ging dann, obwohl es ihm widerstrebte, langsamer, um ihr nicht das Gefühl zu geben, er wolle davonlaufen. Sie schwitzten, als sie an der Straße waren. Er winkte ein buntbemaltes Tuk-Tuk heran, das sie zur Fähranlegestelle brachte.

Unterwegs sagte Helen: Das Hospital lebt von Spenden.

Nichts soll umsonst sein, sagte er.

War früher mal eine Leprakolonie, sagte sie.

Fang jetzt bloß nicht an mit früher, sagte er. Früher starben die Blinden, weil es keine Glasaugen gab.

Die Fahrt führte jetzt durch Neubauviertel, die Gerüste an den Fassaden wie schwarze, ineinander verhakte Spinnenbeine, dazwischen ockerfarbene Straßen, gesäumt von einer Parade kalkweißer Bäumchen. Am Straßenrand Abgründe voll Müll, Ziegen, die Pappkartons fraßen. Jeder Baum, jeder Busch behängt mit Girlanden aus Plastik. Sie wurden durchgeschüttelt wie mit Knochen gefüllte Säcke, wenn das Tuk-Tuk über Bodenwellen sprang.

Ich hab mich schon gesehn, wie ich im Garten Phlox anpflanze, sagte sie.

Schön, sagte er, drückte ihre Hand.

Und das schönste war: Ich hab mich nicht wie zuhause gefühlt, obwohl ich zuhause war. Verstehst du?

Heimisch in der Fremde, sagte er.

Ja, sagte sie, so ungefähr.

Das Tuk-Tuk stoppte hinter einer Kolonne von Minibussen. Es dauerte etwas, bis er Helen rausgeholfen und die Reisetasche an sich genommen hatte.

Der Kai glich einem Campingplatz nach einem Sturm, war übersät mit Decken und Koffern, Resten von Netzen und dem Kot von Ziegen und Hunden. Menschen hockten auf ihren Bündeln, zusammengekauert, als läge die ganze Wucht des Himmels auf ihnen. Die Fähre schaukelte wie ein blatternarbiger Klotz aus Rost und Öl im Hafenbecken, ihre Aufbauten erinnerten entfernt an ein Kanonenboot. Große Vögel kreisten über ihr, lautlos, als wären sie stumm, wie in der Luft gefangen. Dann hob sich der Sonnenball zur Gänze aus dem Meer, blaß glühend. Die Kämme der Wogen sahen aus wie mit Gold bemalt. Eine zart gleißende Wolkenkette drüben überm Festland, jung, fern. Es war ein archaisches Geräusch, mit dem das Meer gegen die Mole anrannte und Gischtkaskaden am Beton zerstoben. Weiter draußen Welle um Welle, die beim Ansturm wie tosende Säulen in sich zusammenstürzten. Dankbar, dachte er, dankbar für jede Dankbarkeit!

Sie trauten ihren Augen nicht, als Dr Chalie auf sie zukam. Er blieb vor ihnen stehen, wirkte besorgt. Mrs Ostrander, Mr Ostrander, sagte er, so wie es aussieht, wird das heute nichts mit Ihrer Fahrt aufs Festland.

Helen starrte ihn an wie einen Geist, der aus einem Märchen zurückgekehrt war, das ihr Angst machte. Dann wandte sie sich ruckartig ab, lachte mit kippliger Stimme.

Sie haben vielleicht Nerven, sagte er zu Dr Chalie.

Leider nicht die besten, sagte Dr Chalie.

Sind Sie gekommen, um meine Frau zum Abschied zu küssen?

Es gibt wirklich ernstere Dinge, sagte Dr Chalie. Auch wenn Sie keine Ahnung davon haben.

Sie waren es, der an meiner Frau rumgemacht hat, sagte er.

Vielleicht hat sie es nur so empfunden, sagte Dr Chalie. Manche Patienten neigen dazu, jede ärztliche Geste der Aufmerksamkeit überzubewerten. Ich bin jedenfalls Ihrer Frau nicht zu nahe getreten. Vielleicht war es umgekehrt, aber wer will das schon wissen? Sie hatte einfach Angst. Und in ihrer Angst hat sie sich an mich geklammert.

Er ließ ihn ausreden, wußte nicht, warum. Warum er ihm nicht ins Gesicht schlug oder ihn anschrie oder ihm sonstwo wehtat, jubelnd vor Empörung.

Mr Ostrander, fuhr Dr Chalie fort. Ich habe keine Angst vor Ihnen, ich glaube, das wäre lächerlich. Sie können mir nichts tun, und wissen Sie, warum? Weil mir schon alles angetan worden ist, Dinge, die Sie sich gar nicht vorstellen können. Sie können stolz auf Ihre Frau sein. Sie war sehr tapfer! Tut mir leid, wenn Sie meine Behandlung als zu nahegehend empfunden hat. Sie kennen sicher das Sprichwort: *Der Kranke ist der*

Nacktheit am nächsten, und die Angst ist sein einzig Gewand. Übrigens, die Fähre verkehrt heute nicht.

Aber meine Frau braucht Hilfe, sagte er. Sie haben selbst gesagt, daß Sie meiner Frau nicht helfen können.

Hier ist alles ein bißchen anders, sagte Dr Chalie. Hier gibt es das äußere Bild und das innere Bild, und beide sind nicht deckungsgleich. Was auf dem Kopf steht, geht auf den Wolken, oder so ähnlich.

Warum verkehrt die Fähre nicht? fragte Helen.

Unruhen, sagte Dr Chalie.

Als hätte es eines Beweises bedurft, daß seine Worte nicht aus der Luft gegriffen waren, kam in diesem Moment ein Polizeijeep angefahren und bremste abrupt vor ihnen. Dr Chalie klopfte zur Begrüßung auf die Kühlerhaube. Police Officer Gakee, sagte Dr Chalie, als der Polizeioffizier ausstieg und wie zur Begrüßung vor Helen einen Tanzschritt machte; es schmerzte in den Augen, in seine Sonnenbrille zu blicken. Dann machte er sich daran, die Papiere der Leute auf dem Kai zu kontrollieren, die auf die Abfahrt der Fähre warteten; der Schlagstock, den er offen an einem Lederband ums Handgelenk trug, glich einer wippenden schwarzen Schlange, die er vorschnellen ließ, lauernd auf jede falsche Bewegung. Sogar die Kinder schwiegen bei seinem Anblick.

Die Wahlen waren nicht sehr ergiebig, sagte Dr Chalie.

Und deswegen verkehrt die Fähre nicht? fragte sie.

Auch der Flugverkehr wurde vorübergehend eingestellt, sagte Dr Chalie.

Wie tröstlich, sagte sie.

Ich kriege Geld von Ihnen, sagte Dr Chalie. Deshalb will ich, daß Sie gerettet werden! Er führte sie durch den Pulk der Wartenden das Kai entlang, bis sie an eine Stelle kamen, wo ein Kutter vor Anker lag. Fischschuppen glitzerten in den Schrunden des Betons, milderten die Schroffheit des Augenblicks. Dr Chalie rief ein paarmal Hallo, lief auf und ab und rief Hallo; es klang, als hätte er es geübt. Nach einer Weile tauchte ein Mann an Deck auf und erklärte sich bereit, sie hinüber ans Festland zu bringen. Nannte den Preis, eine stolze Summe, aber gegen das, was er dann im Voraus verlangte, nur damit er drüben auf sie wartete, um sie wieder zurückzubringen, war es geradezu erschwinglich. Rückfahrt ist teurer, sagte Dr Chalie.

Warum? fragte Helen.

Das Warten, sagte Dr Chalie, das Warten ist manchmal gefährlich.

Er ging hinter ihr das Fallreep hoch. Sieger, dachte er, Sieger fühlten sich anders. Und wie sich Gewinner fühlen mochten, davon konnte er sich im Moment keine Vorstellung machen. Als sie an Deck waren und an die Reling traten, war Dr Chalie nicht mehr zu sehen. Der Kapitän warf den Motor an, sie kauerten sich vorne am Bug auf die Planken, um den Dieselschwaden zu entkommen. Vögel folgten dem Boot, schrien unsäglich laut.

Als der Kutter Fahrt aufgenommen hatte, kam der Kapitän aus dem Ruderhaus und kassierte. Er tat das wortlos, wie um nicht in Dinge zu geraten, die ihn nichts angingen. Dann sahen sie zur Insel zurück, versuchten, ihre Gefühle zu verstehen. Sie hielt sich an ihm fest, wenn das Boot krängte, zwinkerte heftig mit dem gesunden Auge, fragte, ob man von hier aus das Haus sehen könne, und er mußte verneinen, weil die Küste viel zu weit entfernt war.

Hör dir diese Vögel an, sagte sie. So laut! Lauter als der Wind! Wenn sie über unser Haus fliegen, mußt du sie erschießen, damit wir unsere Ruhe haben.

Ich werde ihnen höchstens winken, sagte er.

Wie?

Als hätte ich Flügel, sagte er.

Weiter draußen wurde der Wellengang ziemlich stark, und das Boot rollte dahin wie zwischen Berg und Tal, während sie dasaßen und sich an den Händen hielten. Die ganze Zeit. Langsam kam das Festland in Sicht, die Stadt, ein Teppich aus Hütten und Wohnblökken, rostigen Dächern und schimmligem Beton zwischen Ozean und Dschungel. Wuchs aus dem Horizont mit niedlich wirkenden Wolkenkratzern an der Uferpromenade und einer Reihe älterer Gebäude aus der Kolonialzeit, darunter der Präsidentenpalast, der einen Turm mit Zinnen auf dem Dach trug. Fremd und fern die bewaldeten Hügel hinter der Stadt, aus denen Nebel wie Dampf aufstieg. Der Kutter nahm Kurs auf den Hafen, das Weiß der Yachten, die in der Marina ankerten, erinnerte an kantige Eisberge. Und während der Kutter durch einen Algenteppich stampfte und eine der bröckelnden Landetreppen in der Kaimauer ansteuerte, ging er zum Kapitän und gab ihm einen Vorschuß auf die Rückfahrt.

Okay, sagte der Kapitän.

Es klang nach nichts.

Als der Kutter anlegte, erinnerte er sich merkwürdigerweise an die Ankunftshalle des Flughafens, an die staubbepuderten Glasfronten, hinter denen schemenhaft die Rollbahn zu erkennen gewesen war. Für einen Moment hatte es so ausgesehen, als seien dort Engel ohne Flügel herumgetorkelt, die sich nicht mehr an den Weg ins Paradies erinnerten.

Auf der Uferpromenade Kolonnen von Humvees und gepanzerten Jeeps, knochengrau lackiert, jede Menge Uniformierter, die entlang der Karosserien von Limousinen patrouillierten, Baretts wie rote Tupfer auf schreienden, schwitzenden Gesichtern. Blitze im Schatten, Salven von MPs und MGs in Intervallen, die beinahe regelmäßig klangen. Dazwischen, wie Pausenfüller, Gebelfer von Karabinern, das hart und trokken aus den ins Zentrum führenden Straßen drang, eine Schleppe matter Echos hinterlassend. Unruhen, hatte Dr Chalie gesagt. Aber davon, was sie jetzt sahen, davon hatte er nichts gesagt. Und schon gar nichts von diesem Mann, der an eine Parkbank gebunden worden war. Jemand hatte ihm einen brennenden Autoreifen um den Hals gelegt, seine Zähne waren schwarz vor Ruß. Es war, als liefen sie durch einen Film, in dem sie plötzlich mitspielten.

Laß uns umkehren, sagte Helen.

Geht nicht, sagte er, du brauchst Hilfe. Komm!

Hab Angst, sagte sie.

Sie liefen, so schnell sie konnten, und als Helen langsamer wurde, nahm er sie an der Hand, zog sie weiter. Vereinzelt waren noch Zivilisten unterwegs, rannten, krochen am Boden oder lagen zuckend im Dreck. Die Geschäfte hatten die Rolläden heruntergelassen. Autos mit zerschmetterten Windschutzscheiben am Straßenrand, Brandgeruch. Die wenigen Taxis, die noch fuhren, voll besetzt. Im Zentrum lagen Tote auf den Trottoirs, wie auf graues Wachs gebettet. Vor einem Hotel ein Taxi, das soeben losfahren wollte und das sie gerade noch stoppen konnten. Er nannte den Namen der Klinik, und der Fahrer raste los, als sei er betrunken oder bekifft oder beides. Die Vororte menschenleer.

Die International Clinic befand sich an einer Lagune am Stadtrand, hinterm Tor hockten Patienten auf dem Rasen, und Krankenschwestern gingen zwischen ihnen herum, teilten Plastikbecher mit Trinkwasser aus. Er fragte eine von ihnen nach dem Weg zur Augenabteilung, und sie sagte, die Ärzte seien heute nicht da.

Die Ärzte sind nicht da, sagte er zu Helen, als er wieder bei ihr war. Setzte sich neben sie ins Gras. Sie lehnte sich an ihn, und er gab ihr einen Kuß auf den Kopf, spürte, wie naßgeschwitzt sie war. Unruhen, sagte er. Dr Chalies Wort.

Tut mir leid, sagte sie.

Was tut dir leid?

Daß mir das passiert ist, sagte sie.

Dir hat nichts leid zu tun, sagte er.

Ich brauche wirklich Hilfe, oder? sagte sie.

In ein paar Tagen rückt hier die halbe Welt an, sagte er. Alle möglichen Hilfsorganisationen …

In ein paar Tagen bin ich wo? sagte sie.

Er wußte es nicht. Wir müssen alles ausprobieren, sagte er. Streichelte den Rasen, um die Hände trocken zu kriegen.

Ich liebe dich, sagte sie.

Wird langsam Zeit, sagte er.

Sterben wir jetzt ein bißchen oder was ist los? sagte sie.

Sie saßen da und warteten, saßen auf dem weichen Rasen und warteten, wie alle anderen ringsum warteten, vielleicht nicht gerade auf ein Wunder, aber auf etwas ähnliches. Die Situation, in der sie sich befanden, kam ihnen einerseits atemberaubend unwürdig, andererseits auf schäbige Art abenteuerlich vor, und wäre Helen nicht krank gewesen, hätte es ihnen wahrscheinlich sogar gefallen, Zeuge von etwas zu werden, das sie noch nie erlebt hatten. So aber hofften sie auf Hilfe und schauten auf zu den weißen Fensterfronten der Kliniktrakte, als dürften sie es keinesfalls verpassen, falls plötzlich ein Arzt dort an eines der Fenster treten sollte.

Wie lange wollen wir warten? fragte sie.

Wir warten bis zuletzt, sagte er. Oder wir kommen morgen wieder.

Ich könnte weinen, sagte sie. Vielleicht haben wir diesem Dr Chalie zu wenig Geld gegeben?

Deswegen muß er nicht an dir rummachen, sagte er.

Mit einem Mal fiel ihnen die Stille auf, und sie sahen, wie die Leute im Park dieser Stille lauschten. Sie hörten sich wieder atmen. Wind in den Bäumen, das Knacken der Plastikbecher im Gras, wenn jemand darauf trat. So wie sie es taten, als sie gingen.

Er legte einen Arm um sie und suchte nach einer Straße, die zum Meer führte.

Keine Schüsse, keine Toten.

Um ihr Mut zu machen, sagte er, sie könnten Dr

Chalie darum bitten, sich telefonisch mit einem Spezialisten für Augenheilkunde in Verbindung zu setzen, schließlich gebe es überall solche Spezialisten, und der eine oder andere hätte sicher ein paar Tips für Dr Chalie parat. Es dauerte lange, bis sie nickte.

Im Moment war es ruhig, fast friedlich, und wären da nicht die auf den Straßen verstreuten Patronenhülsen gewesen, die im Sonnenschein wie weggeworfene Schmuckstücke gleißten, hätte man denken können, sie hätten alles nur geträumt. Die schwarzen Rauchwolken, die im Zentrum aufstiegen, sahen auf seltsame Art fast malerisch aus. Er ging neben ihr und machte sich Sorgen um sie. Durfte es ihr nicht sagen, also sagte er lieber nochmal, daß Dr Chalie schon etwas einfallen würde.

Du mußt nichts sagen, sagte sie.

Immer noch herrschte diese merkwürdige Stille vor, spürbar, fast greifbar, wenn man den Atem anhielt; dann, ganz langsam, kamen die Geräusche der Stadt zurück, und es waren keine guten Geräusche, nichts, was Vertrauen in den Lauf der Dinge erzeugt hätte: Pulverwölkchen über den Dächern, wild fliegende Vögel, Menschen wie schwimmend in Blutlachen. Sie rannten, als ein Lastwagen voller heulender, schreiender Frauen und Kinder, bewacht von Soldaten, die Straße heraufkam. Das Schreien erstarb kurz, als er an ihnen vorbeifuhr, und sie blieben stehen, als könnten sie dadurch, daß sie stehenblieben und sich nicht rührten, ungesehen sein.

Ich möchte, daß das aufhört, sagte sie.

Es wird aufhören, sagte er. Seine Zunge wie aus rissigem Holz.

Unruhen, sagte sie; sie kämpfte richtiggehend mit dem Wort, hatte keine Übung, es auszusprechen; es klang einfach harmlos aus ihrem Mund, und er war sich nicht sicher, ob sie gesehen hatte, wie zugerichtet die Frauen und Kinder gewesen waren.

Die großen Plätze glichen befahrbaren Zielscheiben und waren leergefegt von allem, ihre Ränder gefleckt von vertrockneten Pfützen, die Farben vom Staub gelöscht. *Der Tod ist der Schatten deines Schattens*, hatte er einmal gelesen, ein Satz, den er nicht vergessen konnte. Helen hatte er diesen Satz wohlweislich verschwiegen, denn sie liebte das Licht in all seinen Erscheinungen, liebte es so unbedingt, als wäre es eine Art zweiter Atem für sie. Nachts schwamm sie im Traum im Meer von Gestirn zu Gestirn.

Als sie an einem Autosalon vorbeiliefen, regnete es plötzlich Verputz von der Fassade, und sie gingen in die Hocke, duckten sich, eine Haltung, die anstrengend war und auf Dauer unnatürlich wirkte, aber irgendeiner kranken Gottheit zu gefallen schien, die sich für ihr Schicksal zuständig erklärt hatte. Das Echo der Schüsse schmerzte in ihren Ohren, jeder ein Rammbock aus harter Watte, der sie taub machte, taub und schwerfällig. Als der Beschuß aufhörte, rannten sie weiter, und selbst das wirkte wie gespielt. Geplünderte Marktstände am Straßenrand, ineinander verkeilte Omnibusse mit zertrümmerten Scheiben und aufgeschlitzten Sitzen, Leichen, die ihr Gepäck umarmten. Helens Augenbinde war schwarzgerändert von Schweiß. An einer Kreuzung, von der aus das Meer zu sehen war, stand ein einsamer Polizist und regelte den vor Ewigkeiten zum Erliegen gekommenen

Verkehr, indem er auf seinem Podest eine Art Kriegstanz aufführte. Eine Ziege trottete über die Kreuzung; eine Holzlatte steckte wie ein Lanzenschaft in ihrem Hinterteil, und sie zog eine Linie im Staub der Straße hinter sich her.

Was, sagte sie, was ist das?

Eine Ziege, sagte er, zog sie weiter.

Der Kapitän des Kutters hatte Wort gehalten und auf sie gewartet, umarmte sie, als wären sie heimgekehrt. Für die Rückfahrt forderte er einen höheren Preis als ausgemacht, und da sie nicht auf Wasser gehen konnten, gaben sie ihm, soviel er verlangte, kauerten sich auf die Planken. Die meisten Yachten waren weit hinaus gefahren, um einem möglichen Beschuß zu entgehen, bildeten eine grellweiße, kantige Linie am Horizont, an der sich Wind und Licht brachen.

Die Sonne an Deck brannte sie nieder.

Hab keine Angst, sagte er.

Ich denk nicht dran, sagte sie.

Dann rückte die Insel näher, das Meer sah aus wie blau bemalt, der Himmel über den in der Hitze dampfenden Hügeln fast durchsichtig. Sie drehte ihr Gesicht in den Wind, und ihre Haare flatterten, und das sah sehr schön aus, weil sie schön aussah, und das sagte er ihr, und sie begann zu weinen, aber es klang nicht schlimm und war kaum zu hören, und ehe sie sich versahen, legte der Kutter an, und der Kapitän paßte auf, daß sie nicht stolperten, als sie das Fallreep hinuntergingen. Vielleicht würden sie wiederkommen.

Es gab weder Schlangen noch Äpfel, und nur die Gesichter der Wartenden waren nackt, und trotzdem erschien es ihnen paradiesisch, wieder hier zu sein. Der Kai glich einem Nomadencamp voller Bündel und Leiber. Sie hätten sich gern als Heimkehrer gefühlt, als sie sich einen Weg durch die Menge bahnten. Kein Mr Hominy, der mit dem Taxi auf sie wartete. Er fragte sie, ob es ihr etwas ausmachen würde, zu Fuß zu gehen, und sie sagte Gute Idee oder etwas ähnliches, aber als sie merkte, daß er die Richtung zum Hospital einschlug, blieb sie stehen und war nicht zu bewegen weiterzugehen, obwohl er sagte, Dr Chalie müsse sich das Auge anschauen und den Verband erneuern. Sie sagte, diese eine Nacht, die sie dort verbracht habe, würde ihr vollkommen reichen. Was meinst du, vielleicht können wir Dr Chalie ins Hotel kommen lassen?

Er ist Doktor, kein Kellner, sagte er.

Dann verarzte ich mich selber, sagte sie.

Es wäre besser, er würde ein Auge auf dich haben, sagte er. So sagt man doch, oder?

Willst du mich loswerden? fragte sie.

Das Auge muß angeschaut werden, sagte er. Und wenn die Flugverbindungen wiederhergestellt sind, fliegen wir zurück.

Wir? sagte sie. Kommt nicht in Frage! Du bleibst hier, und ich komme zurück. Einfacher geht's nicht.

Mensch, sagte er.

Mensch hast du noch nie zu mir gesagt, sagte sie. Was kommt dann?

Jetzt, kurz vor Beginn der Nacht, tauchten die ersten Sterne am Firmament auf, als winkte Gott mit winzigen Lampions, und dann, von einer Sekunde auf die andere, erwachte alles schlagartig zum Leben, die Straßen füllten sich mit Händlern und Bettlern, die sie verfolgten. Kinder, die um sie herumtanzten. Lichter in den Fenstern wie feuchte Augen. Es roch nach Verwesung und dem Atem von Tieren. Man konnte es wirklich mögen, wenn man wußte, daß das Leben darin bestand, nicht an den Tod zu denken und an den eigenen schon gar nicht, sondern so zu tun, als wäre man unsterblich. Sie gingen den ganzen Weg ins Hotel.

Und dann endlich schwebten Neonlettern vor ihnen im Schwarz der Nacht: *Rosemilk*.

Im Zimmer rissen sie sich die Kleider vom Leib. Er ließ ihr den Vortritt in die Dusche, nahm sich ein Bier aus der Minibar und stellte sich untern Ventilator. Dann fiel ihm ein, daß Mr Moses nicht angerufen hatte. Oder er hatte angerufen, und sie hatten es nicht gehört, weil die Frauen und Kinder auf dem Lastwagen so laut geschrien hatten, lauter als alle Schüsse. Alles, was normal gewesen wäre, schien hier keine Rolle zu spielen. Bis Helen aus dem Bad kam, hatte er die Flasche geleert. Sie ging nackt an ihm vorbei, sagte nichts. Ihre Haut war sehr weiß und glänzte feucht. Als sie in ihr Kleid schlüpfte, stellte sich heraus, daß der Verband naß geworden war und zu rutschen begonnen hatte. Irgendwie schafften sie es, ihn wieder halbwegs zu befestigen.

Nachdem auch er geduscht und sich umgezogen hatte, gingen sie hinunter ins Restaurant. Sie bestellten Hühnchen vom Rost; es schmeckte, als wäre es in einem früheren Leben ein Boxhandschuh gewesen. Zum Essen tranken sie Bier, das so kalt war, daß es rauchte und Lippen und Zunge betäubte. Nach dem Essen gingen sie hinaus auf die Terrasse, und er orderte eine

Flasche südafrikanischen Steenberg Sphynx. Der Wein war zu wenig gekühlt, und sie ließen sich einen Eiskübel bringen, warteten, bis der Wein trinkbar war.

Ich muß dir was sagen, sagte sie.

Schlimm?

Wie man's nimmt, sagte sie.

Aber er glaubte ihr schon nicht mehr.

Ich weiß nicht, ob es dir aufgefallen ist, sagte sie, nachdem sie angestoßen hatten.

Und er sagte: Was soll mir aufgefallen sein?

Du hast ins Bett gemacht, sagte sie. Bloß ein bißchen. Dann wußte sie nicht mehr weiter. Ein Tröpfchen oder so!

Ja? sagte er. Haßte seine Stimme.

Sah so aus wie Blut oder so ähnlich.

Kann vorkommen sagte er. Manchmal kann das vorkommen. Du weißt ja, wie das ist.

Nein, weiß ich nicht, sagte sie. Ich hab bloß was am Auge.

Er lobte den Wein, lächelte, so oft er konnte.

Sie ließ nicht locker. Wie lange schon?

Im Flieger, sagte er. Im Flieger war es das erste Mal, daß es nicht mehr so war, wie es war! Das vergeht wieder.

Männer sind empfindlich, sagte sie. Was das angeht, empfindlicher als Frauen.

Das vergeht wieder, sagte er. Ich weiß gar nicht, was du hast.

Wir brauchen uns, sagte sie. Und hier brauchen wir uns ganz besonders.

Ich bin da, sagte er.

Danke, daß du das sagst, sagte sie.

Sie tranken ihre Gläser aus, und er füllte nach,

schaute seinen Händen beim Zittern zu. Sagte: Das kommt in Ordnung. Der Körper braucht Zeit und sonst nichts.

Sie nickte und nahm einen Schluck, einen winzigen Schluck, wie ein Vögelchen an der Tränke. Er fühlte sich unwohl bei dem Gedanken, daß sie sein feiges, komisches Geheimnis entdeckt hatte, zumal sie vom Schicksal viel schwerer in Mitleidenschaft gezogen worden war. Es geht mir gut, sagte er. Ich sage das jetzt den ganzen Abend und die ganze Nacht: Es geht mir gut! Ich singe es dir vor, sagte er. Wenn du willst! Sie lachte, als er aufstand. Alle guten Geister sollen es hören! *Huhu!*

Trink nicht so viel, hörte er sie sagen.

Nein, sagte er, nur noch eine Flasche!

Dann ging die Sonne unter. Nahm alle Wolken mit.

Später gingen sie auf ihr Zimmer und machten sich fertig für die Nacht. Er lag neben ihr und liebte sie wie keine andere Frau zuvor. Lag neben ihr, wie ein Gebirge aus Fleisch, lag in einer Pfütze aus Schweiß, und sein Herz schlug ganz anders als sonst. Ihre Hand kam zu ihm rüber, suchte seinen Kopf, streichelte ihn, bis er einschlief. Und ein bißchen, ein ganz kleines bißchen, fühlte er sich als Opfer, als Opfer eines Opfers. Ungefähr so.

Er wachte auf, weil Helen telefonierte. Mr Moses, sagte sie. Fragt, wie es mir geht!

Er nahm ihr den Hörer weg, und Mr Moses sagte: Hallo?

Wissen Sie, wie spät es ist?

MEZ? fragte Mr Moses.

Nachts sind Sie immer besonders lustig, sagte er.

Sie waren drüben, hab ich gehört.

Von wem?

Mein Onkel hat Sie an der Fähre gesehn.

Welcher Onkel?

Ich meinte den Police Officer. Sie kennen ihn!

Kennen würde ich nicht sagen, sagte er.

Können wir uns treffen? Vielleicht nach dem Frühstück?

Geht nicht, muß mit meiner Frau ins Hospital, sagte er.

Ich könnte Sie hinbringen, sagte Mr Moses.

Sie sind nicht unser Chauffeur, Mr Moses.

Mr Moses seufzte verhalten mit leiser, ferner Stimme. Er bedauere es außerordentlich, aber wegen der herrschenden Unruhen sei es ihm leider nicht gelungen, Mr Kuttu zu kontaktieren. Besonders das Viertel um die Ring Road, wo Mr Kuttu sein Office habe, sei in Mitleidenschaft gezogen worden.

Von was?

Sagen wir, von der Wiederherstellung von Recht und Ordnung, sagte Mr Moses.

Warten wir eben ab, bis sich die Lage beruhigt hat, sagte er.

Dann machten sie Schluß.

Schlaf, sagte er zu Helen.

Er konnte nicht schlafen, stand auf und stellte sich auf den Balkon, ließ seine Hoffnung dem Himmel entgegenwachsen, der sich hinter Myriaden von Gestirnen verbarg. Das Schicksal, dachte er, war tückisch; er kannte niemand, der gegen das Schicksal gewonnen oder gar gesiegt hätte. Es war ihr Glück, Geld zu haben, eine Wohltat, die genossen werden mußte. Er war einfach nicht der Typ für ein Blockhaus in einer Gegend, in der die Bären im Winterschlaf in ihren Höhlen erfroren. Er mochte das hier, warme Nächte, in denen der Duft einer einzigen Blume von Horizont zu Horizont wehte, und Helen mochte das auch. Die Terrasse und der Park waren menschenleer, ohne Musik. Nach ein paar Mückenattacken trat er den Rückzug an.

HOUSE FOR SALE

Sie waren unter den ersten, die frühstückten, trugen ihre Tabletts nach draußen auf die Terrasse, wo eine linde Brise wehte; genaugenommen tranken sie nur Tee und Kaffee, fühlten sich nervös. Helens Verband war jetzt rettungslos durchweicht, sie hielt ihn fast die ganze Zeit mit einem Finger fest. Eine Weile wußten sie nicht, was sie sich sagen sollten, brachten es nicht einmal fertig, über das Wetter zu reden, weil wieder schönes Wetter war. Für einen Moment sah er sich drinnen an der Bar stehen und die Eiswürfel in seinem Glas zählen, ein Drama, wenn sie zerbrachen, weil er dann wieder von vorne zu zählen beginnen mußte, so lange, bis ihm Helen das Glas aus der Hand nahm, es austrank und umfiel.

Nach dem Frühstück gingen sie auf ihr Zimmer. Er umarmte sie, bevor sie sich für den Hospitalbesuch fertig machten.

Er wird dich nicht mehr anfassen, sagte er.

Vielleicht war es wirklich nur Zufall, sagte sie.

Sie verließen das Zimmer und gingen hinunter. In der Lobby lief der Fernseher, zeigte Bilder aus der Hauptstadt, Leichen, die ausgeweidet und verstümmelt vorm Präsidentenpalast auf Parkbänken lagen oder über die Promenade geschleift und ins Hafenbecken geworfen worden waren. Es schien, als versuchten manche Tote zu winken, sich an der Vergangenheit festzukrallen. Die

Bilder wiederholten sich, aber das war kein wirklicher Trost, und es war ihr Recht, sich bei diesem Anblick fremd und verloren zu fühlen. Der Hotelpage begleitete sie zum Taxi und hielt ihnen den Wagenschlag auf.

Guten Morgen, sagte Mr Hominy. Haben Sie gut geschlafen?

Wir fühlen uns zu weiß, sagte Helen.

Hm, machte Mr Hominy.

Zu weiß und zu feige, sagte Helen.

Die Sonne mag Sie, sagte Mr Hominy.

Unterwegs fragte sie ihn, ob er keine Angst habe?

Der Präsident liebt die Insel, sagte er.

Er entschuldigte sich jedesmal, wenn einer der Reifen in einem Schlagloch versank, aber es ging voran, die Straße wie künstlich geschwärzt im Morgendunst. Auf dem Hauptplatz hockten die Sklaven in der Grube; eine Mutter hielt ihr Baby im Arm, drückte es an sich, so tief gebeugt, als könnte es ihr gelingen, es wieder in ihrem Bauch verschwinden zu lassen. Haut ab, dachte er, haut ab, die Ketten sind verrostet, die Tränen aus Lehm, kein Schiff kommt zurück! Mit einem Mal konnte er diesen Haufen zusammengekrümmter Figuren nicht mehr ertragen. Die Unruhen würden niedergeschlagen werden, ein neuer Präsident würde an die Macht kommen oder wieder der alte, und wieder würden die Unruhen niedergeschlagen werden. Was Helen und er vorhatten, war, ein paar Jahre zu bleiben, wenn alles mit rechten Dingen zuging und das Schicksal nicht verrückt spielte. Hundert Jahre null Grad sind der perfekte Tod. So viel hatten sie verstanden: daß die Liebe der Trost der Armen war.

Vorm Tor des Hospitals eine Menschenschlange,

Patienten und deren Angehörige. Frauen trugen Kinder, deren Arme und Beine herabhingen wie Gummiwülste; es fühlte sich seltsam an, an ihnen vorbeizufahren und zu sehen, wie sie zur Seite wichen. Am Tor stiegen sie aus und wurden durchgelassen, mußten zwei, drei Stunden in der Ambulanz warten, ehe Dr Chalie Zeit für Helen fand.

Viel los, sagte Dr Chalie, nachdem er sie begrüßt hatte. Lassen Sie sehen, sagte er zu Helen.

Wissen Sie, was Glück ist? fragte er, während er Helen den Verband abnahm. Ich sage es Ihnen, was Glück ist! Glück ist, daß die Opfer nicht schwimmen können! Und wissen Sie, warum? Sonst wären sie nämlich alle hier, und ich müßte achtundvierzig Stunden am Tag arbeiten! Das nenne ich Glück!

Und? sagte Helen.

Was möchten Sie hören?

Werde ich wieder sehen? Richtig, meine ich!

Das kann ich Ihnen nicht sagen, sagte Dr Chalie, ich bin kein Augenarzt. Möglich, daß die Netzhaut an einigen Stellen eingerissen ist und die Tränendrüsen geschädigt wurden. Ich kann das Gewebe reinigen und den Verband erneuern. Aber das, ich wiederhole mich, ist und bleibt prophylaktisch. Wenn es nach mir ginge, würde ich nichts lieber als einen Spezialisten zu Rate ziehen, aber … Unruhen, Riots, Sie verstehen. Morgen vorbei, gestern vergessen.

Er sah zu, wie Helen sich schicksalsergeben das Auge säubern und einen frischen Verband anlegen ließ; sie zuckte ein paarmal, fast wie nebenbei, in einer Haltung, als ginge sie das alles nichts an.

Morgen, sagte Dr Chalie, ist alles wieder normal. Das war schon immer so.

In Murree vielleicht, sagte er.

Mr Ostrander, sagte Dr Chalie, wissen Sie, was ich als erstes gemacht habe, als ich hierher kam? Als erstes habe ich gelernt, in allen Sprachen Arschloch zu sagen.

Selbstschutz, sagte er. Hat es geholfen?

Vergessen Sie nicht auf Ihr Honorar, sagte Helen.

Spenden Sie etwas, sagte Dr Chalie.

Aus irgendeinem Grund fühlte er sich beschämt, als er Dr Chalie Geld gab, große Scheine und hoffentlich genug und lieber mehr, als zu wenig. Was konnte es kosten, sich dankbar zu zeigen?

Draußen vorm Tor sagte sie: Diesmal hat er nichts gemacht.

Weil ich ihm keine Chance gelassen habe, sagte er.

Sag doch gleich, daß es dir egal ist, ob er mich anfaßt oder nicht, sagte sie.

Ich bin ein bißchen durcheinander, sagte er.

Hätte mein Mann das gleiche gemacht wie Dr Chalie, hättest du ihn dafür totgeschlagen, sagte sie.

Mit dem größten Vergnügen, sagte er.

Plötzlich blieb sie stehen.

Hab Angst, sagte sie.

Sie suchte seine Hände, hielt sich an ihnen fest.

Helen, sagte er, er tut, was er kann, aber er kann dich nicht rüberrudern und operieren oder was weiß ich.

Dann nahm er sie in den Arm. Keine Sekunde zu spät. Sie brach in Tränen aus, und er dachte, denk an deinen Verband, bitte denk an deinen Verband, er ist so neu, so weiß. Mach ihn nicht kaputt!

Findest du mich häßlich mit diesem Ding im Gesicht? fragte sie.

Ich weiß nur, daß ich nicht schön bin, sagte er.

Was täte ich ohne dich, sagte sie, küßte ihn, ihre Lippen mehlig vom Staub, den der Wind vor sich her blies wie schütteren Atem.

Vor einer Hütte am Weg riß ein Hund an seiner Kette, und dann waren sie dort, wo der Weg in die Straße mündete, und irgendwie war er dem Hund dankbar dafür, daß er ihm vorgeführt hatte, wie man enden konnte. In den meisten Fällen brauchte es nicht einmal eine Kette, um zu lernen, wie man mit dem Schwanz wedelt.

Manchmal dachte er, er sei nur aus diesem Grund auf die Welt gekommen, um sich an jenen Abend erinnern zu können, an dem er Helen kennenlernte – müde von der Arbeit, müde vom Saufen, müde vom Zuschauen, wie Männer und Frauen sich küssen und anderes tun. Im Spiegel spielte der langweiligste Film seines Lebens, und er hatte den langweiligen Titel Ich. *In der gegenüberliegenden Wohnung war ein Pärchen eingezogen; jeden Abend trugen sie irgendwelche Vasen und Bilder durch die Zimmer oder schleppten Umzugskartons von hier nach dort. Es gab nichts Ereignisloseres, als ihrem Leben beizuwohnen, und trotzdem tat er es, stellte sich auf den Balkon und schaute ihnen zu, Ausschnitte ohne Sinn und Zusammenhang. Manchmal umarmten sich die beiden und verschwanden in einem anderen Zimmer. Und dann wurde er eines Tages unfreiwillig Zeuge, wie drüben der Mann über die Frau herfiel und sie quer durchs Zimmer drosch, gegen die Wand stieß und ihr ein paarmal mit Fäusten ins Gesicht schlug, sie würgte und ihr ein Knie in den Bauch rammte, daß sie in die Hocke ging und kotzte, ehe sie auf allen Vieren davonkroch. Bei diesem Anblick fühlte er sich, als hätte man ihm einen Kanister Sprit in den Kopf gegossen und ein glimmendes Streichholz hinterhergeworfen. Das Folgende wie ein Traum, den jemand anders für ihn geträumt hatte. Er wußte nur noch, er hatte nicht geklingelt, nicht geklopft, hatte die Tür aufgetreten und die Frau gesehen, wie sie im Flur auf dem Boden hockte, das Blut, das ihr von den aufgeplatzten Lippen tropfte, das Büschel ausgerissener Haare, das ihr im Gesicht klebte. Ihr Typ hatte von ihr abgelassen und war ihm mit ausgestreckten Händen entgegengekommen, hatte nach der Polizei gerufen, bis er den ersten Schlag empfing und nicht einmal mehr Luft zum Wimmern hatte, sich, fügsam fast, an die Wand lehnte und mit erhobenen Armen wartete, bis er ihn von den Beinen hebelte. Die Tritte, die er ihm verpaßte, hallten durch die Rippen, ein Scheißgeräusch. Gewinsel, Rotz und Wasser. Und dann, er wußte selber nicht, warum, trat er ihn an den Kopf, ins Gesicht, immer wieder, bis er fühlte, wie es knackte, nachgab. Es gab eine Grenze, gab eine Grenze, aber er wußte nicht mehr, wo diese Grenze war, und zuletzt wußte er nicht einmal mehr, ob es diese Grenze überhaupt gegeben hatte. Und noch während er auf das blutverschmierte Gesicht hinunterstarrte, kam die Frau durch den Flur gewankt, trug eine Tasche mit Wäsche und Kleidung unterm Arm, stieg über ihren Mann wie über ein verwesendes Krokodil und verließ die Wohnung. An der nächsten*

Straßenecke holte er sie ein. Sie klammerte sich an einen Ampelmast und erbrach, und er paßte auf, daß sie nicht einknickte. Dann fuhr er sie ins Krankenhaus und merkte sich ihren Namen, als man sie in der Ambulanz fragte, wie sie hieß. Eigentlich wollte er sie am nächsten Tag im Krankenhaus besuchen, aber das war ihm nicht mehr möglich gewesen, weil er da schon in einer Zelle saß.

Die Gewaltanwendung, so der Richter in seiner Urteilsbegründung, sei unverhältnismäßig, die erfolgte Körperverletzung sogar im Rahmen unbestreitbarer Hilfsbereitschaft unzumutbar gewesen, und verurteilte ihn zu einer eineinhalbjährigen Haftstrafe (plus Schmerzensgeld).

Ein paar Monate später wurde Helen schuldlos geschieden und heiratete ihn. Die Hochzeit fand im Gefängnis statt, erst in der Kapelle und dann im Besuchsraum bei Kaffee aus dem Automaten und Gummibärchen, die in Plastikschüsselchen schwitzten. Und im nächsten Augenblick waren sie alt und träumten die Liebe rückwärts.

Mehr Glück gab es nicht umsonst. Nicht einmal im schönsten Traum lag sie neben ihm auf der Pritsche. Auch im Gefängnis gab es Tag und Nacht. Nachts verging die Zeit schneller, jeder vergangene Tag wie ein einziger Traum, der sich immerzu wiederholte.

Die Liebe?

Liebt sich selbst!

II.

CLOWNSGESANG

Er blieb an einer der Imbißbuden am Straßenrand stehen und kaufte sich eine Dose Bier, trank einen Schluck und betrachtete die winzigen, an Spieße gesteckte Fischchen, die kaum größer als Hornissen oder Seepferdchen waren und in einer Kruste aus Chili in einem Bottich mit Palmöl geröstet wurden. Das Bier war warm, und er spuckte es aus. Es war unhöflich, aber seine Sehnsucht nach Betäubung war stärker, auch dann noch, als er Helens strafenden Blick bemerkte.

Was machst du? sagte sie.

Ich kann das nicht trinken, sagte er.

Du benimmst dich wie …

Wie?

Sie gab keine Antwort.

Wie benehme ich mich?

Ziemlich unmöglich, sagte sie.

Als er nichts sagte, sagte sie: Darf ich das sagen?

Du darfst alles, sagte er.

Als sie den Hauptplatz querten und im Schatten des Parks untertauchten, sahen sie, daß irgend jemand dem Baby in der Grube einen Plastiksack mit hineingeschnittenen Augenschlitzen übern Kopf gestülpt hatte.

Irgendwie geht es mir nicht so gut, sagte sie.

Es wird aufhören, und wir werden es vergessen, sagte er.

Probleme gibt es überall.

Es war fast wie eine Erlösung, als das Handy piepte.
Mr Moses.
Wie geht es Ihrer Frau?
Wissen wir noch nicht!
Frag ihn, wo dieser Mr Kuttu steckt, sagte sie.
Ich soll Sie fragen, wo Mr Kuttu steckt, sagte er.
Ich habe es gehört, sagte Mr Moses.
Und?
Wahrscheinlich hat er sich in Sicherheit gebracht, sagte Mr Moses.
Die Unruhen, sagte er.
Sie sind am Abklingen, sagte Mr Moses.
Wie schön, sagte er. Wir können es gar nicht erwarten, daß Mr Kuttu wieder die Arbeit aufnimmt. Leider kann ich meine Frau nicht alleine lassen, sonst hätte ich ihn längst aufgesucht.
Viel zu gefährlich, sagte Mr Moses.
Für wen? sagte er.
Mr Moses lachte leicht irritiert, dann machte er eine wohlbemessene Pause und sagte: Wir haben Inflation, Mr Ostrander!
Das heißt? fragte er.
Das heißt, daß ich alles tue, damit sich am Kaufpreis nichts ändert, sagte Mr Moses.
Warum sind Sie so nett? sagte er.
Kann ich Ihre Frau sprechen?
Meine Frau muß sich ausruhen, sagte er.
In Ihren Armen wird sie bestimmt wieder gesund, sagte Mr Moses.
Sind Sie Arzt?
Nein, eher Wahrsager, sagte Mr Moses. Ich melde mich wieder, sobald sich etwas tut.

Dann war das Gespräch beendet.

Er hat sich nicht verabschiedet, sagte er.

Hilf mir, sagte sie, während sie Anstalten machte, in die Grube zu klettern. Sinnlos, ihr das ausreden zu wollen. Es blieb ihm nur übrig, an ihrer Stelle in die Grube zu springen. Er zog dem Baby den Plastiksack vom Kopf, man hatte ihm einen Zigarettenstummel zwischen die Lippen gesteckt, und in eines seiner Augen war ein Kronkorken gedrückt.

In ihrem Zimmer im Hotel hatte sie sich auf das Bett fallen lassen, hatte die Arme im Nacken verschränkt und zur Decke gestarrt. Er legte sich neben sie, ganz an den Rand.

Wir wollen nur leben, sagte sie, oder?

Und am Leben bleiben, sagte er.

Sie dösten ein paar Minuten, erschlagen. Irgendwas schrie drunten im Hotelpark, schrill und zeternd, ein Tier, ein Kind. Sie standen auf, schlüpften in ihre Badesachen und gingen zum Strand. Es herrschte Ebbe, und sie mußten ein ganzes Stück durch grünen Schlick waten, bis es tiefer wurde. Das Festland ein schwarzer Strich, wie hingekrakelt am Horizont.

Mach das nicht, sagte er, als sie ins tiefere Wasser ging und zu schwimmen begann, aber sie hielt ihren Kopf hoch erhoben, erfüllt von Kraft und Stolz, wie sie da durch die Brandung glitt. Es wird alles gut, rief er, aber sie hörte ihn nicht. Er folgte ihr, wie ein Baby seiner Mutter, dachte er, schluckte Wasser, als er lachte. Das hier war der Inbegriff des Lebens, Rückverwandlung. Unter ihm lagen die Gräber der Saurier, Bruchstücke fossiler Himmelskörper, vergessener Müll. Sie kam heil aus dem Wasser, ihr Verband war trocken geblieben. Es war nicht der Hotelstrand, an dem sie herausgekommen waren, und sie bahnten sich einen Weg durch die Händler, die Kokosnußwasser und Muscheln in einer scharfen puddingähnlichen Soße verkauften, Sonnencreme, Sonnenbrillen. Kleine, nackte Kinder überall.

Zurück auf ihrem Zimmer, ging sie als erstes unter die Dusche, und er vertrieb sich die Wartezeit damit, Mr Kuttu anzurufen. Beim dritten erfolglosen Versuch klopfte es an der Zimmertür. Er öffnete. Der Hotelpage stand vor der Tür und brachte ein dickbauchiges Kuvert. Er gab dem Pagen Trinkgeld, bevor er es aufriß und ein Schlüsselbund herausholte, das funkelnagelneu aussah. Ein Zettel war beigelegt, auf dem in säuberlicher Schrift zu lesen war, daß Ms und Mr Ostrander hiermit die Schlüssel für ihr neues Heim ausgehändigt würden, damit ihnen – bis zum hoffentlich baldigen Vertragsabschluß – die Hotelkosten erspart blieben. Natürlich sähe sich *Hidden Pearl Resort Company* nicht in der Lage, das Objekt kostenlos zur Verfügung zu stellen, aber die Benutzung der eigenen vier Wände komme schlußendlich billiger als das Hotelzimmer und sei, was Komfort und Luxus betreffe, kein Vergleich. Er, Mr Moses, wünsche ihnen eine gute Nacht!

Als Helen aus dem Bad kam, zeigte er ihr die Schlüssel. Von Mr Moses, sagte er. Ein Entgegenkommen!

Sie verstand nicht gleich.

Umzug, sagte er.

Er gab ihr die Schlüssel, und sie wog sie in der Hand, als könnte ihr das Gewicht Aufschluß über die nahende Zukunft geben.

Eigentlich müßten wir feiern, sagte er.

Nicht schon wieder, sagte sie. Ich würde das Abendessen lieber auslassen.

Fühlst du dich krank?

Nur müde, sagte sie.

Es geht voran, sagte er. Freust du dich nicht?

Schon, sagte sie.

Wir haben Glück im Glück, sagte er.

Wurde langsam Zeit, sagte sie.

Ich geh jetzt trainieren, sagte er.

Was trainieren?

Dich über die Schwelle zu tragen, sagte er. Jetzt schon zum zweiten Mal!

Sei brav, rief sie ihm hinterher, als er hinunterging.

Auf der Restaurantterrasse saßen Hotelgäste an Tischen voller Gläser und Flaschen, redeten, lachten, weiße Gesichter im Mondlicht. Er bekam einen Tisch am Geländer zum Park, bestellte Bier. Eines, dachte er, höchstens zwei. Essen später. Das Bier war so kalt, daß ihm die Zähne wehtaten, seine Zunge pelzig wurde. Ungeachtet dessen trank er in großen langen Schlucken, und fast augenblicklich fühlte er sich wohler, eine Gewohnheit. Dachte an Helen, wünschte ihr von Herzen alles Gute. Das gehörte zur Liebe. Als er beim zweiten Bier war, kam der Barmann zu ihm an den Tisch, begrüßte ihn überschwänglich. Alles okay? Alles okay! Ganz allein?

Ich hab mich! sagte er. So, ungefähr so, hatte er sich die Nächte hier vorgestellt, fast wortlos, voller Gefühle und Empfindungen, glatt, schnell, eine süße Reibung der Sinne. Es gibt kein Oben, kein Unten, nicht wirklich, gibt nur Gewinner oder Verlierer. Er fühlte sich ein bißchen einsam, aber es gefiel ihm, sich einsam zu fühlen. Verloren unter Sternen. Was verstehen Sie schon von Einsamkeit? Er trank jetzt zügig, und seine Lebensgeister kehrten in Scharen zurück, er wußte gar nicht, wohin mit ihnen. Während er noch damit beschäftigt war, eine Art Ordnung in Flaschen und Gläser zu bringen, trat der Police Officer an seinen Tisch; er erkannte ihn nicht gleich, weil er in Zivil war.

Darf ich? sagte er, zog einen Sessel heran, setzte sich, rief nach der Bedienung. Wir alle müssen zahlen, das geht reihum. Keiner entkommt. Philosophie! Verstehst du?

Hören Sie, ich mag es nicht, von Leuten, die ich nicht kenne, geduzt zu werden, sagte er.

Aber wir kennen uns doch, sagte der Police Officer.

Ich glaube nicht, daß wir das tun, sagte er.

Nicht einmal ein bißchen?

Hören Sie, ich warte hier nicht auf Freunde, sagte er.

Dann warten Sie auf Frauen, sagte der Police Officer. Schob den Tisch ein Stückchen von sich weg und lehnte sich zurück.

Egal, auf Sie habe ich nicht gewartet, sagte er, trank aus und stand auf, suchte nach einem freien Tisch. Ein Wind ging durch ihn hindurch, und die Tische tanzten im Kreis. Gesichter flogen vorbei. Wo war der nächste freie Stuhl? Er setzte sich wieder.

Sie haben es gut, Sie sind betrunken, sagte der Police Officer.

Sie möchten, daß ich Sie einlade, stimmt's?

Warum nicht?

Sie armer Polizist!

Sie haben es begriffen.

Bestellen Sie sich meinetwegen etwas!

Warten Sie auf Dank?

Nicht wirklich, sagte er.

Hab Sie an der Fähre gesehen, sagte der Police Officer. Von Dr Chalie hab ich gehört, daß Ihre Frau krank geworden ist.

Meine Frau, sagte er, ist nicht krank geworden, sie wurde von einer Hotelnutte angegriffen. Und jetzt sagen Sie bloß nicht, Sie sind hier, um zu ermitteln?

Der Police Officer drehte eine Flasche so, daß er das Etikett lesen konnte.

Gut? fragte er.

Geht, sagte er.

Teuer?

Woanders kostet es weniger.

Und wo wäre das?

Im Supermarkt.

Ich weiß nicht, ich habe das Gefühl, Sie wollen mich loswerden, sagte der Police Officer. Warum?

Ich möchte jetzt auf mein Zimmer, wenn Sie nichts dagegen haben.

Sie sind sehr unhöflich.

Da befinde ich mich in bester Gesellschaft, sagte er.

Irgendwie gefallen Sie mir, Mr Ostrander!

Also, was soll das werden?

Liegt an Ihnen!

Der Herr ist mein Gast, sagte er zur Bedienung.

Die Bedienung salutierte.

Heißt es nicht, der Herr ist mein Hirte? sagte der Police Officer.

Kein Esel, der Schafe hüten kann, sagte er. War wirklich betrunken und zu allem bereit.

In diesem Augenblick stellte die Bedienung einen riesengroßen Glaskrug mit Bier auf den Tisch; ehe er sich versah, hatte ihn der Police Officer zur Hälfte ausgetrunken.

Gut, sagte der Police Officer.

Und Sie müssen nicht einmal dafür tanzen, sagte er.

Wenn Sie möchten, kann ich die Frau finden, sagte der Police Officer. Ich könnte es versuchen, aber was, wenn ich sie tatsächlich finde? Wie möchten Sie, daß sie bestraft wird? Sie ist jung, und sie war betrunken, als Sie ihr geholfen haben. Aber glauben Sie wirklich, diese Hure würde sich erinnern, daß es so gewesen ist, wie Sie sagen? Und was hätten Sie davon? Einen Freifick?

Uninteressant! Ich bin verheiratet!

Wir alle sind verheiratet. Auch die Frauen sind verheiratet. Zum Beispiel mit Leuten wie Ihnen. Haben Sie Kinder?

Was, wenn ich die Aussage verweigere?

Also keine, sagte der Police Officer. Ich habe zehn. Ich habe hundert. Ich habe tausend Frauen. Und was haben Sie?

Genug von Ihnen, sagte er.

Was würden Sie machen, wenn ich Ihnen die Hure bringe? Sagen Sie, was würden Sie machen?

Keine Ahnung, sagte er.

Würden Sie mir Geld geben?

Für wieviel Silberlinge hätten Sie Jesus gefangengenommen?

Jesus? fragte der Police Officer.

Eine Hure war bei ihm am Kreuz. Mehr weiß ich auch nicht.

Der Police Officer beugte sich übern Tisch, hielt ihm den Mund zu. Pst! machte er. Wenn Sie nichts wissen, sollten Sie auch nichts sagen.

Er schmeckte Handschweiß auf seinen Lippen, lehnte sich zurück und spuckte neben dem Tisch auf den Boden.

Bei uns, sagte der Police Officer, ist alles anders, duckte sich hinterm Krug. Die Hure sei eine arme Frau, so schön, so hübsch, so reizend, für Männer wie ihn mehr als erschwinglich, eigentlich geschenkt. Er, fuhr er fort, hätte unglaublich viele Schwestern, von denen alle viele Kinder hätten, aber keine Väter, keine Ernährer, denn diese Hunde hätten die Frauen vor der Geburt verlassen – und er, er allein, müsse jetzt mit seinem lächerlichen Gehalt den ganzen Stamm durchbringen.

In betrunkenem Zustand, dachte er, schwieg.

Wie geht es Ihrer Frau? wollte der Police Officer plötzlich wissen.

Naja, sagte er, weil ihm nichts anderes einfiel.

Der Doktor ist ein guter Mann, sagte der Police Officer.

Ich bin auch ein guter Mann, sagte er.

Ja, sagte der Police Officer.

Ich habe eine Bank ausgeraubt.

Ja, sagte der Police Officer.

Sie glauben mir nicht?

Das ist manchmal eine gute Idee, sagte der Police Officer. Meinen Sie nicht auch?

Wissen Sie, in jedem Land, das ich besuche, raube

ich eine Bank aus. Und weil ich in jedem Land, das ich besuche, eine Bank ausraube, kann ich in viele andere Länder reisen und dort viele andere Banken ausrauben, sagte er. So einfach ist das.

Der Police Officer grinste höflich. System, sagte er.

Im Moment mach ich Pause, sagte er.

Das ist gut, sagte der Police Officer. Sonst müßte ich Sie verhaften. Aber ich bin nicht im Dienst.

Da hab ich nochmal Glück gehabt, sagte er.

Sie gefallen mir, sagte der Police Officer. Hab gehört, Sie haben vor, sich ein Haus zu kaufen?

Ja, sagte er, haben wir vor.

Besser, Sie bleiben im Hotel. Die Lage ist nicht gut. Bin ich Ihr Gast?

Er nickte, sagte: Gewesen. Dann stand er auf, weil er nicht am Tisch zahlen wollte.

Sie sind ein netter Kerl, sagte der Police Officer. Schlug anerkennend auf den Tisch.

Helen schlief bereits.

Um sie nicht zu wecken, machte er nur das Licht im Bad an, fächelte sich seinen Atem in die Nasenlöcher, roch das Bier. Erst konnte er eine ganze Weile nicht pissen, dann konnte er nicht mehr aufhören zu pissen, pißte Tropfen um Tropfen, ewig lange, bis wieder Blut mitkam. Und die ganze Zeit, die er auf der Toilette verbrachte, sagte er sich, daß es aufhören und normal werden würde, so wie früher, wo man über nichts nachdachte, weil es nichts nachzudenken gab, Träume mit sich herumtrug, keine Krankheiten.

Zurück im Zimmer, beugte er sich über Helen, betrachtete ihren Verband, der in der Dunkelheit alle

Farbe verloren hatte. Als er sich neben sie legte und den Geruch des Moskitonetzes einatmete, den Geruch nach altem Staub und Chemikalien, wagte er nicht, sie zu berühren, lag da und hörte ihrem Atem zu. Und als er schließlich doch eine Hand nach ihr ausstreckte, ertastete er das Schlüsselbund, das sie in die Ritze zwischen den Matratzen gestopft hatte, wie ein Stück Schmuck, so kostbar, daß man es niemandem anvertrauen mochte; er wog es in seiner Hand, kam sich vor wie ein Wärter seiner selbst. Zum ersten Mal kam Angst wie ein Schwall in ihm hoch. Wir probieren es einfach, dachte er. Wenn man etwas zu zweit probiert, hat man vielleicht mehr Glück. Weil einer von beiden muß es ja haben, das Glück.

Ein oder zwei Stunden später mußte er wieder aus dem Bett, und beim Urinieren war es wieder da, das Blut. Mach schnell, dachte er.

Hinterher ging er hinaus auf den Balkon und sah sich die Sterne an. Manche waren ganz klein, winziger als ein Staubkorn, aber ihr Licht sank in seine Augen und blieb. Plötzlich hatte er Sehnsucht danach, den ganzen Himmel zu sehen, den Himmel vom Anfang bis zum Ende, verließ leise das Zimmer und ging durch den Park zum Strand hinunter. Jetzt füllten die Sterne das ganze Firmament, tanzten wie glitzernde Schatten auf dem nachtdunklen Wasser. Lichtfetzen am Horizont, wo das Festland begann, hinter sich die rosa Neonlettern der Hotels. Er zog sich aus und watete los, bis ihm das Wasser bis zum Bauch ging, pißte. Mit allem Grimm.

Wieder im Zimmer, schlug er ein paar Nachtfalter tot, dann begann er zu packen, und als Helen davon wach wurde, ließ er es sein und legte sich wieder neben sie. Es war fast schön, daß der Polizist und die Prostituierte jetzt in anderer Menschen Träumen ficken. Was versteht man schon von Einsamkeit?

HERR, LASS WEISSE TAUBEN REGNEN

Es dauerte, bis er merkte, daß sie wach geworden war. Er stand auf und machte mit dem Packen weiter, spürte, daß sie ihm zusah, ihr Auge überall. Ließ sich nichts anmerken, genoß das Morgenlicht und seine Bewegungen in diesem Licht.

Warum hast du es denn plötzlich gar so eilig? sagte sie.

Instinkt, sagte er.

Wo bist du heute nacht gewesen?

Am Strand, sagte er.

Mitten in der Nacht?

Du hast geschlafen, sagte er.

Ich hab nicht geschlafen. Ich hab geträumt. Es war furchtbar. Und weißt du, warum? Weil ich nicht mehr weiß, was. Vielleicht von einem Mann, der nachts spazieren geht?

Ich war allein unterwegs, sagte er. Wie geht's deinem Auge?

Frag mich was Schönes, sagte sie.

Siehst du, daß ich dich liebe? sagte er.

Das hast du schön gesagt, sagte sie.

Er nickte ein paarmal, hob sie hoch und trug sie ins Bad.

Und als sie wieder herauskam, geschminkt und in frischer Kleidung, hatte er fertiggepackt. Er sah zu, wie sie zur Kontrolle im Zimmer herumging, mochte es, daß sie da war, einfach da – in einer Sekunde Unvergänglichkeit gefangen. Womöglich würde heute der schönste Tag ihres Lebens sein.

Sie gingen hinunter frühstücken, frühstückten draußen auf der Restaurantterrasse, die Morgenluft so warm und mild, daß sie einen weißen Schleier auf den Augen hinterließ. Sie aßen Toast und Früchte und ein paar Bröckchen schwitzenden Fisch, der vom Vorabend übriggeblieben war. So, dachte er, hätte jedes Märchen beginnen können. Eine Horde Äffchen tobte durch den Park, kreischend, als wären sie von Feinden umzingelt, hörten auch nicht auf, als er in die Hände klatschte. Es war eher Beifall gewesen.

Während des Frühstücks wählte er immer wieder Mr Kuttus Nummer. Niemand ging ran, so oft er es auch probierte. Helen versuchte, in seinem Gesicht zu lesen, aber er ließ sich nichts anmerken, lächelte stur und wählte die Nummer, lauschte und trank seinen Kaffee, der irgendwie grün schmeckte.

Vielleicht hat er eine neue Nummer, sagte sie. Oder ihm ist was passiert.

Vielleicht macht er eine Weltreise? sagte er. Vielleicht sogar mit unserem Geld?

Ach, sagte sie, laß uns lieber den Äffchen hinterherspringen. Sie sind so sorglos.

Das kann täuschen, sagte er.

Was das anbelangt, bist du Experte, sagte sie. Der Gorilla in Menschengestalt!

An der Rezeption beglichen sie die Rechnung und bestellten ein Taxi. Das Taxi, sagte man ihnen, würde draußen auf sie warten. Sie genossen noch für einen Augenblick die empfindliche Kühle der Lobby, bevor sie sich auf den Weg machten.

Mr Hominy hielt Helen den Wagenschlag auf. Wir werden Sie vermissen, sagte er, als er hinterm Lenkrad Platz genommen hatte und losfuhr.

He, sagte er, möchten Sie nicht wissen, wohin es geht?

Mr Hominy sah ihn nicht einmal an. Ich weiß, wohin!

Können Sie Gedanken lesen?

Hier wissen alle alles, sagte Mr Hominy.

Helen zwickte ihn in den Bauch, also hielt er lieber den Mund. Schließlich war es ihr Tag, ihr großer Tag, der erste eines neuen Lebens, wenn man es mit Posaunen und Trompeten verkünden mochte. Von heute an bestand kein Anlaß mehr, sich für das Paradies zu interessieren, denn sie gehörten zu den Glücklichen, die ihren Teil davon schon auf Erden bekommen hatten.

Die Sonne war weiß, und der Himmel war blau, und sie hatten das alles und für immer.

Unglaublich!

Am Anfang des Marktviertels ließ er Mr Hominy anhalten und ging mit Helen in einen Möbelladen, wo sie zwei dünne Rollmatratzen aus Schaumstoff und Moskitonetze kauften, die sie in den Kofferraum packten. Auf der anderen Straßenseite besorgten sie sich an einem Verkaufsstand einen großen Plastikeimer für den Fall, daß sie Wasser sammeln mußten. Sie bräuchten noch ein Paar Frotteetücher und einen Kanister Petroleum für den Generator, fiel Helen ein, und so kamen sie vom hundertsten ins tausendste, hatten kaum noch Platz auf der Rückbank, als alles verstaut war.

Das ist ein Taxi, sagte Mr Hominy, als er losfuhr.

Sag nichts, sagte Helen.

Ich sag nichts, sagte er.

Gut, sagte Mr Hominy.

Hast du Musik?

Ich bin nicht du!

Da hab ich aber Glück gehabt, sagte er.

Olav, sagte Helen.

Keine Angst, ich will nicht tanzen. Bloß ein bißchen Musik! Wo ist das Problem?

Gibt kein Problem! Gibt keine Musik! sagte Mr Hominy.

Er fuhr viel zu schnell. Als wollte er sie loswerden.

Inzwischen hatten sie die Außenbezirke passiert, beiderseits der Küstenstraße begannen die Villen und Apartmentblocks, flammende Gärten und Steinmauern von einer Wucht, als befänden sich dahinter luxuriöse Kerker. Der Asphalt ein glattes Band, frisch und schwarz, fast fettig, der Mittelstreifen nicht ganz gerade, verwackelt. Die Palmen zackten die Fahrbahn mit Licht und Schatten, harte Schläge, die in den Augen schmerzten. Mr Hominy fluchte, als ein Hund die Trasse querte, schwärende Löcher im fast kahlen Fell. Dann schoß der Wagen die Schotterpiste hinunter, durch Brachland schaukelnd, weit hinten der rissige Saum der Dünen, stoppte vorm Tor, eine Schleppe aus Staub und Grassamen hinterlassend.

Helen trommelte auf dem Plastikeimer, war nervös, weil im Garten eine Horde halbnackter Kinder zugange war. Sie taten, als würden sie in Panik in den Pool springen, als sie aus dem Taxi stiegen, aber noch während er Mr Hominy entlohnte, kletterten sie behende über die Einfriedung und trotteten den Weg zu den Dünen hinunter. Er bückte sich nach einem Stein, ließ ihn fallen, als er sich bewußt wurde, was er da machte. Er drohte ihnen mit der Faust, spielerisch, wie er meinte, aber ihr Anführer, ein großgewachsener, massiger Junge, betrachtete das als Kampfansage, kam zurück, blieb vorm Tor stehen und starrte ihn an, das Gesicht gestreift von den Eisenstäben. Dann spuckte er Rotz an das Tor, bückte sich, hob ebenfalls einen Stein auf und wog ihn in der Hand. Seine Lippen, sah er, waren weiß bemalt.

Ich hab eine Schwester, sagte der Junge. Kann sie bringen.

Ich brauch deine Schwester nicht, sagte er.

Ich mach deine Frau blind, dann schick ich dir meine Schwester, sagte der Junge.

Er sagte nichts mehr, ließ ihn stehen.

Hörte den harten Knall, als der Stein vom Tor abprallte.

Mach das Tor zu!
Höher als die Wolken die Mauer.
Die Engel unter Waffen.
Die Arche legt ab, ohne Tiere.

Komm, sagte sie, während er daran dachte, daß ihn das Geräusch, mit dem der Stein ans Tor geprallt war, an die Abende im Gefängnis erinnert hatte, wenn Einschluß war und sie zurück in ihre Zellen mußten, in den Gestank fremder Körper, in die Dürftigkeit der Träume, jede Nacht länger als der Tag davor. Helen legte ihm eine Hand auf den Arm, so zärtlich und bestimmt, daß er sie vor lauter Rührung umarmte.

Sich an den Händen haltend, gingen sie durch den kleinen Garten aus struppig braunem Gras, und er verlangsamte fast unmerklich die Schritte, weil er Ausschau nach irgendeiner Blume hielt, die er pflücken und ihr hätte schenken können, aber das Erdreich war wie verkohlt, und selbst die Steine, die, wie von den Arbeitern vergessen, in den Ecken des Grundstücks lagen, wirkten rissig, jeder Grashalm gekrümmt, erstarrt in der Sehnsucht nach Regen. Auf der Terrasse blieb er stehen und händigte ihr mit einer ernsthaften Verbeugung das Schlüsselbund aus. Als sie aufgesperrt hatte, trat er hinter sie, hob sie hoch und trug sie über die Schwelle, weiter durchs ganze Haus, bis sie lachte und den Eimer mit den Flaschen fallen ließ, den sie die ganze Zeit gehalten hatte.

Sie hatten nichts, womit sie hätten anstoßen können, kein Glas, keinen Kelch, nicht einmal eine Tasse, und das sagte er ihr, während die Flaschen über den Boden rollten und er Helen auf die Beine stellte und spürte, wie sie sich an ihn lehnte. Im nächsten Moment tanzten sie. Tanzten zu einer Musik, die nur sie hörten und niemand sonst. Sie machten kleine Sprünge, wenn ihre Füße an die Flaschen stießen.

Nachdem sie voneinander abgelassen hatten, holte er das Gepäck und die Einkäufe herein, brachte die Matratzen und die Moskitonetze hoch in das Zimmer, in dem sie schlafen würden, stellte den Eimer ins Bad. Dort deponierte er das mitgeführte Geld hinterm Abdeckgitter der Lüftung, brauchte lange, bis er mit dem sperrigen Klicksystem zu Rande kam, stopfte Bündel Scheine hinter die Rotoren und blockierte den Schalter, damit die Anlage nicht in Betrieb genommen werden konnte. Helen war mit seinem Werk zufrieden. Es war perfekt. Bis wir in die Sonne fallen – bis die Sonne auf uns fällt …

Hinterher hockten sie auf den Terrassenstufen und stellten sich vor, wie es sein würde, wenn alles grünte und blühte und der Pool die Sonne und den Mond spiegeln würde, jede Nähe, jede Ferne. Und was immer dazwischen vorstellbar war.

Es tut langsam zu weh, sagte sie.

Laß sehn, sagte er.

Lieber nicht, sagte sie.

Was heißt lieber nicht, sagte er. Was ist los? Wir können es jederzeit nochmal in der Klinik probieren. Jetzt. Sofort. Kein Problem!

Dann geht uns der Tag kaputt, sagte sie.

Ach was, sagte er. Abends sind wir wieder zurück. Feiern die ganze Nacht.

Und laden alle Nachbarn ein, die wir nicht haben.

Mr Moses, Mr Hominy!

Und, nicht vergessen, diesen Clown von einem Polizisten!

Und den Präsidenten laden wir natürlich auch ein. Ihm gehört die ganze Insel, alles – außer unser Haus!

Was, denkst du, haben die Kinder gewollt?

Vielleicht haben sie hier geschlafen, als das Haus im Rohbau war, sagte er. Keine Ahnung!

Ich weiß nicht, ich hab ein bißchen Angst vor ihnen, sagte sie.

Sie werden nicht wiederkommen, wenn hier Leute wohnen, sagte er.

Er stand auf, ging zum Pool und schaute hinein, da war nichts. Nur alter Staub. Und mumifizierte Insekten. Sonst war da nichts. Außer ein paar Verfärbungen an den Kacheln, wo die Kinder ihre Notdurft verrichtet hatten.

Er ging zurück zu ihr und sagte, im Gefängnis habe er in einem Buch gelesen, daß es eine Zeit gegeben habe, da die Engel in die Menschen verliebt gewesen seien und es mit ihnen getrieben hätten.

Okay, sagte sie.

Stell dir das vor, sagte er.

Ich glaube, ich kann das nicht, sagte sie.

Demnach wäre die Erde ein Puff für Engel gewesen, sagte er.

Hast du hinter meinem Rücken getrunken?

Entschuldige, sagte er, war ein bißchen viel die letzten Tage.

Und was ist dann passiert?

Als Gott das nicht mehr mit ansehen konnte, sind sie davongeflogen.

Märchen!

Auf Sauriern!

Sie lehnte ihren Kopf an seine Schulter, und er rückte dicht an sie heran, damit sie es bequemer hatte mit dem Anlehnen.

Du mußt nichts sagen, sagte sie.

Schade, daß wir noch kein Wasser haben! Ich würde dich am liebsten in den Pool schmeißen!

Würde mir gefallen, sagte sie.

Ich weiß, wie gut du schwimmen kannst, sagte er.

Du könntest auch im Sand schwimmen, wenn du es wirklich wolltest.

Hast du es dir so vorgestellt? fragte sie. Zeigte hierhin, dorthin. Das alles nur für uns! Gott hat es gut mit uns gemeint. Dieser Augenblick jetzt, sagte sie, er wird nie wieder sein.

Das, sagte er, weiß man nie im voraus. Ihre Rührung ging ihm nahe, und das war ihm peinlich. Es war nicht gerade das ganz große Ding, das sie erworben hatten, aber brauchbar und prachtvoll genug, sicher der, mit Abstrichen, eigenwilligste Platz, an dem sie sich je befunden hatten. Dies alles würde ihnen bald gehören, und sich das vorzustellen, war im Moment zuviel für ihn.

Einmal im Monat hatte sie ihn besucht, dann waren sie im Besuchsraum an einem Resopaltisch gesessen, mit Drinks und Snacks aus dem Automaten, und keiner hatte den anderen berührt, hatte ihn vor lauter Sehnsucht nicht berührt. Damals war das der schönste Platz für ihn gewesen. Und jetzt war er hier. Überall, wo sie war.

Als sie spürten, daß ihnen die Hitze zuviel wurde, gingen sie ins Haus, wo er sich die Zeit damit vertrieb, am laufenden Band Mr Kuttu anzurufen. Helen hockte auf ihrer Matratze und schaute ihm zu.

Vielleicht ist er krank, sagte sie.

Tot wolltest du sagen, sagte er.

Oder tot, sagte sie.

Gibt noch schlimmeres, sagte er.

Was?

Daß er unser Geld kassiert hat, sagte er.

Nicht dran denken, sagte sie schnell, trommelte mit

den Fingern auf ihren Lippen. Dann begann sie zu weinen. Ihre Tränen durchweichten den Verband auf ihrem Auge, rannen ihr runter bis zum Kinn.

Komm, komm! sagte er. Tupfte sie mit einem Zipfel seines T-Shirts trocken. Während er das tat, dachte er daran, daß sie vergessen hatten, Taschentücher und Klopapier zu besorgen. Und was weiß Gott noch alles. Was weißt du, Gott? dachte er. Alles? Er würde gleich am nächsten Morgen in den Ort gehen, um auf dem Markt Wasser und ein paar Lebensmittel zu besorgen. Dann würde Helen, vielleicht, das erste Mal kochen. Und selbst wenn sie auf dem Boden sitzen und mit den Fingern essen müßten, würden sie ihr erstes Mahl genießen. Nebenbei würde es ihm guttun, weniger zu trinken, vielleicht sogar gar nichts, um nicht den Neubeginn ihres Lebens zu verpassen. Als dann die ersten Stechmücken über sie herfielen, machte er den Vorschlag, an den Strand zu gehen.

Sie nickte, dankbar, fast erlöst.

Er schloß Haustür und Gartentor hinter ihnen ab, führte sie an der Hand, während sie dem Trampelpfad durch die Dünen folgten. Aus gelinder Entfernung betrachtet, hatte der Wohnkomplex Ähnlichkeit mit einer Festung, in deren Bastionen lieblich klaffende Breschen für Pflanzen und Tiere geschlagen worden waren, grüne Gevierte, die Ausschnitten eines vorstellbar wilden Paradieses glichen.

Es lag eine Menge Müll zwischen den Dünen, Dreck, der nicht mehr verging. Fast wie zuhause, hörte er sie sagen. Er gab ihr einen Kuß, um sie zum Schweigen zu bringen. Und während sie lauschten, wie das

Meer den Sand unter sich begrub, spürte er in sich nur noch Sehnsucht nach vollkommenem Glück. Einmal, dachte er, muß man gelebt haben, trotz allem, um zu wissen, warum man geboren wurde und wie schön es ist, zu atmen bis zuletzt.

Sie liefen los und sprangen über eine Art Kanal, in dem eine faulige Brühe gärte. Wegen des Sprungs hatte sich der Verband an ihrem Auge gelockert, und er richtete es ihr, während sie sagte, es stinkt.

Und wie, sagte er.

Bestialisch, sagte sie. Nach Eingeweiden.

Könnte hinkommen, sagte er.

Er packte sie und hob sie hoch, trug sie ein Stück.

Laß mich runter!

Er hörte nicht auf sie, schleppte sie weiter. Sie strampelte, bis er sie losließ.

Einem anderen wäre ich längst davongelaufen, sagte sie.

Er nickte, ganz langsam, hatte keine Ahnung, ob sie es sah und ob es ihr etwas bedeutete. Niemand kann seiner Liebe davonlaufen, niemand.

Hoffentlich werden wir gute Nachbarn bekommen, sagte sie.

Lauter Augenärzte, Optiker und Notare, sagte er.

Am Strand kaum Leute. Das Meer rollte wie immer, grün und grau, riß weiter draußen Wolken vom Himmel. Am entgegengesetzten Ende der Bucht waren die Häuser von Port Kaia zu erkennen, einem verschachtelten Steinbruch ähnlich, mit Blöcken aus schimmliger Kreide, viereckige Rostflecken die Dächer, schwebend in der flimmernden Luft. Es sieht nicht nach Unruhen aus, dachte er. Sagte es Helen. Sie nickte.

Früher soll hier am Strand eine Eiablage für Schildkröten gewesen sein, sagte sie. In der Nacht kamen die Weibchen an Land und haben Löcher für die Eier gegraben, und dann sind sie zurück ins Meer gekrochen.

Als er schwieg, sagte sie: Früher. Vor der Vergangenheit …

Sie gingen am Meer entlang und kamen zu der Bretterbude, die sich großspurig Strandbar nannte und schon wieder ein wenig einsturzgefährdeter aussah. Sie setzten sich mit Blick auf das Wasser, spürten, wie windig es im Schatten war. Als niemand kam, um ihre Bestellung aufzunehmen, gingen sie hinein.

Drinnen bestellte er Bier für sie beide. Helen hatte nichts dagegen. Sie setzten sich an einen Tisch in der Nähe der Tür, von wo aus man den Widerhall der Brecher hörte. Graue Bretter waren auf dem Boden verlegt, schlissig von Sand und Salz, einige durchgebrochen, das Gestühl klobig; in einer Ecke eine zerschrammte Kühltruhe, die beinahe ein Viertel des Raumes einnahm und wirkte, als stamme sie aus einem Raumschiff von Außerirdischen. Daneben stand ein uralter Schwarzweißfernseher, in dem die Übertragung eines Fußballspiels lief. Der Ball wie eine Murmel aus Schnee.

Erst nach einer Weile erkannten sie Dr Chalie, der vorm Bildschirm saß und das Spiel verfolgte. Sie stießen mit den Flaschen an, und er drehte sich nach ihnen um.

Zweite Halbzeit, Tschad : Panama, 3 : 1, sagte er.

Nicht zu glauben, sagte er höflich.

Bin gespannt, wer demnächst das Spiel Somalia : Haiti

gewinnt, sagte Dr Chalie. Völkerverbindend! Sagt man so?

Wenn man Fan ist, sagte er.

Sind Sie?

Eher nicht!

Ich weiß nicht, was an schwitzenden, schmutzigen Männern in kurzen Hosen schön sein soll, sagte Helen.

Das sind Soldaten auch, sagte Dr Chalie.

Sie wissen alles besser, sagte Helen.

Weil ich schon länger hier lebe, sagte Dr Chalie, schaute immer wieder mit einem Auge nach hinten zum Fernseher. Ich bin außer Dienst, sagte er plötzlich zu Helen, aber ich muß Ihnen sagen, ich an Ihrer Stelle würde das nicht so lassen.

Was? sagte sie.

So unbehandelt, sagte Dr Chalie, drehte sich wieder um, um das Spiel weiterzuverfolgen.

Darf ich Sie auf ein Bier einladen? fragte er den Arzt.

Ich trinke keinen Alkohol, sagte Dr Chalie.

Hatte ich vergessen, sagte er.

Alle, die trinken, vergessen, daß andere nicht trinken.

Wie ist die Lage?

Hat sich etwas beruhigt. Aber immer noch ziemlich unsicher.

Verkehrt die Fähre wieder?

Ja, sagte Dr Chalie, unregelmäßig.

Und was ist mit den Flügen?

Es heißt, wir werden wieder angeflogen. Ob es stimmt, ist eine andere Sache. Fühlen Sie sich wohl in Ihrer neuen Bleibe?

Ja, sagte Helen.

Und Sie? Fühlen Sie sich wohl?

Warum nicht, sagte er, bevor Helen etwas sagen konnte.

Freut mich, sagte Dr Chalie.

Wir tun uns ein bißchen in der Nachbarschaft um, sagte Helen. Sind Sie öfter hier, Dr Chalie?

Die Insel ist groß genug, um sich aus dem Weg zu gehen, wenn Sie das meinen, sagte Dr Chalie.

Laß den Doktor Fußball schauen, sagte er.

Tut mir leid, sagte sie, ich wollte Sie nicht stören.

Bis hierher, sagte Dr Chalie, kommen nur die Gesunden, die Gesunden und die Leute, die motorisiert sind. Er wandte ihnen den Rücken zu, als das Bild zu flackern begann.

Würden Sie sich vielleicht mein Auge anschauen? fragte Helen.

Ich verstehe nichts davon, sagte Dr Chalie. Lieber würde ich Ihnen das Gegenteil sagen. Sagen Sie, sehn Sie den Ball?

Ich sehe einen Punkt, sagte Helen. Sie hatte den Verband hochgeklappt, befestigte es gleich wieder. Es war fast so etwas wie eine vertraute Bewegung gewesen.

Er trommelte auf den Tisch, bestellte noch ein Bier, und fast im gleichen Augenblick gab der Fernseher den Geist auf, erlosch, verstummte. Panamaer und Tschader verschwanden im Nichts, die Stille, die sich breitmachte, erdrückte ihn schier.

He, sagte der Besitzer und kam hinterm Tresen hervor, schlug auf den Fernseher ein, als wollte er ihn zertrümmern. Der Doktor hob ergeben die Arme. Dann stand er auf und kam an ihren Tisch, um sich zu verabschieden.

Zu Helen sagte er: Ohne Kontrolle durch einen Spezialisten besteht die Gefahr, daß Sie Ihr Auge ruinieren.

Nicht anfassen, sagte er, als Dr Chalie Helen die Hand reichte. Halten Sie Abstand!

Ich fürchte, ich kann Ihnen nicht ganz folgen, sagte Dr. Chalie.

Brauchen Sie auch nicht, sagte er. So weit kommen Sie gar nicht, um mir folgen zu können!

Olav, bitte, sagte sie.

Trotzdem, er mußte es ihm sagen, das war er sich und ihr schuldig, also sagte er: Sie haben sich an meiner Frau zu schaffen gemacht?

Richtig, sagte Dr Chalie, ich habe ihr Auge versorgt. So gut ich konnte. Was hätten Sie an meiner Stelle getan?

Davon rede ich nicht! Sie haben sich an ihr gerieben!

Etwas wie ein schwarzer Blitz fuhr durch Dr Chalies Augen, dann sagte er: Da war nichts, Mr Ostrander! Höchstens eine zufällige Berührung. Tut mir leid, wenn es Ihrer Frau so vorgekommen ist, als wäre ich ihr zu nahe getreten.

Dr Chalie wartete, daß er etwas sagte, aber als er stumm blieb, verfiel sein Gesicht von einer Sekunde auf die andere. Er blickte jetzt Helen an, endlich. Madam, sagte er, hier gibt es so viele Mädchen und Frauen, und eine ärmer und schöner als die andere … Also, warum?

Mein Gott, sagte Helen, verstehen Sie nicht? Ich war durcheinander, furchtbar durcheinander, hatte so viel Angst. Allein in einem fremden Land. Und dann noch in diesem Hospital! Ich habe es als Berührung empfunden, Dr Chalie, aber vielleicht war es wirklich etwas anderes gewesen – ich weiß es nicht.

Einbildung, zum Beispiel?

Hm, sagte sie, vergessen Sie's!

Wenn Sie mich darum bitten, sagte Dr Chalie.

Das wird sie ganz sicher nicht, sagte er. Meine Frau bittet keinen Mann um nichts.

Wollen Sie sich mit mir prügeln? fragte ihn Dr Chalie. Kommen Sie, gehen wir hinaus und schlagen uns, bis die Tiere drüber lachen.

Mit diesen Worten wandte er sich ab, gab dem Stuhl, auf dem er gesessen hatte, einen Tritt und ging hinaus. Der Barbesitzer brüllte ihm irgend etwas hinterher und nahm die Boombox in Betrieb, drehte auf volle Lautstärke, als müsste er tausende zornige Geister verjagen.

Er beugte sich zu Helen hinunter und legte die Arme um sie, begann zu tanzen, aber sie wollte nicht mitmachen, obwohl Rodney Winston *Rock And Roll* sang. Und so tanzte er allein, zeigte bei jeder Drehung zur Tür und hinaus in die Dämmerung, die hinter Dr Chalie wie ein Vorhang vom Himmel gefallen war. Hätte er einen Hund gehabt, hätte er ihn auf Dr Chalie gehetzt. *Bring mir seinen Schwanz!*

Als die Nummer zuende war, trank er noch ein großes Glas Schnaps auf Ex. Im Glas schwammen Schlieren, vollkommen egal.

Er orderte eine Flasche Wein zum Mitnehmen, legte einen Arm um Helen und führte sie hinaus.

Nach ein paar Schritten blieb sie stehen und sagte: Ich denke, ich kann seine Hilfe nicht mehr in Anspruch nehmen, oder?

Nein, eher nicht.

Und was machen wir, wenn es nicht besser wird?

Dann probieren wir es nochmal in der International Clinic, sagte er.

Probieren?

Entweder verkehrt die Fähre, sagte er, oder wir mieten uns wieder ein Boot und fahren rüber. So, wie wir es schon einmal gemacht haben.

Danke, sagte sie, setzte sich in den Sand. Sie sah irgendwie trostbereit aus, als sie sich an seine Beine lehnte und dem Meer zusah, wie es mit Wolken und Wellen spielte. Der Strand war menschenleer, niemand, der sie im Moment gestört hätte. Endlich setzte er sich neben sie, und sie rückte ein bißchen beiseite.

Das haben wir doch gewollt, sagte sie. Das da und sonst nichts.

Und wie, sagte er.

Ist das nicht schön?

Das ist sehr schön!

Touristenfuck, sagte sie.

Trotzdem scheißschön, sagte er.

Und nach einer Pause, während draußen auf dem Meer die Petroleumlampen der Nachtfischer nach und nach die Kimm säumten, sagte sie: Es ist nicht so, daß ich nur die Hälfte von allem sehe.

Hab ich mir fast gedacht, sagte er.

Weißt du, manchmal könnte ich schreien, weißt du?

Was denn?

Hilfe, zum Beispiel. Wenn ich Hilfe schreien würde, müßte ich am wenigsten lügen.

Wie laut?

Ziemlich, sagte sie.

So? Er schrie.

Sie nickte zustimmend, und er sprang auf und lief am Strand auf und ab, schrie. Wie die Äffchen in den Raketen. Schrie: Gut?

Er hielt es nicht lange durch, aber Helen zeigte sich begeistert von seinen Sprüngen, seinem Gebrüll. Ich liebe dich, rief er, die Brandung donnerte lauter, als seine Stimme trug. Er nahm ihre Hand, zog sie hoch und küßte sie, wo er sie erwischte.

Sie gingen weiter durch den abendblauen Sand, es war herrlich, gegen den Wind zu gehen. Dann war es plötzlich fast dunkel, fast Nacht, der Himmel ein glutrot tobender Sturm mit Heerscharen orange umrahmter Wolken, die durch den Horizont pflügten und ein merkwürdig scheinendes Licht auf den Kämmen der Dünen hinterließen. Es wurde sehr still, als sie die Brandung hinter sich hatten, so still, als hätten alle Tiere und Menschen den Atem angehalten, um später, mitten im Traum, zum Himmel hoch zu schreien.

Fly Me To The Moon.

Trag mich, sagte sie.

Er ließ sie die Flasche halten, nahm sie huckepack und trug sie ein Stück, bis er spürte, wie die Innenseiten ihrer Schenkel naß wurden von seinem Schweiß. Dann rutschte sie von seinem Rücken und sagte, ich finde es immer noch schön hier. Und du?

Wir sind hier richtig, sagte er und dachte, daß er zum Dank im leeren Swimmingpool tanzen würde, wenn alles in Ordnung kam mit ihr.

Mach das, Gott!

Im letzten Licht fanden sie den Weg durch die Dünen. Geisterland, dachte er. Glasscherben glitzerten in den Verwehungen, als wäre den Mastixbüschen brüchiges Geschmeide angelegt worden. Wenn sie sich im Gestrüpp verfingen, war es, als würden sich dornige Finger an sie krallen. Aber dann waren sie auf dem Schotterweg, der zum Haus führte, zum schönsten Kapitel im Buch ihrer Träume.

Als er das Tor hinter ihnen zugemacht hatte, waren sie sich in die Arme gefallen, hatten sich gehalten. Er, mit der Flasche in der Hand, war sich grauenhaft daneben vorgekommen und hatte sich daran erinnert, wie Helen einmal zu ihm gesagt hatte, daß das Trinken einen anderen Menschen aus ihm mache, und wie er, in einem Anfall von Trotz und Verzweiflung, geantwortet hatte, daß er damit aufhöre, wenn ihn der erste Engel küssen würde – zum Beispiel sie. Und sie hatte gesagt, sie würde schon mal trainieren, mit den Flügeln zu wackeln.

Jetzt hockten sie nebeneinander auf den Terrassenstufen und starrten in das schwarze Loch des Pools. Die Dunkelheit machte es für ihn leichter, es ihr zu sagen. Weißt du, daß ich dich liebe?

Nein, sagte sie, aber ich glaube dir!

Sie rückten enger zusammen, waren bald wie ein einziger Körper in der schwarzen Nacht. Die Luft fühlte sich an wie ein nasser Schwamm, naß vom Schweiß der Tiere und der Bäume draußen in der Dunkelheit, und ehe sie sich versahen, stieg überm Swimmingpool eine geballte Wolke Moskitos auf, bei deren Nahen ihnen nichts anderes übrig blieb, als sich ins Haus zu retten. Dort tappten sie durch die dunklen Zimmer, hielten sich an der Hand, als sie die Treppe hochgingen.

Oben legten sie sich in ihren Kleidern auf die Matratzen, und da sie nichts hatten, um die Moskitonetze an einer Vorrichtung aufzuhängen, deckten sie sich mit ihnen zu. Sie schliefen nicht besonders gut, die Rollmatratzen waren zu dünn, zu hart, um bequem auf ihnen liegen zu können, außerdem verrutschten sie bei jeder Bewegung, und die Moskitonetze verrutschten mit ihnen.

Schließlich hielt er es nicht mehr aus und stand auf. Vorm Fenster stand die Nacht wie eine schwarze Wand, es gab kein Ende der Welt. Von Helen kam kein Laut. Er schlug sich wegen der Moskitos, ging auf den Eimer im Bad und war froh, daß er nichts sah und ihm sein Anblick erspart blieb. Hinterher trug er den Eimer hinunter und hinaus vors Tor, leerte ihn auf der anderen Straßenseite ins Gebüsch, spürte seine Nacktheit, das Weiß seiner Haut, körperlich, ihre Fahlheit, die, anders konnte er es nicht benennen, wie ein Leichentuch aussah. Das falsche Gewand.

GOTT VERGISST NICHT

Wir müssen vorsichtig sein.
Warum?
Damit wir uns nicht beschämen!

Es war eine Wohltat, als endlich der Morgen anbrach. Er kam schnell und schickte den Schein eines großen Lichts ins Zimmer, das ihm Bilder hinter die Lider zauberte, Bilder von Ruinen und Blut auf den Straßen, von Toten, die von Kopf bis Fuß in Verbände gewickelt waren und denen wolkenähnliche Gebilde aus den Mündern fuhren, die verblaßten, sobald sie mit dem Licht in Berührung kamen. Die Nacht war ruhig gewesen, draußen hatte sich nichts gerührt. Durchs Fenster sah er ein paar Vögel auf dem Rasen. Er weckte Helen, indem er ihr sachte das Moskitonetz vom Gesicht zog; der Verband hatte sich gelöst, hing ihr herunter und sah sehr gebraucht aus und, wegen der schwärzlichen Ränder, auch etwas ungepflegt.

Guten Morgen, sagte er.

Er führte sie ans Fenster, zeigte ihr die Vögel, aber sie kannte sie nicht. Beim Hofgang hatte er manchmal Vögel gesehen, die auf dem Stacheldraht saßen, als hätten sie kein Gewicht, und wenn sie dann wegflogen, fühlte er sich verlassener als zuvor. Helen pfiff den Vögeln, aber sie hoben nicht einmal die Köpfe. Er ging ins Bad. Ungeziefer schwamm im Eimer. Er trug ihn hinunter und leerte ihn wieder ins Gelände, spielte einen Moment mit dem Gedanken, zum Strand zu gehen und ihn im Meer auszuwaschen.

Er stellte den Eimer zum Trocknen hinter den Anbau für den Generator, stellte ihn auf den Kopf, trommelte ein paarmal.

Später, während Helen sich zurechtmachte, lief er auf der Terrasse auf und ab und rief Mr Kuttu an, bis ihm der Arm abfiel. Inzwischen nannte er es *einen Angriff starten*, wenn er ihn anzurufen versuchte, und so wußte er gar nicht, was er sagen sollte, als er diesmal durchkam. Er hörte eine Frauenstimme am anderen Ende der Leitung, die die ganze Zeit »Hören Sie, hören Sie!« oder »Hören Sie, hören Sie?« sagte. So genau war das nicht auszumachen, denn im Hintergrund herrschte ein Höllenlärm, als würde alles kurz und klein geschlagen. Er sagte: Hören Sie mich?, und die Frau schrie etwas Unverständliches, das in Getöse unterging. Mr Kuttu, rief er, hörte Gelächter und Schreie, die Klagelaute einer weiblichen Stimme, wie in Bodenhöhe seiner Vorstellungskraft. Er flehte fast, als er fragte, was ist los, können Sie sprechen? Helen war neben ihn getreten. Hören Sie? sagte er, hören Sie mich? Aber er hörte nur noch das Weinen, ein langsames, schwebendes Geheul, das immer gleich blieb, viel zu lange immer gleich blieb. Mr Kuttu, sagte er, hören Sie mich? Schlagartig eine Männerstimme, die lachte und Arschloch sagte. Gleichzeitig ein Geräusch, das er nicht einordnen konnte, ein Geräusch, das klang, als würde jemand über Knochen marschieren. Dann war die Leitung tot.

Helen sah ihn fragend an. Er nahm sie in den Arm, ließ sie los, sprang in den Pool, lief auf und ab im Geviert, hörte den Hall seiner Schritte und ging immer schneller, schloß die Augen, prallte gegen die Wände des Bassins, dachte an Schmerz, an nichts sonst. Nur ein Käfig war schöner. Er hockte sich auf den Boden, wußte, daß wegen ihm die Welt nicht unterging. Als Helen oben am Beckenrand erschien, winkte er ihr wie ein Schiffbrüchiger, der sich dagegen wehrte, gerettet zu werden.

Was machst du da? fragte sie.

Ich übe, sagte er.

Hörte ihre Schritte hoch über seinem Kopf, als sie wegging, bevor alles, selbst sein Atem, für einen Moment vollkommen lautlos wurde.

Als er herauskletterte, flatterte ein dünner Staubschleier überm Pool, und er bedauerte, daß er nicht blutete, blutete, wie Taucher es taten, wenn sie sich zu schnell dem Himmel genähert hatten. Blut hätte ihn vielleicht tapferer gemacht. Er ging ins Haus, wo alle Fenster und Türen geöffnet waren, trug den Eimer ins Bad.

Helen hatte sich auf ihre Matratze gekauert, sie hatte den Kopf auf die Knie gelegt und wippte. Er sah ihr eine Weile zu, bis es ihm das Herz brach. So kannte er sie nicht, so war sie ihm fremd, eine andere. Er ging neben ihr in die Hocke, hielt ihren Kopf mit beiden Händen fest, küßte ihr Gesicht und sagte so beiläufig wie möglich, sie brauche einen neuen Verband. Sie nickte und wippte weiter, sah nicht einmal auf. Für das, was er ihr zu sagen hatte, machte er sich ganz klein. Ich sag das nicht gern, begann er, aber ich krieg immer mehr das Gefühl, daß man vorhat, uns zu verscheißern – vornehm gesagt!

Kein Grund, den Pool kaputtzumachen, sagte sie.

Soll nicht wieder vorkommen, sagte er.

Sie lächelte ihn an. Entschuldige, ich hab Schmerzen, sagte sie.

Schlimm?

Es geht.

Tut mir leid, sagte er.

Davon gehen sie nicht weg, sagte sie.

Wir machen, daß du wieder gesund wirst, sagte er. Das machen wir jetzt unbedingt!

Und was machen wir mit dir? sagte sie. Was machen wir bloß mit dir? Ich hab's gesehn, verdammtnochmal!

Hab ich mir gedacht, sagte er.

Du weißt schon was, sagte sie.

Red ruhig weiter, sagte er.

Das Blut im Eimer.

Das ist nur manchmal, immer nur ein bißchen, sagte er.

Wie fühlst du dich?

Keine Ahnung, sagte er.

In Gedanken schleift er Assumpta durch den Garten und schmeißt sie in den Pool, um sie zu ersäufen, zu ertränken. Immer, wenn sie hochkommt, tritt er ihr ins Gesicht, erst nach einer ganzen Weile bemerkt er, daß Helen neben ihn getreten ist und auf Assumpta zeigt, die rücklings im Pool treibt und sich übers ganze Gesicht erbrochen hat. Endlich sieht sie wieder unbekannt aus.

Wir können nicht zurück, sagte er. Nicht so. Unverrichteter Dinge, meine ich. Als Verlierer.

Sie nickte.

Es tat ihm im Herzen weh.

Nur darum ging es: Flüchten oder Standhalten, Erinnern oder Vergessen, Bleiben oder Gehen, Werden oder Vergehen, ein andauerndes Entweder-Oder und Jetzt oder Nie, nur darum ging es, aus seinem Leben etwas zu machen, etwas, wozu man keine anderen braucht.

Laß uns schwimmen gehen, sagte er.

Wohin? sagte sie.

Helen bestand darauf, das Tor offen zu lassen, als sichtbaren Beweis für alle, daß sie da waren, hier lebten. Sie nahmen den Schotterweg zu den Dünen, auf der anderen Seite liefen sie gegen den Wind. Erst jetzt lag die Nacht wirklich hinter ihnen.

Da niemand in der Nähe war, zogen sie sich aus und gingen ins Wasser, es herrschte starker Wellengang. Während er in die Brandung rannte, wusch sie sich im Knien. Das Gesicht hocherhoben, schützte sie mit einer Hand den Verband an ihrem Auge vor Spritzern.

Als sie zurückkamen, saß Mr Moses mit zwei bauchigen Plastikkanistern Trinkwasser am Pool. Mitbringsel! sagte er.

Im letzten Moment sprang er auf, um Helen mit einer Verbeugung zu begrüßen. Er war weitaus weniger konservativ gekleidet als beim letzten Mal, trug einen gebügelten Jeansanzug und Flip-Flops mit gestreiften Socken. Sie ließen ihn reden.

Wie war die erste Nacht im neuen Heim?

Sagen wir, wie in einem Campingwagen ohne Räder, sagte er.

Mr Moses sah sich um. Sieht fast schon wohnlich aus! Wie haben Sie das so schnell geschafft?

Wir sind nicht besonders anspruchsvoll, sagte er. Außerdem, reiche Leute brauchen keinen Luxus.

Ich liebe Ihren Humor, Mr Ostrander!

Wir möchten Sie nicht hereinbitten, sagte Helen. Es ist alles noch ein bißchen zu provisorisch.

Kein Problem, sagte Mr Moses, zeigte seine Zähne beim Lächeln.

O Gott, ich kann Ihnen gar nichts anbieten, sagte Helen.

Aber das macht doch nichts, sagte er, bevor Mr Moses etwas hätte sagen können.

Wir haben gestern den ganzen Tag versucht, Mr Kuttu zu erreichen, sagte Helen.

Und? Was sagt er?

Nichts, sagte Helen. Es war einfach kein Durchkommen. Und als auf einmal doch ein Durchkommen war, war da eine Frau am Apparat, eine Frau, die geweint hat, geweint und geschrien, und irgendwelche Männer waren bei ihr, haben gelacht. Vielleicht hat sie wegen ihnen geschrien? Ich weiß nicht, oder haben wir uns verwählt?

Vielleicht ein Trauerfall in der Familie, sagte Mr Moses. So etwas kann überall vorkommen.

Und das, sagte er und zeigte auf die Wasserkanister, die Mr Moses mitgebracht hatte, enthält die Tränen Ihrer Kunden?

Nur die Freudentränen, sagte Mr Moses.

Sie machen das alles sehr gut, sagte er. Führen uns im Kreis und behaupten, die Erde sei viereckig. Wir wissen es zwar besser, aber hier müssen wir Ihnen glauben. Irgendwie wollen Sie uns in die Scheiße reiten, Mr Moses. Wenn das passiert, werde ich Sie mitnehmen! Kopfvoran!

Jetzt hören Sie mir zu, sagte Mr Moses. Die Firma, für die ich arbeite, gehört nicht mir, falls Sie das angenommen haben sollten. Ich bin nur ein einfacher Mitarbeiter, ein, wie es in Ihrer Sprache heißt, Rädchen im Getriebe. Daß die finanziellen Transaktionen momentan nicht zufriedenstellend abgewickelt werden können, ist natürlich ärgerlich, und ich bin, außer Dienst, sogar bereit, Ihre Empörung zu begrüßen! Aber ich, fuhr er fort, kann nichts für die Unruhen. Hier sind immer irgendwo irgendwelche Unruhen. Ein paar Vergewaltigungen, ein paar Folterungen – und die Welt schreit auf! Aber was schreit sie? Stört unsere Geschäfte nicht, schreit sie. Ms Ostrander, Mr Ostrander, Sie sind Kunden der *Hidden Pearl Resort Company*, und bitte glauben Sie mir, ich bin der letzte, der darüber unglücklich wäre!

Wir möchten uns heute noch ein paar Möbel kaufen, sagte er. Und im übrigen geht es meiner Frau im Moment nicht so gut.

Was, wenn ich ihnen jetzt erzählen würde, wie es unseren Frauen geht, Mr Ostrander?

Ich glaube nicht, daß wir uns das anhören möchten, sagte Helen.

Sie geleiteten Mr Moses ans Tor, so, wie man Engel führt, wenn sie ihre Flügel verloren haben, bedankten sich und sahen zu, wie er zu seinem Wagen ging, in Lack und Leder versank. Als er wegfuhr, warteten sie, bis die Staubwolke hoch genug war, dann umarmten sie sich, und er roch diesen Milchgeruch, der ihren

Schläfen entströmte, vermischt mit der leichten Bitterkeit ihres Schweißes, der sich zwischen Nase und Mund sammelte, spürte, wie aufrecht sie sich hielt. Er trug die Wasserkanister ins Haus und stellte einen in die Küchenzeile und den anderen neben die Toilette im Bad. Als er wieder aus dem Haus trat, stand Helen am Pool und hielt der Verband, der abgegangen war und sich fleckig ringelte, in der Hand, betrachtete ungläubig die Verfärbungen. Er nahm es ihr weg und warf es in den Pool, versuchte so zu tun, als sei nichts. Als seien die nässenden, schorfigen Höcker und Flecken, die sich ringsum im Gewebe gebildet hatten, keines zweiten Blickes wert. Sie fragte ihn, wie es aussähe, und er fragte sie, ob sie ihn erkennen könne? Und sie sagte Ja, sagte: Irgendwie.

Weine ich oder du? fragte er.

Weiß nicht, sagte sie.

Gut! sagte er und Komm! sagte er. Laß uns vor zur Straße gehen und ein Taxi stoppen.

Und dann?

Dann, sagte er, fahren wir zu Dr Chalie.

Die Fremde: ein Bollwerk gegen den Tod.
Wie oft möchten Sie sterben?
Die schöne Welt: nicht groß genug für uns alle.

Wenig später gingen sie am Rand der Schottertrasse zur Küstenstraße und fühlten sich, als wären sie über Abgründe von Schweigen gesprungen, jubelnd, mindestens. Die Abgase der Mopedgeschwader färbten das Sonnenlicht grau, und die Taxis, von denen sie mit der Lichthupe angeblinkt wurden, glichen stinkenden

Särgen aus Blech, von denen der Lack wie verwelkte Blüten abblätterte. Sie warteten am Bankett, bis ein halbwegs passabel wirkendes Gefährt auftauchte, das sie heranwinkten. Nannten die Adresse. Im Rückspiegel betrachtete der Taxifahrer immer wieder Helens Gesicht. Lepra, sagte er, und Helen lachte.

Vorm Hospital standen in einer Reihe Jeeps und Humvees und dazwischen ein, zwei olivgrün bemalte Busse. Im Innenhof lagerten Soldaten auf dem schütteren Rasen, ihre jungen Gesichter dunkel, wild. Die Schwerverletzten waren auf Decken und Tücher gebettet, manche sangen, weinten mit verschmierten Gesichtern, andere schlugen mit Fäusten auf den Boden. Als Helen die Soldaten erblickte, blieb sie stehen. Er führte sie an der Hand. Sie folgte ihm wie unter Zwang. Er sagte ein paarmal Hallo, wenn sie zu offensichtlich angestarrt wurden, aber dann hörte er damit auf; es hatte keinen Sinn, zu lächeln, keinen Sinn, höflich zu sein; schwer genug, daß man keine Angst zeigen durfte und so tun mußte, als sei es vollkommen normal, mit einer weißen Frau an der Seite durch ein kleines Heerlager verwundeter Männer zu gehen.

Helen krümmte sich richtiggehend, als sie sich genötigt sah, über die Beine und Füße der uniformierten Patienten zu steigen, die es in den Korridor geschafft hatten und dort, an die Wand gelehnt, auf dem Fußboden saßen, warteten, reglos, bis auf die Bewegungen ihrer Augen hinter den Lidern, die nach etwas zu suchen schienen, das jenseits der Dunkelheit kam. Der Geruch nach blutenden, schwitzenden Körpern, nach Fleisch, das in Schmerz verwandelt worden war, nahm ihnen den Atem. Decken und Wände waren gepunktet mit winzigen, besoffen wirkenden Fliegen. Er gab einer Krankenschwester Geld, und sie durften vorm OP warten, ein Wunder, daß hinterm Gummivorhang niemand schrie. Er legte einen Arm um Helen, damit sie sich ein bißchen an ihn lehnen konnte, und die ganze Zeit hielt sie sich eine Hand vor ihr krankes Auge, zum Schutz oder aus Scham, er wußte es nicht.

Bis Dr Chalie aus dem OP kam, hatten sie jegliches Zeitgefühl verloren. Er war aschfahl im Gesicht; wächsern wirkende Tropfen Schweiß rannen ihm aus den Haaren in den Bart. Als er sie da so stehen sah, nickte er höflich und wischte sich die Stirn, was ein paar rosa Streifen hinterließ.

Gute Nachrichten! sagte er, auf die Reihe der Verwundeten zeigend. Die Unruhen sind niedergeschlagen und die Niedergeschlagenen sind unruhig, was neuerliche Unruhen befürchten läßt, die demnächst niedergeschlagen werden müssen. Nebenbei bemerkt: Kollateralschäden werden nicht bekanntgegeben, um die Unruhen in der Bevölkerung nicht neu zu entfachen. Also, alles wie gehabt! Falls Sie ärztlicher Behandlung bedürfen: Die International Clinic in der Hauptstadt hat den Betrieb für ausländische Staatsbürger wieder aufgenommen. Dort verschont man Sie selbstredend mit politischen Kommentaren.

Bitte, sagte Helen. Nahm die Hand vom Auge.

Warten Sie! sagte Dr Chalie zu ihr. Er ging in den OP, kam mit Verbandsmaterial zurück.

Warum stellen Sie sich nicht zwischen uns? sagte Dr Chalie zu ihm. Nicht daß es wieder zu Reibereien kommt!

Ich liebe Ihren Humor, Doktor, sagte er. Aber passen Sie auf, daß meine Frau nicht lacht.

Hab ich nicht vorgehabt, sagte Helen.

Dr Chalie reinigte mit ein paar Handgriffen die Wunde. Er machte es sehr geschickt, denn Helen zuckte kein einziges Mal; auch als er einen neuen Verband anlegte, hielt sie vollkommen still. Zuletzt gab er ihr ein Röhrchen mit Schmerztabletten und sagte, er habe jetzt nicht die Zeit, eine Honorarnote auszustellen.

Ich danke Ihnen, sagte sie – und er, um sich ebenfalls dankbar zu zeigen, fragte ihn, Dr Chalie, wie das Spiel Suriname : Neu-Guinea ausgegangen sei?

Aber Dr Chalie war schon hinterm Gummivorhang verschwunden.

Draußen war ihnen zumute, als wären sie aus der dröhnenden Finsternis eines stickigen Kinos, erschöpft von all den Bildern, die sie gezeigt bekommen hatten – Bilder von Häusern ohne Mauern und Menschen ohne Haut – hinausgetreten in eine neue Wahrheit, die ihre Grausamkeit immer weniger vor ihnen verbarg. Das Gefühl, als hätten sich Himmel aufgetan und sie, sie schwebten hoch über Exkrementen, Tränen, Blut. Aber mit jedem Schritt, den sie taten, kamen sie zurück in ihre Wirklichkeit, gingen den ganzen Weg vom Hospital bis in die Stadt, wie um die Andersartigkeit ihrer Existenz zu bestätigen. Unweit der Grube mit den in Ketten gelegten Sklaven, die auf ihre Verschiffung warteten, hockten sie sich auf eine der morschen Bänke, die dort herumstanden, hielten sich an den Händen, als hätten sie Angst, voneinander fortgerissen zu werden.

Das darf nicht wahr sein, sagte sie. Sie hielt sich das gesunde Auge zu. Das darf einfach nicht wahr sein.

Uns kann nichts passieren, sagte er.

Wo bin ich? Weißt du das?

Du bist hier, und hier ist das Leben, sagte er.

Ich muß dir was sagen, sagte sie.

Sag's schon!

Ich hab Angst, sagte sie. Ein bißchen zuviel Angst. Angst vor Mr Moses. Vor ihm und seinen Leuten. Es ist, als würden wir vorgeführt.

Solche Leute warten nur darauf, daß man Angst kriegt und Fehler macht. Machen wir aber nicht. Weder du noch ich.

Hm, sagte sie.

Es wird alles in Ordnung kommen, sagte er. Wir fahren rüber in die International Clinic und probieren nochmal unser Glück.

Unser Glück, sagte sie. Hast du mitgezählt?

Was mitgezählt?

Wie oft wir es schon probiert haben!

Nimm eine von deinen Tabletten, sagte er.

Mir tut nichts weh, sagte sie, ich spüre nicht einmal das Auge.

Weißt du, manchmal liebe ich sogar deine Lügen, sagte er.

Wenn im Keller das Licht ausgeht, ist der Einäugige König der Blinden – oder wie geht das Märchen? fragte sie.

Ja, sagte er, und die Blindenhunde können singen! Bellte und küßte sie, als sie lachte. Und es war gut.

Im gleichen Augenblick flog ein Flugzeug über ihren Köpfen Richtung Ozean, und sie winkten ihm zu, wie Kinder. Die Sonne ein dampfender Ball explodierender Vulkane. Sie redeten mit langen Pausen, und manchmal atmeten sie zwischen ihren Worten. Er erinnerte sich an die Nächte in der Zelle, an den scharfen Geruch der Männer, wenn sie sich selbst befriedigten. Ein Jahr hatte 315 360 00 Sekunden, von denen jede in Zeitlupe verging. Endlos war ein Wort, das man am besten rückwärts dachte, aber keinen Moment hatte er vergessen, daß die Welt größer war, als er ahnte, und die Liebe zu Helen war das Wunder seines Lebens, das ihm immer wieder geschah. Und jetzt waren sie hier, und die Heimat taugte nur noch zum Sterben, saßen in einem schäbigen Park auf der anderen Seite der Welt, unter dem Urwälder und Eisberge begraben lagen. Wie wandernde Tiere spürte er Helens Blicke in seinem Rücken, als er aufstand und um die Grube herumging, die fast bis zum Rand gefüllt war mit Plastiktüten, Getränkedosen und schwarzen, bizarren Haufen Kots, zwischen denen die Sklavenfiguren hockten. Voll seltsamer Wehmut dachte er, daß sie es in seinem Pool besser hätten.

Lust auf Zivilisation?

Sie war sofort bereit.

Sie nahmen den kürzesten Weg ins *Rosemilk*, sehnten sich nach Pyramiden bläulich schimmernder Würfel zerhackten Eises, schmelzend unter den rotorähnlichen Stahlschwingen eines Ventilators, nach einer flatterigen Brise vom Meer, der Kühle von Blätterdächern – nach weiß Gott allem, was in einem kalten Glas Platz hatte.

Als sie ankamen, hatten sie sich müde gelaufen, und alles klebte ihnen am Leib, die Haut am Fleisch. Und als sie über den Parkplatz des Hotels gingen, war ihnen, als wären sie in einen Film geraten, in dem sie mitspielten, ohne den Titel zu kennen. Sie gaben das in die Jahre gekommene Ehepaar, das weder Kosten noch Mühen scheute, gut zu leben und, so lange es ging, an die Wunder der Hoffnung zu glauben, also daran, daß alles so lange anhielt, bis es der Ewigkeit in die Falle ging. Es fühlte sich fast wie Rettung an, durch die airconditionierte Lobby zu marschieren und sich in den Toiletten frisch zu machen, um dann in der Bar den Barmann zu begrüßen wie einen alten Freund, den man nicht unbedingt mochte, aber mit dem man in Ermangelung anderer Gesellschaft Vorlieb nahm. Sie tranken Wein auf der Restaurantterrasse. Als ihnen der Barmann die zweite Flasche servierte, machte er Helen Komplimente, und als er fragte, ob sie sich schon in ihrem neuen Domizil eingelebt hätten, bejahten sie und fanden, dies sei die gelungenste Lüge ihres Lebens gewesen, wunderbarer als jeder Trost.

Als sie wieder allein waren, sagte er: Wollen wir reden?

Warum nicht, sagte sie. Je mehr du redest, desto weniger trinkst du. Mir gefällt das erstere einfach besser.

Der Alkohol ist wie eine Belohnung, sagte er.

Und die Liebe?

Die Liebe, sagte er, ist ein unverdientes Glück.

Hallo, bist du schon betrunken? Egal, du hast dir die meine verdient, mein Lieber!

Du redest, als wäre ich dafür arbeiten gegangen, sagte er.

Du warst im Gefängnis wegen mir, sagte sie. Das ist fast dasselbe.

Er legte sich einen Finger auf die Lippen und machte Pst oder so ähnlich.

Was bist du bloß für ein Kerl?

Das fragst du deinen Mann?

Endlich lachten sie. Das Lachen trug sie auf gleiche Höhe. Er sagte: Wir schicken die Sklaven zurück. Wußte nicht, warum er lachte. Die Armen haben Mitleid, die Reichen kein schlechtes Gewissen. So ist das! Was sage ich? Habe ich etwas gesagt? Jeder Schluck eine willkommene Pause.

Sie legte ihm eine Hand auf den Arm, eine Berührung wie von einer Schwinge, Man muß sich mit der Erde bewegen, sagte sie, das Leben ist keine Reise, es ist eine Flucht vor dem Tod. Vergiß nicht, wie schön es hier ist!

Er hielt jetzt lieber den Mund, fühlte sich, als müßte er anstelle jeden Wortes, das er nicht sagte, einen Schluck trinken. Und er hätte eine Menge zu sagen gehabt.

Als Helen aufstand und auf die Toilette ging, kam der Barmann heraus und sagte, alle Mädchen seien verliebt in ihn.

Von welchen Mädchen er rede?

Von allen Mädchen hier, sagte der Barmann.

Wieviel?

Drei, sagte der Barmann, oder vier.

Dann kam Helen zurück, und er verzog sich.

Also? sagte sie.

War der erste Mensch arm oder reich?

Mir egal, sagte sie.

Er hielt sich an der Tischkante fest, als säße er auf dem Sonnendeck der Arche, während sie krängte und in den Horizont kippte, der immer tiefer wurde, immer gieriger an den Planken riß. Tiere schrien. Oder waren es Kinder. Er mochte es, in Helens Gesellschaft zu sein. Auch wenn sie sich angriffslustig gebärdete. Wir haben heute noch nichts gegessen, hörte er sie sagen.

Stimmt, sagte er.

Dann sagte er: Laß uns zusammenbleiben, egal wo.

Sie sah traurig aus mit diesem Verband im Gesicht, der nassen Nase, die sich ein wenig schälte. Er stand auf und ging um den Tisch herum zu ihr. Ein Spaziergang für die Seele. Und als er bei ihr war, legte er von hinten die Arme um sie, und als sie sich zurücksinken ließ, küßte er sie auf die Stirn, während sie sich an seinen Händen festhielt. Er sagte nichts, spürte ihren Kopf an seinem Bauch. Er hätte gern mit ihr getanzt, ohne Musik, nur zum Geräusch ihres Atems, in dessen Gezeiten sie gefangen war. Was, fragte er sich, wenn man plötzlich auf dem Kopf stand, weil sich einem das Herz im Leib umdrehte? Die Clowns fraßen Sägemehl in der Arena. Wenn sie, weiß geschminkt, ihre großen dicken roten Lippen zur Schau stellten, wurde das Feigenblatt der Kunst gehißt, wurden Jahrtausende alte Gemetzel im Nachhinein erträglich gemacht. Es war lustig, zu lachen, wenn nicht gerade die Affen schrien. Er trat den Rückweg an, froh, daß ihm keine Abschiedsgebärde einfiel, die ihm womöglich mißlungen wäre. Kaum saß er auf seinem Platz, als ihn jemand von hinten ansprach.

Darf ich mich zu Ihnen setzen?

Mr Moses.

Bitte, sagte Helen. Nehmen Sie sich einen Stuhl.

Mr Moses nahm sich einen Stuhl und setzte sich. Übrigens habe ich eine gute Nachricht für Sie: Ab heute haben Sie Wasser und Strom in Ihrem Haus! Ich habe alles Menschenmögliche getan, damit Sie ein zivilisiertes, luxuriöses Leben führen können.

Ein zivilisiertes, luxuriöses Leben, sagte sie.

Die Elektrizität wird ab und zu ausfallen, und Wasser aus der Leitung sollten Sie auch dann nicht trinken, wenn Sie sich akklimatisiert haben. Man lernt damit zu leben, wenn man das Leben liebt. Sie können Ihren Pool füllen und loslegen. Wie hört sich das an?

Schon so, sagte sie, wie wir es uns vorgestellt haben.

Aber Mr Moses war noch nicht fertig. Das Geld, sagte er, es kommt nicht an.

Lassen Sie dem Geld Zeit, den weiten Weg zu Ihnen zu finden, sagte Helen.

Das haben Sie sehr schön gesagt, sagte Mr Moses. Ich darf Ihnen sagen, wie glücklich wir uns alle schätzen, daß Sie unser Land zu Ihrem, wie sagt man – *geographical focus* – gewählt haben – aber da wir auch Geschäftsleute sind, können wir leider, leider nicht nur gastfreundlich sein, in Baströckchen um Sie herumtanzen und Ihnen Blumenkränze um den Hals hängen, sondern müssen unser Business machen.

Er mischte sich ein. Sagen Sie mir lieber, was mit dieser Hure passiert?

Von welcher Hure sprechen Sie?

Von dieser Hure, die meiner Frau fast das Auge ausgeschlagen hat, sagte er.

Hält sich wahrscheinlich versteckt, sagte Mr Moses.

Ich dachte, Sie wären irgendwie mit dem Police Officer verwandt?

Was hat das eine mit dem anderen zu tun?

Ich meine, wenn man jemand finden möchte, muß man zuerst nach ihm suchen, oder?

Dazu hat er seine Leute, sagte Mr Moses.

Aha, sagte er, wo?

Die Polizeistation befindet sich zwischen dem Friedhof und der Müllkippe, nicht zu verfehlen. Police Officer Gakee wird Ihnen sicher mehr dazu sagen können.

Dann werde ich ihn morgen aufsuchen, sagte er.

Er nimmt sich sicher die Zeit, mit Ihnen persönlich zu sprechen, sagte Mr Moses.

Und ich werde erwägen, das Hotelmanagement zu verklagen, weil es einer Prostituierten gestattet hat, auf dem Hotelgelände ihr Gewerbe auszuüben.

Hier, sagte Mr Moses, leben arme Leute. Viele arme Leute.

Nicht im Hotel, sagte er. Da leben Touristen.

Wenn man sie findet, wird sie bestraft, sagte Mr Moses. Als ehemaliger Kommandant der Palastgarde hat Police Officer Gakee Übung darin.

Dann sind wir ja in guten Händen, sagte er.

Das sind Sie, sagte Mr Moses, das sind Sie ganz gewiß. Sie waren immer in guten Händen. Von Anfang an! Einer meiner Brüder gehört zum Management des Hotels und ist für die Transportlogistik zuständig. Sie kennen ihn: Er hat Sie, wenn Sie sich erinnern, vom Flughafen abgeholt.

Lauter wichtige Leute, sagte er. Und alle gehören zur Familie?

Mr Moses nickte.

Das klingt nicht nach Familie. Das, sagte er, klingt schon nach einem ganzen Stamm!

Olav, sagte Helen.

Ich weiß nicht, wieviel Sie getrunken haben, sagte Mr Moses, aber Sie sind mein Freund, Sie dürfen alles sagen!

Dann möchte ich sagen, daß ich nicht Ihr Freund sein möchte, sagte er.

Olav, sagte Helen zum zweiten Mal.

Kein Problem, sagte Mr Moses. Mrs Ostrander, Mr Ostrander, Sie haben zwei Optionen: Entweder geben Sie mir an Ort und Stelle die Schlüssel für das Haus zurück, oder Sie entrichten Miete für das Objekt, so lange, bis die ausstehende Kaufsumme verfügbar geworden ist: Also drei Monatsmieten im Voraus und zusätzlich drei Monatsmieten Kaution, wie in Ihren Ländern allgemein üblich – hier und jetzt!

Warum nicht dreizehn? Oder gleich dreihundertdreißig? sagte Helen.

Er verbeugte sich in ihre Richtung. Mrs Ostrander, Mr Ostrander, wollen wir festhalten: Sie sind es, die vertragsbrüchig geworden sind. Ich kann mir schwerlich vorstellen, daß Sie in dieser Situation, in der wir Ihnen sowieso schon über Gebühr entgegenkommen, auch noch Bedingungen stellen möchten. Man schlägt der Schlange nur dann auf den Kopf, wenn man hinter ihr steht.

Er konnte nicht anders, dachte einen Moment daran, wie es wäre, Mr Moses mit einer Schlange auf den Kopf zu schlagen, und das kam ihm so komisch vor, daß er plötzlich lachen mußte. Und lachend war er aufgesprungen und auf Mr Moses losgegangen, hielt ihn am Hemd gepackt und wußte nicht, ob er ihn schlagen oder treten sollte. Es gefiel ihm nicht, daß er viel zu heftig atmete, etwas, das als Anzeichen von Angst gedeutet werden konnte. Nach der Angst gab es nur noch den Tod, den Tod oder das Warten darauf, als Feigling zu sterben.

Er ließ Mr Moses los. Mr Moses brachte sich in Ordnung.

Hm, sagte er, mir scheint, Sie sind ein Kämpfer, Mr Ostrander. Sie haben heißes Blut. Aber machen Sie das nie wieder. Ich verzeihe Ihnen, aber nur einmal! Und als es ihm zu lange dauerte mit der Antwort: Bei alten Männern gehört sich das so!

Dann, als wäre alles gesagt, sprang er auf, strich Hemd und Hose glatt. Sie haben meine Nummer.

Helen nickte.

Er grüßte sie, indem er den Kopf senkte, dann ging er, so leicht und beschwingt, als hätte er eine Stunde in angenehmer Gesellschaft verbracht. Unter der Tür drehte er sich noch einmal um, rief über die ganze Hotelterrasse: Wo, glauben Sie, daß Sie sind?

Gott, sagte Helen.

Er sah sich nach einem Glas um, in dem sich vielleicht noch ein Schluck befand, den er hätte trinken können, ohne daß es zuviel gewesen wäre, aber sie legte ihm eine Hand auf den Arm. Er lächelte trotzdem, lächelte, als der Barmann mit der Rechnung an den Tisch kam, und natürlich versuchte er, sie zu bescheißen, aber Helen war noch klar im Kopf, stellte alles richtig und gab zur Strafe kein Trinkgeld. Als er aufstand, spürte er, daß er wirklich zuviel getrunken, zu wenig gegessen, zu schlecht geschlafen hatte, das ganze Programm: Streß mit Idioten, die nicht kapierten, daß niemand das, was er besaß, teilen mußte, nur weil jemand anders vielleicht weniger hatte. Den halben Mantel, ja, aber nicht das halbe Pferd, von Frau und Bett gar nicht zu reden.

Als sie durch die Lobby nach draußen gingen, stützte sie ihn, bis er Tritt gefaßt hatte.

Ich glaube, der Kerl hat mich vergiftet, sagte er.

Welcher Kerl? fragte sie.

Der Barmann, sagte er, der Scheißbarmann!

Blieb stehen und umarmte sie so heftig, daß sie fast das Gleichgewicht verlor.

Was ist los? fragte sie.

Ich muß dich was fragen, sagte er.

Nur zu, sagte sie.

Bleibst du?

Als hätte ich die Wahl, sagte sie.

So viel Geld hast du, daß du zurückkommst, sagte er.

Und dann?

Schickst du mir eine Ansichtskarte!

Von wo?

Weiß ich doch nicht, sagte er, die Welt ist groß genug. Sag mir lieber, warum trinkst du so viel?

Weil du mich nicht fragst, wie es mir geht, sagte er.

Ich weiß es auch so, sagte sie.

Ja? sagte er.

Ja, sagte sie.

Und wie geht es mir?

Ich glaube, du hast ein Problem!

Was für ein Problem?

Das Blut, das du in der Unterhose gehabt hast, sagte sie.

Das vergeht wieder, sagte er, die Zunge dick wie ein Knoten, in den Hals gerutscht. Was mit dem Auge wäre mir auch lieber.

Arschloch, sagte sie, kniff ihn in den Hintern.

Schöner Schmerz, kleiner Trost.

In einem baufällig wirkenden Supermarkt besorgten sie sich ein Netz und einen Korb, um ihre Einkäufe transportieren zu können: ein paar Reiskuchen mit Meeresfrüchten in scharfer Kokossoße und dazu ein paar große schwitzende Flaschen Bier nebst einer Magnumflasche heimischen Rums – auf dem Etikett ein brennender Speer, der in einem Kübel voller Eiswürfel steckte –, ein Stück Seife, eine Tube Shampoo, zwei hartfaserige Frotteetücher, grell kariert, ein paar Kerzen, allesamt krumm und weich.

Taxis und Mopeds verfolgten sie, als sie aus dem Supermarkt kamen, aber sie winkten sie weg, hatten tausend Dinge vergessen; er trug den Korb und das Netz, die Flaschen klirrten viel zu laut. Draußen an der Küstenstraße gingen sie von Palme zu Palme und bedankten sich für den Schatten, den sie warfen. Es gefiel ihm, daß die Wolken fliegen konnten. Mit der Zeit bekam er das Gefühl, als trüge er eine Last aus Eisen durch die Gegend, mußte in gewissen Abständen stehenbleiben und so tun, als würde er die Umgebung betrachten: garagenähnliche Bauten aus Hohlblocksteinen, Hütten aus Lehmziegeln und Wellblech, Höfe mit Ziegenställen, weißgekalkte Strohdächer auf sandfarbenen Inseln im Müll, dazwischen offene Abwasserrinnen und, gleich daneben, villenähnliche Häuser hinter hohen Mauern, die an Betonpalisaden erinnerten, lackierte Blechtore, an denen der Wind, der vom Meer kam, rüttelte. Fahle, kränkliche Hunde schlichen durchs Gebüsch, Eiter an den Lefzen. Kurz hatte er das Gefühl, als trüge sie der Boden nicht wirklich und sie gingen wie durch Träume ohne Ausweg. Ein Stück weiter lag ein ausrangierter Lastwagenreifen auf dem Bankett. Sie setzten sich.

Brennt wieder, sagte sie. Als er nichts sagte, sagte sie: Das Auge. Es brennt.

Ist nur der Schweiß, sagte er.

Das ist was anderes, sagte sie.

Was denn?

Weiß ich doch nicht!

Laß mich mal sehn!

Was willst du sehn?

Ob was hineingeraten ist, sagte er.

Da ist nichts hineingeraten, sagte sie. Nichts, außer dem Schuhabsatz dieser Scheißhure!

Sie saßen noch eine Weile da und schwiegen sich an. Für Zuschauer hätte es vielleicht befremdlich gewirkt, wie sie da auf einem alten Autoreifen am Straßenrand hockten und die kranken Hunde wegscheuchten, Hunde und Insekten. Er bekam es gar nicht gleich mit, daß sie weinte, so leise tat sie es, und als er es endlich merkte, hielt sie schon ihr nasses Gesicht in die Sonne, den Wind, als würde sie einer Stimme aus verlorenen Zeiten lauschen, die ihr sagte, daß alles gut werden würde. Ein Gefühl, als würde man sich Tsunamis im Paradies vorstellen. Gott schwimmt vorbei und klammert sich an die Arche. Auch so ein Bild, das man nicht beim Sterben braucht.

Rudernd kam er auf die Beine. Komm, sagte er, griff nach ihrer Hand, zog sie hoch, bückte sich nach dem Netz, der Tasche, schwitzte sofort. Schon nach den ersten Schritten war es, als stiege die Straße steil an. Wir müssen uns ein Auto zulegen, rief er nach hinten.

Ja, sagte sie, im nächsten Leben.

Gibt kein nächstes Leben, sagte er, immer nur Jetzt oder Nie!

Da, sagte sie, da kommen wieder diese Kinder!

Die Kinder riefen Hallo, während sie durch den Staub auf sie zuwateten. Salzkristalle glitzerten wie geschmolzener Schmuck in den Lumpen, die sie trugen, winkend und grinsend spielten sie, äußerst laienhaft, das Leben der Erwachsenen nach. Die meisten von ihnen hatten vorzeitig gealterte Gesichter und trugen den Schmutz auf ihrer Haut wie die Schminke des Elends, täuschende Masken. Bei ihrem Anblick konnte er sich vorstellen, daß sie vor lauter Hunger Seife essen würden.

Laß uns weitergehen, sagte sie, komm, laß uns einfach weitergehen!

Aber da waren sie schon von ihnen umringt und wurden angestarrt, wie man seltene Tiere anstarrt. Ihr Anführer hatte einen Strich weißlichen Flaums auf der Oberlippe, sein Gebiß glich einem krummen Lattenzaun, als er grinste und sich vor ihnen niederkniete, als würde er sie anbeten wollen. Er trug einen Strohhut mit zerfranster, wippender Krempe, und als er zu ihnen aufblickte, sahen sie, daß er sich einen spitzgefeilten Plastikknochen von der Größe eines Zahnstochers durch die Nasenscheidewand gesteckt hatte. Die übrigen Kinder waren wesentlich jünger, das jüngste, ein Mädchen, schätzungsweise vier, fünf Jahre, das trotz der Hitze einen zerlumpten Pullover anhatte und in viel zu großen Boxershorts steckte.

Er gab dem Jungen eine von den Flaschen, sah zu, wie er mit den Zähnen den Verschluß abbiß, nach einem Schnalzlaut einen Schluck nahm und sie dann reihum gehen ließ. Das kleine Mädchen kam als letztes an die Reihe, leckte am schaumigen Rest und verdrehte die Augen ins Weiße, schlug mit einer zierlichen, fast tänzerischen Bewegung die Flasche auf dem Asphalt kaputt und tanzte auf den Scherben. Der Junge ging zu ihr und zog ihr mit einer geübt wirkenden Bewegung die Shorts herunter, so daß sie ihr auf die Knöchel rutschte. Die Innenseiten ihrer Schenkel waren bläulich verschorft, und sie rieb sich den Bauch und quiekte vergnügt, während sie zusah, wie er in seinen Hosentaschen nach Geld suchte und ihr ein paar Münzen wie Körner aus Metall vor die Füße streute – fern des Gefühls, er würde etwas unsagbar Gutes tun.

Wir tragen den ewigen Acker in uns. Jeder Stern ein Garten.

Gehen wir, sagte er.

Als sie ein Stück gegangen waren, sagte sie: Wir könnten ein Kind adoptieren, ein Kind von hier, was hältst du davon? Wir haben ein Haus. Ein ganzes Haus für zwei Personen. Soll das alles sein?

Wir haben uns, sagte er, da kommt niemand dazwischen. Die Kleine hat sicher irgendwo Familie.

Hat sie nicht, sagte sie.

Er drehte sich nach ihr um, sah eine Träne in ihrem gesunden Auge. Wie bestellt, dachte er. Im Moment, sagte er, haben wir andere Probleme. Aber wir sind in Form, ich finde, wir sind noch immer ganz gut in Form, oder? Sagte das, während er das Mitgebrachte auf der Küchenzeile abstellte und sich durch die schweißnassen Haare strich.

Danach ging er hoch ins Obergeschoß und probierte im Bad, ob sie, wie von Mr Moses in Aussicht gestellt, Wasser hätten. Der Strahl, der aus dem Hahn kam, war anfangs dünn und trübe, eher Getröpfel, aber dann wurde er hell, fast weiß, und sie hatten Wasser, und es floß und rauschte; nach einer Weile konnten sie sogar duschen, als wären sie im Hotel.

Während sich Helen im Bad zurechtmachte, gönnte er sich ein paar schnelle Schlucke aus einer Flasche Bier, hinter seinen Rippen zitterte etwas Müdes, Großes. Er ging hinaus in den Garten, lief auf und ab und tat, als zählte er die dürren Halme und die Risse, die zwischen ihnen verliefen und das Erdreich in Schollen sprengten, jede ein winzig kleiner Kontinent, auf den das Samenkorn der Hoffnung fallen mußte. Mittendrin hatte er die Idee, den Hahn, der den Swimmingpool speiste, aufzudrehen; das Plätschern, mit dem das Wasser ins Becken floß, hörte sich richtig gut an, des Daseins Fülle verheißend, und als er sich eine zweite Flasche Bier genehmigte, versuchte er, sich ihre künftigen Nachbarn vorzustellen, ihre Stimmen in ihren Gärten. *Wie geht's, Mr Ostrander? Danke, so gut wie meiner Frau!* Dann durchschritt er das Grundstück von der Terrasse bis zum Tor, und als er Hemd und Hose ablegte, war es, als teilte sich das Meer auf dem Weg zum Pool. Er schloß die Augen, roch blaues Wasser, sprang hinein. Das Wasser stand noch nicht einmal knöchelhoch, und er wartete eine Weile, ehe er sich hinkniete und sich naß spritzte. Dann, als er sich auf den Rücken gewälzt hatte, drückte er den Kopf nach hinten, nach unten, hörte zu atmen auf, um Helens Tränen vergessen zu können.

Ein Steinchen traf ihn am Bauch. Helen hatte es geworfen. Sie saß am Beckenrand, er sah ihre nackten Fußsohlen.

Du träumst einfach weiter, hm? sagte sie.

Er hatte Wasser auf den Lippen und Angst davor, auch nur einen Tropfen zu schlucken. Komm rein! Komm schon!

Lieber nicht, sagte sie. Ich halte lieber Wache, wenn es dir nichts ausmacht.

Angst vor den Kindern?

Keine Angst, sagte sie. Eher Mitleid mit diesen Figuren, die wir hier kennenlernen. Denkst du manchmal noch an Mr Kuttu?

Bring ihn mir, rief er, und ich ersäufe ihn an Ort und Stelle! Schaufelte Wasser, als würde er einen Nichtschwimmer im Taucheranzug taufen. Dann kletterte er aus dem Pool, setzte sich neben sie. Wegen der Pfütze, die sich unter ihm ausbreitete, rückte sie zur Seite. Nach einer Weile stand sie auf, ging ins Haus und kam mit der Schachtel mit den Reiskuchen zurück; sie schmeckten ranzig, waren ungenießbar.

Wie wär's, wenn wir uns Pizza bestellen?

Mit Affenfleisch, sagte sie.

Wahlweise Krokodil, sagte er.

Sie schwieg. Er hatte es nicht anders erwartet. Immer wenn ihre Seele sich angegriffen fühlte, schwieg sie, ließ lieber alle anderen reden, ihn, Gott, die Erde, also alles, was ein Gesicht hatte und Laut geben konnte.

Später holte er die Flasche Rum, und sie hockten sich auf die Stufen, die zur Terrasse hinaufführten. Er sah ihr zu, wie sie einen sparsam bemessenen Schluck nahm und ihn im nächsten Augenblick ausspuckte.

Schade, sagte er.

Ich brauche keine Narkose, sagte sie. Sah sich um und sagte, hätte nett werden können.

Es ist nett geworden, sagte er, legte den Arm um sie. Wie im letzten Moment ist es nett geworden. Wir sind hier im Garten und warten auf Regen, und kein Winter, kein Winter wird kommen. Und niemand wird lachen, wenn wir weiße Haare kriegen. Und wir werden das Meer hören, bis wir sterben. Werde ich romantisch?

Nein, sagte sie, nur betrunken! Wenn du wieder nüchtern bist, packen wir unsere Koffer.

Und dann?

Versuchen wir es woanders.

Und wo ist woanders?

Was weiß ich, sagte sie. Hier haben wir, wie es aussieht, unser Glück verbraucht.

Wie du redest, sagte er, so kenne ich dich nicht.

Ich bin's, sagte sie.

Früher zogen Frauen wie sie im Troß der Armeen mit und gebaren ihre Kinder unterm Donner der Geschütze auf blutgetränkten Äckern mit dem Gebrüll der Sterbenden im Ohr und immer auf der Hut, daß ihnen die Milch in den Brüsten nicht gefrieren möge. So eine Frau war sie. Eine von den besonderen. Das sagte er ihr, und sie mußte lachen, aber es klang trotzdem nett und stolz. Wir, sagte er, hätten uns hier ein kleines Paradies schaffen können, nur für uns. Hätten eins von den Kindern adoptiert, die auf der Straße schlafen, hätten ein gutes Werk getan. Wir brauchen kein Auto! Wir brauchen ein Kind!

Vor allem brauchen wir uns, sagte sie.

Ich dich mehr als du mich, sagte er.

Meine Eltern haben immer gesagt, der wahre Luxus beginne erst dann, wenn das Dach überm Kopf aus Gold sei. Falls du ein schöneres Märchen kennst, halte ich sofort den Mund.

Red weiter, sagte er, aber sie schwieg.

Ich hab immer an die Freiheit geglaubt, sagte er. Und sei es nur an die Freiheit, vor die Hunde zu gehn.

Wie stimmungsvoll, sagte sie.

Letztendlich dreht sich alles ums Verschwinden, sagte er.

Sagst du!

Sagte sie.

Sie waren noch lange draußen gesessen und hatten auf die Nacht gewartet, hatten die Rohbauten in der Nachbarschaft betrachtet und, insgeheim, auf irgendein fernes Licht hinter irgendeinem fernen Fenster gehofft. Dann hatte sie auf die ersten Sterne gezeigt, die am Himmel erschienen. Da und da und da. Und da hatte er sie gefragt, ob es ihr etwas ausmachen würde, wenn er die Flasche in den Pool schmisse, weil Scherben brächten Glück, also alles, was sie jetzt bräuchten! Aber sie hatte ihn davon abgehalten und gesagt, daß sie morgen früh bis zum Grund tauchen möchte, und er hatte gesagt, ganz unten hörst du das Meer! Im drückend warmen Dunkel, das vom Himmel herabströmte wie der nasse Atem von Sternen, ging ihm der Gedanke durch den Kopf, daß das Leben keine Reise war, sondern eine Flucht vor dem Tod. Die Gestirne glitten wie flackernde Lampions durchs Firmament, und das war so schön anzusehen, daß sie schwiegen.

Als er die Flasche leer hatte, fragte er sie, ob sie Lust hätte, mit ihm in die Bar am Strand zu gehen, in der sie Dr Chalie getroffen hatten, als Madagaskar gegen Somalia gespielt hatte, falls er sich richtig erinnere. Aber sie gab zu bedenken, daß das vielleicht zu gefährlich sei, jetzt, mitten in der Nacht. Nachts, sagte er, ist das Meer am schönsten. Schon weil man den Dreck nicht sieht. Aber man sieht auch nicht, wo es tief wird, gab sie zu bedenken.

Obwohl sie jetzt immer öfter gestochen wurden, wollten sie draußen bleiben, so lange es ging, und je tiefer die Nacht herunterkam, desto mehr hatten sie das Gefühl, als hätten sie schon immer hier gelebt. Das gefiel ihm so sehr, daß er sich vornahm, alles noch einmal zu träumen und auf ein Leben zu warten, in dem diese Träume endlich wahr werden würden. Dann auf einmal war der Himmel so voller Sterne, daß man sie nur noch als leuchtenden Staub wahrnahm, und als es vollkommen unerträglich wurde mit dem Ungeziefer, schmiß er die Reiskuchen in hohem Bogen übern Zaun. Für die wilden Tiere.

Dann gingen sie ins Haus …

… und durch die leere, dunkle Küche nach oben. Dort zündete er eine Kerze an, weil es im Moment keinen Strom gab. Helen nahm die Kerze mit ins Bad. Während er auf sie wartete, schlug er nach Moskitos und stellte sich vor, mit einem Flammenwerfer von Zimmer zu Zimmer zu gehen. Helen kam aus dem Bad, gab ihm die Kerze. Als er sich gewaschen hatte, blies er sie aus. Helen lag schon auf ihrer Matratze. Er legte sich neben sie, breitete die Moskitonetze aus, die in der Hitze des Zimmers nach Mottenpulver rochen und bei jeder Bewegung auf der nackten Haut scheuerten. Schweiß sammelte sich unter seinem Gesäß.

Alles kam zurück in dieser Nacht, jeder noch so alte Traum, an den er sich zu erinnern vermochte, kam zurück, dazwischen Bruchstücke seines Lebens, eine fast zur Gänze vergessene, befremdlich wirkende Bilderfolge, die sich so lange abspulte, bis er sich aufzuwachen zwang. Draußen die Nacht, so fern und fremd, daß sie wie ein Schutzschild war gegen die Geister der Vergangenheit. Er spürte Helens Körper neben sich, und einmal hörte er sie, wie sie im Schlaf redete, vielleicht mit ihm. Er weckte sie und sagte ihr, daß er sie liebe. Dann schliefen sie miteinander, und es ging problemlos und war schön. Hinterher sagte sie ihm, daß sie ihm etwas sagen müsse. Manchmal hab ich einen anderen gehabt in der Zeit, in der du nicht da warst. Ich hab einfach nicht dauernd warten können. Du warst nicht da. Warst nicht da. Du warst in meinem Herzen, aber das Herz ist nicht überall. Manchmal schaltet man das Herz aus. Aus oder ein? Egal. Dann fühlt es sich an wie kalter Gummi.

Er nickte, aber sie sah es nicht, nickte, während draußen Wolken um den Mond flogen und die Gespenster der Vergangenheit vorm Fenster tanzten, und alle auf dem Kopf.

Manchmal hatte er versucht, ihr zu sagen, daß das, was zwischen ihnen war, also alles rund um die Liebe, einer schönen wilden Blume glich, mit Dornen und giftigem Tau und fleischfressend, aber schön, wie gesagt, schön und wild. Neben der Liebe gab es das Leben, jeder hat seines, bleibt darin bis zuletzt, der Sex ein Paartanz, um Gott zu vergessen. Er hat sie alle aus Lehm geformt und beatmet und mit schmutzigen Händen seine Engel gestreichelt. Aber warum? Also hatte er ihr von den Jobs erzählt, die er gehabt hatte, Jobs als Personenschützer für Industrielle und ihre Familien oder, als er älter geworden war, als Wachmann im Empfangsbereich eines Atommeilers, alles nichts von Belang, heute hier, morgen dort, gestern woanders. Er erinnerte sich an den Atem der Schäferhunde und an den Geschmack von Schnaps bei Sonnenaufgang, wenn die Nacht im Licht explodierte.

Ihr Ex, hatte Helen gesagt, habe in der Politik gearbeitet, hochwichtig, mindestens, als rechte Hand eines Staatssekretärs des Innern oder so ähnlich, falls sie es richtig verstanden habe, habe gut verdient und sich fast totgearbeitet. Ein Arschloch, sagte sie dann, kommt selten allein, meistens hat es einen Schwanz dabei.

Aber wer will schon an andere Männer denken, wenn er eine Frau liebt? Sie ist ihrem Schatten Haut, ein Häufchen Haare unterm Bett, wenn überhaupt, goldene Locken, rote Lippen, alles andere.

Er hatte geheiratet und ein Kind gezeugt und sich scheiden lassen, als das Kind gestorben war, hatte zu trinken angefangen, süchtig nach Betäubung, Vergessen. Nach Feierabend hatte er sich in seinem Apartment verkrochen und im nächtlichen Spiegel seinen

Schatten betrachtet, und hinter ihm stand jedesmal seine tote Tochter. Sie sagte nichts, schaute ihn im Spiegel an. Tote Kinder lernen bei den Engeln das Singen. Später, wenn der Alkohol nicht mehr gewirkt hatte, paradierten die Gesichter all der Leute, die er heimgesucht hatte, durch seinen Schlaf, quetschten sich Tränen aus den Augen und sagten tausendmal Bitte und kein einziges Mal Danke. Und dann war er jedesmal von seinem eigenen Geschrei oder Gelächter erwacht – oder was das war, das ihn weckte.

EIN NICHTS VON EINEM NICHTS

Eine Zeitlang begriff er nicht, warum er wach geworden war, hatte einen Geschmack im Mund, als hätte er die ganze Nacht an einem rostigen Blech geleckt, tastete, einer Gewohnheit folgend, nach Helen. Seine Hand fiel ins Leere, und benommen horchte er in den rosafarbenen Dunst, der das Haus erfüllte, lauschte nach dem Geräusch ihrer Schritte, ihres Atems, aber da war nichts, das von ihrer Anwesenheit gezeugt hätte.

Das Licht der Sonne war wie ein Schlag auf die Lider, als er in den Garten ging und den Pool kontrollierte. Ein paar Wolken spiegelten sich im Wasser, und als er den Kopf hob, flogen sie übern Himmel. Er rief ihren Namen, kehrte um und klopfte an die Tür zum Bad, bekam Panik, als er es leer vorfand. Hastig zog er sich an, aber es dauerte trotzdem zu lange, und als er endlich fertig war, zwang ihn die verdammte Blase, sich zu entleeren; es roch scharf und süßlich gleichermaßen, und er keuchte vor Empörung, während er sich eilig säuberte. Dann lief er durch die Dünen hinunter zum Strand, voller Hoffnung, sie dort zu finden, wie sie sich, munter und selig, von den Wellen überrollen läßt. Als er auf sie zuwatet, wirft sie den durchweichten Verband nach ihm, und das Auge, mit dem sie ihn ansieht, wirkt fast durchsichtig. Er wünschte sich nichts sehnlicher, als daß sie in der Strandbar säße und Kaffee tränke und ihm schon von weitem zuwinken würde.

Da bist du ja endlich! Dieser Morgen: ein Geschenk, oder?

Ja, sagte er, natürlich! Einen Moment hab ich gedacht, du hättest weggemacht.

Ohne dich?

So früh am Tag hatte die Strandbar noch geschlossen. Weder Hunde noch Kinder kamen aus den Dünen gekrochen, um zu betteln. Von fern sah er die Fähre aus dem Hafen stoßen. Sie nahm Kurs aufs Festland, einen dunklen Strich auf dem Meer hinterlassend, als zöge sie eine Spur aus Rost und Öl hinter sich her. Winkende Gestalten an der Reling, die von Anfang an zu winzig waren, um sie erkennen zu können, und dann, nach einer kurzen Spanne Fahrt, vollkommen im Blau verschwanden.

Ohne auch nur noch einmal zurückzublicken, rannte er zum Haus zurück. Das kleine Mädchen saß am Pool, kaute an etwas herum. Als es ihn kommen sah, wischte es sich den Mund und begrüßte ihn mit hocherhobenen Armen. Ihr Pullover stank wie ein kranker Hund.

Was ißt du da für Zeug, verdammtnochmal? sagte er. Ißt du Dreck?

Dreck gut, sagte die Kleine. Rieb sich den Bauch.

Verschwinde! sagte er. Geh nach Hause! Mach schon!

Sagte es wieder und wieder, bis er merkte, daß es ihr egal war, was er sagte. Er klatschte in die Hände, um sie zu verscheuchen, aber die Kleine machte es ihm nach.

Cisilia, sagte die Kleine. Du?

Olav.

Die Kleine lachte, sagte ein paarmal seinen Namen, bis er wieder in die Hände klatschte, sich plötzlich nach ihr bückte und sie hochhob und vors Tor trug. Cisilia schrie lauthals, als sie mitbekam, was er vorhatte, und ein Bröckchen von einem der Reiskuchen, die er gestern abend weggeschmissen hatte, fiel ihr aus dem Mund.

Im Haus flüsterte er Helens Namen, heulte wie ein kleines Tier, als er feststellte, daß ihr Trolley fehlte. Als er das Geldversteck kontrollierte, merkte er, daß sie sich die Hälfte genommen hatte. Aber schließlich war es ihr Geld und nicht seines, und sie hatte ihm genug dagelassen, um nicht in Panik geraten zu müssen. Er nahm sich ein Bündel Scheine, steckte es ein und verfluchte Helen in aller Liebe und Sehnsucht. Hilflos schüttelte er die Flasche Rum, aber sie war leer, wirklich, ganz und gar. Wie betäubt vom lauten Geräusch seines Atems, schloß er hinter sich ab. Während er zum Tor lief, sah er aus den Augenwinkeln den Pullover des kleinen Mädchens wie einen zerschlissenen Fußabtreter auf dem Rasen liegen. Das Mädchen selbst war nirgends zu sehen. Die Märchenstunde des Mitleids hatte Pause.

Oben an der Küstenstraße stand ein Taxi unter einer Palme im Schatten, die Wagenschläge weit geöffnet. Er ließ sich in die Polster fallen, schwitzte wie verrückt und fühlte sich gleichzeitig, als hätte ihn ein Eisberg unter sich begraben.

Los, schnell! sagte er.

Sagen Sie mir, wohin?

Zur Fähre, sagte er.

Viel hin und her heute, sagte Mr Hominy, als er losfuhr.

Tempo! sagte er. Bitte!

Mr Hominy suchte im Rückspiegel seinen Blick.

Sie gehen?

Nein.

Nein?

Ich fahre.

Oh, Sie sind lustig, Mr Ostrander, Sie verstehen Spaß! Er reckte den Kopf zum Seitenfenster hinaus und brüllte Haha.

Als sie sich Port Kaia näherten, bemerkte er am Straßenrand die Kinder, mit denen Helen und er es gestern zu tun gehabt hatten. Ein paar sprangen vor dem Taxi auf die Straße, so daß Mr Hominy hart abbremsen mußte, kratzten an den Scheiben und bettelten um Geld. Während er in seinen klebrigen Hosentaschen nach ein paar Münzen suchte, geriet das Tier in sein Blickfeld, das die Kinder an einem Strick hinter sich her schleiften und das sich im Dreck wälzte und unkontrolliert zuckte, sobald der Zug etwas nachließ: ein graurosa gepanzertes Schuppentier, dem die Beine mit rostigem Stacheldraht zusammengebunden waren. Er warf den Kindern ein paar Münzen hinaus.

Warum sind Sie nicht drübergefahren? sagte er zu Mr Hominy, als sie weiterfuhren.

Sind Scheißkinder, sagte er.

Er schwieg jetzt lieber, irgendwie froh, weil das kleine Mädchen nicht dabeigewesen war.

Das Taxi hielt nach einem schwungvollen Bogen

auf dem Kai. Während Mr Hominy den Fahrpreis entgegennahm, sagte er: Meinen Sie nicht auch, daß Ihre Frau es richtig gemacht hat, Mr Ostrander?

Die nächste Fähre ging erst in einer Stunde, und er lief die Mole entlang bis zu jener Stelle, an der der Kutter geankert hatte, der Helen und ihn ans Festland gebracht hatte. Märchen wiederholen sich nicht, dachte er, als er die Anlegestelle verwaist vorfand.

Während er auf die Fähre wartete, wurde am Hafenbüro ein Lautsprecher in Betrieb genommen, mit blecherner Stimme erfolgte eine Durchsage: *Es ist der rechtmäßigen Regierung und den vereinten Streitkräften gelungen, den Staatsstreich abzuwenden und die Unruhen niederzuschlagen.* Dann knatterte es, und der Lautsprecher verstummte schlagartig.

Als die Fähre endlich anlegte, ein schwimmendes Insekt aus Lack und Eisen, ging er an Bord und suchte sich einen Schattenplatz an Deck, hockte sich auf die Planken und barg den Kopf zwischen den Knien. So blieb er. Die Erde drehte sich auch ohne ihn. Mit geschlossenen Augen konnte man meinen, die Fähre pflüge durch Wolken. Aber das war ihm egal.

Das Ausschiffen ging so elend langsam vonstatten, daß er am liebsten über die Reling gesprungen wäre; er drängte sich durch die Leute das Fallreep hinunter, um ein Taxi zu erwischen, nahm das erstbeste, das kam, ein schmutzstarrendes, rostendes Wrack, das aussah, als habe ein Bulldozer damit gespielt. Als sie die Promenade entlangfuhren, hielt er Ausschau nach Leichen auf Parkbänken, aber alles, was er zu sehen bekam, wirkte vollkommen normal und alltäglich,

keine Ziege, der man einen Stock in den Arsch gerammt hatte. Vielleicht war die Welt nur ein schlechter Traum, und vielleicht liebte der Mensch deshalb besonders die grausamen Märchen.
Er ist ein Held, wie ein alter Held. In anderen Zeiten hätte er Grönland auf Dromedaren durchquert. Als er das Haus zum ersten Mal gesehen hat, hat er gesagt, ein Stück vom Paradies müsse vom Himmel auf die Erde gefallen sein – seine Worte! Ich meine, wir waren wie alle anderen, haben nur zum Geldverdienen in der Heimat gelebt, auch wenn das manche Leute nicht gern hören werden. Wir lebten in schönster Gefangenschaft, aber das war auch schon alles, was das Leben zu bieten hatte. Wenn es zu Ende geht, sagte er, quartieren wir uns in einer Pyramide ein, links und rechts neben dem Pharao, und jeder von uns beiden ist auf einem Surfbrett aufgebahrt – du hast übrigens eine Taucherbrille auf, damit du die Ewigkeit besser siehst. Mein Gott, ich habe es gehaßt, wenn er vom Tod gesprochen hat, aber er hat ein Kind verloren, nicht ich. Wir haben alles getan, damit wir uns liebten. Ein gläubiger Mensch würde wohl sagen, sie blieben ihrem Fleisch treu ergeben. Ich weiß noch, einmal hat er gesagt, um ein Mensch bleiben zu können, beginge er jedes Verbrechen. Eigentlich hat er dauernd solche Sachen gesagt. Der nächste Augenblick war für ihn schon Vergangenheit.

III.

VOM GEHEN AUF WOLKEN

Das Flughafengebäude war von russischen Architekten geplant worden, ein sonnenverbrannter, heruntergewirtschafteter Klotz mit messingfarbenen Fensterfronten, in dessen Innern immerzu Dämmer herrschte, als würden die Gespenster der Vergangenheit durch die Halle schweben.

Er entdeckte Helen an der Bar, von wo sie ihm zuwinkte, als hätten sie sich hier verabredet gehabt. Sie hatte einen großen Becher Limonade vor sich stehen, er trank ihn auf einen Zug aus.

Mein Flug hat Verspätung, sagte sie.

Glück gehabt, sagte er.

Aber ich nehme ihn auf jeden Fall, sagte sie.

Schön, daß wir uns nochmal gesehen haben, sagte er, bestellte Bier, schon aus Trotz, weil sie ihm den Abschied so schwer machte. Das Bier war, Gott sei Dank, eiskalt, betäubte ihn aber nicht einmal ansatzweise.

Gibt noch freie Plätze, sagte sie.

Vielleicht kriegst du keinen Sitznachbarn, sagte er, dann hast du genug Platz für alles.

Sie hatte sich in einem der Shops eine Sonnenbrille mit extra großen Gläsern gekauft, die ihr nicht schlecht stand. Er sah sich darin gespiegelt, wenn auch nur schemenhaft.

Wirst du bald nicht mehr brauchen, sagte er und sah sich, wie er auf ihre Brille zeigte.

Aber auch keinen Blindenhund, sagte sie.

Er machte Wuff und ging kurz vor ihr in die Hocke. Gib mir eine Chance, sagte er.

Wenn ich gesund bin, komme ich zurück, sagte sie und nahm einen Schluck von seinem Bier.

Du haust also einfach ab, sagte er.

Sie nickte, wie gegen ihren Willen, nahm jetzt schon den nächsten Schluck von seinem Bier. Aber er verzieh ihr, weil sie einen langen Flug vor sich hatte, während dem sie sich als alleinreisende Frau nicht betrinken konnte. Sie würde das Land betreten, das er für seine Heimat gehalten hatte, und in der Erinnerung daran kam er sich wie eine Person vor, die er nicht kannte. Sie schwiegen eine Weile. Draußen verging der Tag, und er wußte, daß er sich bald vorkommen würde wie auf einem anderen Planeten. Aber selbst von dort konnte er sie jederzeit anrufen und ihre Stimme in sein Herz lassen und sie dort einschließen bei Wasser und Brot, beim Wasser seiner Tränen, beim Brot seiner Liebe.

Komm mit, sagte sie.

Dann hättest du jemand neben dir sitzen, sagte er.

Ich würde mich dran gewöhnen, sagte sie.

Er ließ verklingen, was sie gesagt hatte, ging zur Toilette. Auf dem Rückweg zur Bar kaufte er in einem der Shops einen Pappbecher mit Rum. Trank die Hälfte, und der Speer brannte und flog.

Warum kannst du nicht einfach dableiben? sagte er, als er wieder bei ihr war. Viele Frauen bleiben bei ihren Männern.

Weil mir Dr Chalie geraten hat, genau das nicht zu tun!

Verstehe, sagte er.
Du? Du verstehst nichts!
Hat er jetzt eine andere, an der er sich reibt?
Komm runter!
Bin unten!
Morgen bin ich beim Arzt. Und das ist kein Doktor aus Pakistan. Er wird meine Sprache sprechen, und keine kaputten Soldaten liegen bei ihm herum. Herrlich!
Und alles klappt reibungslos, sagte er.
Wir, sagte sie, ob es uns paßt oder nicht, wurden gelinkt. Also: Asche auf die Scheiße! Verzeih, daß ich so rede!
Schon gut, sagte er.
Aber sie hörte nicht auf und fing wieder von vorne an, sagte, er solle sich verdammtnochmal nicht so anstellen und ein Ticket kaufen. Vielleicht kriegst du einen Platz neben mir. Dann laß ich dich ans Fenster. Versprochen!
Er fror, sobald er an den nächsten Augenblick dachte. Die Kleine war bei uns. Wußte nicht, ob er es gesagt oder nur gedacht hatte. Hat sich die Reiskuchen aus dem Gebüsch geholt. Als ob das eine Rolle spielte. Jetzt, da die Stewardessen die Passagierliste durchgingen. Sie hat mir leidgetan, sagte er. Sie hatte diesen Scheißpullover an.
Ja, sagte sie, ja …
Ich werde ihr jeden Tag etwas zu essen kaufen, sagte er.
Tu das, sagte sie.
Dann, sagte er, mach ich mich mal langsam auf den Rückweg. Er nahm alle Kraft zusammen und trank aus, hatte einen ekelhaften Geschmack im Mund.

So konnte er sie nicht küssen, nicht einmal zum Abschied. Also lächelte er und wünschte sich, sie würde es für ein Lächeln halten.

Was soll das bloß werden? sagte er.

Statt einer Antwort umarmte sie ihn.

Die Leute schauen schon, sagte er.

Und jetzt kaufen wir dir ein Ticket, sagte sie, kein Problem!

Geht leider nicht, sagte er. Lächelte, mit aller Kraft. Ich muß zurück. Die Moskitonetze loswerden. Die Matratzen. Den Eimer im Bad. Und dann muß ich noch den Swimmingpool ablassen, damit er nicht einfriert. Viel zu tun.

Ordentlich, sagte sie.

Sag mal, war das dein Flug, der gerade aufgerufen wurde?

Nein, sagte sie, das war der Flug nach Kuala Lumpur. So leicht kriegst du mich nicht los!

Ich will dich gar nicht loskriegen, sagte er. Es gibt keinen Grund, dich loskriegen zu wollen. Mir wäre es tausendmal lieber, ich könnte dich dabehalten, verstehst du das nicht?

Soll ganz nett sein dort, in Kuala Lumpur.

Ist es, ist es ganz sicher. Kuala Lumpur ist berühmt für die mit Phlox bepflanzten Mittelstreifen auf den Stadtautobahnen.

Eine Sehenswürdigkeit, könnte ich mir vorstellen.

Die ganze Welt spricht davon.

Und was spricht sie sonst noch, die ganze Welt?

Bleib da!

Das geht jetzt nicht mehr.

Warum?

Warum? Weil du jetzt weißt, daß ich dich verlassen wollte! Und das bedeutet, daß du von nun an immerzu darauf warten würdest, daß sich das irgendwann einmal so oder so ähnlich wiederholt. So kann man sich nicht lieben, Olav, nicht so. Ich wäre bei dir geblieben, wenn mich diese Hure nicht so beschissen zugerichtet hätte, ich wäre bei dir geblieben, egal, was gekommen wäre. Aber jetzt hab ich Angst, jetzt will ich zurück. Unbedingt! Wir hatten eine gute Zeit und einen schönen Traum, einen wirklich schönen Traum – und wer hat das schon? Die meisten haben das nicht! Haben nicht einmal das …

Und während ihre Worte immer leiser und brüchiger geworden und überall ringsum die Lawinen der Einsamkeit niedergegangen waren, hatte er seinen Pappbecher leergetrunken und ihn sich auf den Kopf gestellt, hatte ein bißchen darauf herumgetrommelt, so daß er zu spät bemerkte, daß sie sich immer öfter das gesunde Auge abtupfte, eine Bewegung, die ihn zutiefst berührte, weil es aussah, als wollte sie sich sein Bild aus ihrem Auge wischen. Er zerquetschte den Becher und schmiß ihn auf den Boden, dachte, komm, laß mich das Ticket tragen und den Paß! Keine Szene! Dies ist ein Problemfilm, Titel: Entzweiung am offenen Herzen. Dies, damit sie vielleicht alles nur spielen mußten. Trennung. Abschied. Ruf mal an! Er gab ihr die Hand.

Mach mich wohl besser auf den Weg, sagte sie.

Jedem geht es anders. Jedem anders als dem anderen, sagte er. Den Lebenden wie den Lebenden, den Toten wie den Toten.

Du hast die Liebenden vergessen, sagte sie.

Die Liebenden fliegen einfach davon.
Manche kommen zurück.
Manchmal.
Sie ließ seine Hand los. Dreh dich um, und ich bin weg!
Warum ich? Dreh du dich um!
Komm schon! Nur ein einziges Mal!
Er machte es.
Und sie war weg.

Er hofft, sie hat ihren Fensterplatz bekommen und daß sie ihn draußen auf der Besucherrampe stehen sieht, ein Mann ohne Gesicht. Er weiß, er wird nicht winken, wenn das Flugzeug abhebt, denn würde er winken, wäre das ein Zeichen von Schwäche. Dann schon lieber sich abwenden und vor allem nicht den Kopf heben und zu diesem Himmel hoch blicken, der überall scheinbar allen gehört, zu diesen Wolken, die Flugzeuge zermalmen.

Er sieht das Flugzeug starten, aber vielleicht ist es auch ein anderes, kann es nicht glauben, daß sie nicht zurückkommt und mit ihm zu ihrem Haus im Hidden Pearl Resort *fährt. Er hält ihr eine Blume entgegen, die einzige, die während der Nacht in ihrem Rasengeviert gewachsen ist, Phlox, Phlox, sagt er und dann: Du kommst ohne Gepäck? Sei nicht so kleinlich, sagt sie.*

Draußen dann kein einziges Flugzeug am Himmel, alles in trübes, wäßrig scheinendes Licht getaucht. Die Taxis machten Jagd auf ihn, und jedes wollte billiger und schneller sein als das andere. Die Fahrer rissen sich um ihn, bis er um sich schlug.

Idioten, sagte einer, nahm ihn am Arm und führte ihn zu seinem Taxi; er hätte ihn küssen können vor lauter Dankbarkeit.

Während der ganzen Fahrt vom Airport zur International Clinic suchte er den Mittelstreifen nach Phlox ab, aber alles war betoniert, asphaltiert, mit Zebrastreifen bemalt. Grün nur die Ampeln, wenn sie nicht tot waren. Unterwegs immer wieder alte Männer am Straßenrand, die ihr Haupthaar, hüftlang gewachsene, strohige Zöpfe entflochten, Netze für die Münzen, die ihnen zugeworfen wurden. Manche von ihnen zeigten sich dankbar und sangen Lieder wie auf Bestellung, die sich niemand bis zum Ende anhörte. Die Toten waren fortgeschafft worden, die Tiere hielten sich versteckt. Er versuchte, sich Helen im Flugzeug vorzustellen, wie sie unaufhörlich entschwebte, Berge von Wolken zwischen ihr und ihm.

Auf dem Parkplatz der International Clinic stieg er aus. Anhand der geparkten Autos war davon auszugehen, daß die Klinik ihren regulären Betrieb wiederaufgenommen hatte. Jetzt wäre sogar der Tod ein Kinderspiel gewesen. Der Rasen hatte an den Stellen, wo jemand gelegen und geblutet hatte, einen Stich ins Rosafarbene behalten.

Am Empfang trug er mit einer gewissen Scheu seine Beschwerden vor. Als erstes wurde er gefragt, ob er informiert sei, daß in der International Clinic nur Privatpatienten behandelt werden würden. Er bejahte und wurde von einer Krankenschwester in ein Wartezimmer mit Ventilator und Topfpflanze geführt. Kaum daß er Platz genommen hatte, kam schon ein junger Arzt und nahm sich seiner an, nicht ohne ihn zuvor nochmals darauf hingewiesen zu haben, daß die International Clinic als Privatklinik betrieben würde. Er mußte die Hose herunterlassen und sich auf eine Behandlungsliege aus schwarzem Kunststoff legen, die der Arzt zuvor mit feingeriffeltem Kreppapier aus einem Papierrollenhalter abgedeckt hatte. Als das geschehen war, betastete der Urologe seinen Unterleib und fragte, ob er etwas spüre, und jedesmal antwortete er, eigentlich nicht. Erst als er ihn aufstehen und sich bücken hieß und ihm einen Finger in den After steckte, entwich seiner Kehle ein scharfer Ton.

Machen Sie endlich ein bedenkliches Gesicht, sagte er zu ihm, als er wieder gerade stand.

Wäre Ihnen damit geholfen? fragte der Urologe. Ich empfehle Ihnen, viel zu trinken. Alles, bloß keinen Alkohol! Wenn es nicht besser wird, kommen Sie wieder! Ich bin hier, wann immer Sie mich brauchen. Aber ich kann nicht sagen, daß ich gern auf Sie warte, wenn Sie beim nächsten Mal nicht nüchtern kommen.

Macht mir nichts aus, wenn Sie mich nicht mögen, sagte er, während er die Hose hochzog.

Im nächsten Moment fragte er ihn nach der Toilette.

Die Klokabine war sauber, wenig Geruch, die Fliesen weiß, ohne Kratzer und Risse. Er blieb lange sitzen, ruhte aus, sinnlos, an Flugzeuge zu denken, die nicht umkehren. Dazwischen pißte er ein paarmal ein paar Tropfen, genoß Augenblicke von Geborgenheit.

Am Empfang beglich er das Honorar. Alles in allem kostete es ihn ungefähr so viel wie ein Abendessen für zehn Personen im *Rosemilk*.

Hunderte Taxis warteten draußen auf dem Parkplatz.

Er ging zu Fuß.

Auf den ersten Blick wirkten die Avenues und Boulevards europäisch, flankiert von Hochhäusern und Shoppingmalls mit glitzernden, funkelnden Pforten aus Glas und Chrom, die Trottoirs gesäumt von winzigen Restaurants, in denen Nachbildungen ausgewaideter Tiere an den Wänden hingen; in den Nebengassen Verkaufsstände, Imbißbuden, dahinter Villen im Kolonialstil zwischen schillernden Abwassergräben, in einem ein toter Mann, von Kopf bis Fuß zerhackt und bedeckt von Fliegenwolken. Etwas weiter die Hügel hinab taten sich Parks auf, und hinter den Parks zeichnete sich die Promenade ab, ein Band aus Beton und Asphalt zwischen explodierenden Blüten, gleich dahinter das Meer in all seiner Bläue, all seinem Licht, das ihn für Augenblicke wie benommen machte. Im Zentrum gab es Straßen mit Namen, und als er auf einem Schild Ring Road las, war ihm, als käme ihm der Name bekannt vor, als hätte er ihn schon irgendwo einmal gehört oder gelesen. Als er stehenblieb und nachdachte, fiel ihm ein, daß Mr Kuttus Office in dieser Straße lag; er erinnerte sich zwar nicht mehr an die Hausnummer, aber das hielt ihn nicht davon ab, nach der Adresse zu suchen. Er ging einmal die ganze Ring Road entlang und blieb vor jedem Hausportal stehen, um die Firmenschilder zu lesen, hatte Glück, fragliches, fragwürdiges Glück, tatsächlich auf Mr Kuttus Namen zu stoßen. Der Klingelknopf war herausgerissen, die Glastür zersprungen, aber nicht verschlossen, und so ging er hinein und in jedem Stockwerk von Tür zu Tür, bis er das Büro fand. Ein kopfgroßes Loch war in die Tür geschlagen. Er klopfte einige Male, roch Rauch und Parfüm, rief schließlich Mr Kuttus Namen durch das Loch, aber nichts rührte sich. Er versuchte, durch die Öffnung zu blicken, sah schemenhaft eine Art Vorzimmer mit einem zertrümmerten Schreibtisch und ein paar umgeworfenen besudelten Polsterstühlen, und in dem Augenblick, in dem er Mr Kuttus Namen rief, starrte ihn von der anderen Seite ein Paar Hundeaugen an, und ein Heulen erklang, das ihm durch und durch ging. Gib uns unser Geld zurück, dachte er, trat gegen die Tür. Der Hund knurrte jetzt, und man hörte ihn an der Tür kratzen.

Drunten auf der Straße wurde er von ein paar Frauen angesprochen, von ein paar Kindern angebettelt, aber das war auch schon alles. Irgend etwas Kaltes ging neben ihm. Kälter als ein Schatten.

Der Zufall oder die Fügung wollte es, daß er die letzte Fähre nach Port Kaia erwischte. Die ganze Fahrt sah er kein Flugzeug am Himmel. Hinter der Fähre flogen Vögel, flogen so niedrig im zerstiebenden Kielwasser, als könnten sie auf Fischen und Regenbögen landen. Als sich die Fähre der Insel näherte, bekam er plötzlich Angst, Panik, egal, wie man es nannte, und als er das Fallreep hinunterging, fühlte er, wie seine Schritte sich verlangsamten, aber er zwang sich weiterzugehen, geradeaus, sinnlos, im Kreis, egal, auf Händen wie beinlose Bettler, vorwärts. Nicht zum Aushalten, wenn er an den Abend dachte, an die kommende Nacht, unvorstellbar, sie ohne Helen zu verbringen. Er verspürte

Sehnsucht nach ihr, und diese Sehnsucht nach ihr war wie ein wilder Schmerz. Als ihn dann endlich der Boden trug, der Boden, die Erde und alles, was unter ihm war, machte er sich wie in einem Wirbel aus Träumen auf den Weg ins *Rosemilk*. Eine Art Paradies mußte es schließlich überall irgendwo geben.

Er ging durch die Lobby, durch die Bar, hinaus auf die Terrasse, setzte sich an einen freien Tisch und rückte seinen Stuhl so, daß er in den Park blicken konnte. Die nahende Nacht schob Blöcke aus Pech übers Meer. Der Barmann kam an seinen Tisch und tat, als würde er ihn nicht gleich erkennen. Er orderte einen großen Krug Bier.

Als der Barmann das Bier brachte, sagte er: Heute allein?

Ich bin nicht allein, sagte er, ich habe mich! Sie werden es mir nicht glauben, aber wenn ich betrunken bin, liebe ich mich sogar.

Liebe ist stärker als der Tod, sagte der Barmann. Hab ich in einem Buch gelesen, das ein Gast vergessen hat. Aber es klingt gut!

Besonders wenn man noch am Leben ist, dachte er.

Das Bier, das ihm der Barmann servierte, war so kalt, daß er beim ersten Schluck Kopfweh bekam, aber das Kopfweh war eine Wohltat, etwas, wofür er fast dankbar war, weil es ihn vom Nachdenken abhielt. Nach dem zweiten Schluck war alles fast wie früher oder gestern, wann immer das gewesen sein mochte, und es hätte ihn nicht irritiert, wenn sich Helen zu ihm gesellt und »Da bin ich wieder!« gesagt hätte. Sobald er sich erholt hatte, versprach er sich, würde er

Nachforschungen nach dem Verbleib des Geldes anstellen, würde Mr Moses anrufen und ihm sagen, daß er in Mr Kuttus Office in der Ring Road gewesen war und sich nicht vorstellen könne, daß sein Geld in diesem Scheißladen gelandet sei. Und dann würde er Helen anrufen und ihr sagen, wo bist du? und dann würde er sie nochmal anrufen und sagen, komm zurück! In deinem Haus lassen sich weder Türen noch Fenster schließen, wenn du nicht da bist!

Affen segelten durch die Bäume. Nach und nach füllte sich die Hotelterrasse mit Gästen, die den schnellen Schnitt zwischen Tag und Nacht genießen wollten, wie nebenbei nach großen, schuppigen Faltern schlugen, die bei Anbruch der Dunkelheit aus den Hecken aufflatterten. Jetzt, in der beginnenden Nacht, war alles möglich, und so ließ er Helen ein paar Bahnen durch den Hotelpool zurücklegen. Hinterher kam sie, ihr Haar mit Algen gesprenkelt, an seinen Tisch. Als sie Platz genommen hatte, sagte er ihr, wie toll sie aussehe, und schämte sich, weil er nicht mehr ganz nüchtern war. Sie blies ihm ein paar Tropfen Wasser ins Gesicht. Er hob abwehrend die Hände und schluckte vor Rührung.

Du weißt ganz genau, was für eine tolle Frau du bist, sagte er.

Danke, sagte sie.

Bevor ich dich gekannt habe, habe ich immer geglaubt, daß Liebe etwas für Weichlinge ist, für romantische Idioten. Für Leute, die nicht ficken können. Und weißt du, warum ich dir das die ganze Zeit nicht gesagt habe? Weil ich dich liebe!

Ich trinke, was du trinkst, sagte sie.

Läßt sich machen, sagte er. Hatte zu tun, den Barmann auf sie aufmerksam zu machen. Es gefiel ihm, daß sie ihm Gesellschaft leistete und daß sie ein bißchen aufpaßte, damit er nicht zuviel trank oder das Falsche. Später schickte er sie wieder in den Pool, in dem tausend gelbe Monde schwammen, und ging auf die Toilette. Als sich sein Strahl nicht verfärbte, fühlte er sich gesund, betrunken und gesund, kehrte zurück in sein Leben.

Ein Pärchen hatte an seinem Tisch Platz genommen. Der Mann, ein Asiate, sah ihn fragend an, als er sich hinter den Sessel der Frau stellte und sagte: Tut mir leid, das ist mein Platz!

Fick dich! sagte die Frau, drehte sich nicht einmal nach ihm um.

Er gab dem Sessel, auf dem sie saß, einen Tritt. Jetzt bog die Frau ihren Kopf zurück, starrte ihn an.

Assumpta.

Wahrscheinlich verging nicht einmal der Bruchteil einer Sekunde, bis er sie aus dem Sessel gekippt hatte. Sie fiel nach hinten und rollte auf den Boden, wo sie sinnlos schrie und strampelte. Dabei rutschte ihr Rock hoch, ein goldglänzender Lederrock, der ihr Fleisch wie eine Rüstung umhüllte und einen tiefen Schatten zwischen ihre Schenkel legte. Ihr Geschrei billig, wie gespielt. Scheiß drauf. Kein Vergleich, wie Helen geschrien hatte, als sie von ihrem Schuh getroffen worden war.

Als Assumptas Begleiter Anstalten machte, sich aus seinem Sessel zu wuchten, ging er ihn an, wie er all diese unsäglich feigen Männer angegangen war, die sich hinter Hunden und Weibern versteckt hatten. Jedes Wort, das er nicht sagte, gab ihm Kraft. Er stieß den Mann zwischen die Tische, wo er zu Boden ging und in einer lachhaften Gebärde die Hände hob, als wollte er sich schützen und ergeben gleichzeitig. Dann war auch schon der Barmann da und stellte sich dazwischen. Auch gut. Während er zuschaute, wie der Asiate auf die Beine kam und Assumpta, die einen Schuh verloren hatte und hinkte, aufhalf, trank er aus. Das, was nicht herausgeschwappt war.

Sie waren unser Gast, Sir! sagte der Barmann.

Er nickte, hörte erst auf damit, als er die Terrassentreppe zum Hotelpark hinuntergegangen war, Richtung Strand.

Es herrschte Ebbe, und das Meer war leise und sanft, und er lauschte nach Flugzeugen, die drüben vom Festland aufstiegen. Im Mondlicht sah er Plastikfetzen und Tangstränge, die sich im Stacheldraht verfangen hatten, es sah unnatürlich schön und gleichzeitig unnatürlich grausam aus, was von den Gezeiten an den Strand geworfen worden war. Zu seinen Füßen punktierten Scharen kleiner Krabben den Schlick mit grünen Löchern, und er hockte sich in den Sand und sah ihnen zu und versuchte zu erkennen, welche Sterne in welche Löcher passen würden. Als er hörte, daß sich jemand näherte, warf er eine Handvoll Sand hinter sich.

Was machst du, sagte der Police Officer, klopfte sich den Sand von der Uniform. Dann hielt er sich, wie erschrocken über sich selbst, den Mund zu und entschuldigte sich wortreich für seine Unhöflichkeit, ihn wieder geduzt zu haben, beugte sich zu ihm hinunter, um ihn wie nebenbei zu fragen, ob er betrunken oder verrückt oder beides sei? Ob er nicht wüßte, wie man sich in einem fremden Land zu benehmen habe? Er könne sich hier nicht einfach mit internationalen Gästen anlegen und sich an ihren Begleiterinnen vergreifen. Außerdem, das möchte er betonen, ginge es nicht an, daß er hier betrunken herumliege, auch wenn er, herzliches Beileid, von seiner Frau verlassen worden sei. Und was machen Sie? Sie, fuhr er fort, stehen nicht einmal auf, wenn ich mit Ihnen rede! Bewerfen mich mit Dreck! Auch wenn ich nicht im Dienst wäre, würde ich Ihnen das nicht durchgehen lassen können. Los, stehen Sie endlich auf!

Es dauerte ziemlich lange, bis er auf die Beine kam, den Geschmack von Wind und Bier im Mund.

Na also, sagte der Police Officer, geht doch!

Dann sagte er, ich bück mich nicht gern, schlug ihm die Faust in den Bauch, der Schlag so hart und so schnell, daß er rückwärts ging und einen Schritt ins Wasser machte, umfiel. Er fühlte, wie ihm nasser Sand in den Kragen rann, die Wellen wie Zungen, die an ihm leckten. Aber komischerweise dachte er an das Handy in seiner Hosentasche und daran, ob es wasserdicht war.

Sie wissen, warum?

Sie werden es mir sagen!

Weil Sie eine Frau geschlagen haben. Vor allen Leuten. Vor allen Leuten haben Sie sie geschlagen.

Ich hab sie nicht geschlagen, hab ihr nur ein bißchen Angst gemacht. Ich schlage keine Frauen.

Und wie ist es mit Männern? Haben Sie Angst vor meiner Uniform? Oder haben Sie Angst vor mir?

Warum soll jemand vor jemand wie Ihnen keine

Angst haben? Er ließ den Police Officer nicht aus den Augen, der wie ein wild gewordener Tänzer in den Knien wippte. Selbst die Helden in den Filmen hatten in solchen Situationen die Hände erhoben und im Nacken verschränkt. Ich bin ausländischer Staatsbürger, sagte er. Kam auf die Knie und kroch an den Strand, ein weiter Weg, der ihn erschöpfte. Als er im Trockenen war, ruhte er aus, jetzt bereute er es zum ersten Mal, nicht neben Helen im Flugzeug zu sitzen, unter ihnen der Planet, in Nacht versunken. Dann hockte er sich aufrecht und erbrach zwischen seine Beine.

Wir brauchen niemand, der unsere Frauen schlägt! Das machen wir schon selber!

Er nickte und hoffte, daß der Police Officer sah, daß er nickte.

Das Meer ist so laut. Ich höre Sie nicht.

Hab nichts gesagt, sagte er.

Zum ersten Mal im Leben hörte er das Ächzen der Erde, mit dem sie sich um die eigene Achse wälzte und Tag und Nacht, Kälte und Hitze trennte. Das Geräusch verschwand wieder, als er zu einer Palme kroch und sich an ihrem Stamm hochzog. Die Affen schliefen längst woanders. Wieviel wollen Sie? fragte er den Police Officer, der ihm nachgekommen war.

Wieviel hast du?

Er holte ein paar Scheine aus seiner Hosentasche, die naß geworden waren und zusammenklebten, schwer zu zählen. Der Police Officer nahm sie an sich und sagte: Sie wissen gar nicht, wie sehr man hier von solchen Wohltaten, so sagt man doch, abhängig ist. Fast könnte man sagen, Sie retten Leben, Mr Ostrander! Auch Ihres! Wie geht es Ihnen? Hat man Sie geschlagen?

Nein, ich glaube nicht, sagte er.

Dann kommen wir der Wahrheit näher, sagte der Police Officer. Ich weiß alles, und ich bin überall!

Sie sind Gott, stimmt's?

Was ist schon Gott, sagte er. Keine Frage.

Und dann gingen sie, langsam wie bei einem Spaziergang, durch den Hotelpark. Wie in einer Anwandlung von Fürsorglichkeit legte ihm der Police Officer einen Arm um die Schultern, während er ihn die Treppe zur Restaurantterrasse hinaufführte. Bei ihrem Anblick hörten die Tanzenden auf zu tanzen, während die Musik weiterspielte, und der Police Officer hielt ihn die ganze Zeit untergehakt, als wären sie ein Paar, das sich endlich gefunden hat. Während er über die Tanzfläche geführt wurde, wünschte er sich nur, sein Gang wäre beschwingter, anmutiger, leichtfüßiger.

In der Lobby war der Barmann in Stellung gegangen und wedelte mit der Rechnung, die Summe frei erfunden, aber er beglich sie widerspruchslos.

Ein Polizeijeep stand auf dem Parkplatz des Hotels, schwarz vor der flimmernden Nacht, daneben das hoteleigene Taxi. Alles in Gottes Hand. Er machte einen Schritt zur Seite, ging an den Autos vorbei, deren Türen offenstanden wie ausgeklappte Flügel. Moment, sagte der Police Officer, hielt ihn fest. Nach einer Weile kam der Barmann mit Assumpta zu ihnen heraus, und sie zeigte dem Police Officer die Stellen, wo ihr Rock Abschürfungen bekommen hatte, als sie gefallen war. Drehte sich rundum, als sei sie noch auf der Tanzfläche, ihre Lippen trocken und rissig, als hätte sie der Asiate gebissen.

Sie müssen ihr einen neuen Rock kaufen, sagte der Police Officer.

Und neue Stöckelschuhe, sagte er. Mit höheren Absätzen, sagte er.

Ja, sagte Assumpta.

Meine Frau hat das Geld, sagte er. Aber sie ist nicht mehr da.

Lachte, damit es nicht so wehtat.

Er sagt, er hat kein Geld, sagte der Police Officer. Kommt, um ein Haus zu kaufen – und hat kein Geld.

Scheiß auf das Arschloch, sagte Assumpta, steckte ihre Hände in seine Taschen und wühlte neben seinem Geschlecht, zeigte dem Police Officer, was sie zutage förderte. Er nahm es an sich, sagte, hm, ich hab gewußt, daß Sie nicht ehrlich zu mir waren. Dann gab er Assumpta und dem Barmann ein paar Scheine.

Er lief Richtung Zentrum, hielt sich in der Mitte der Straße, aus Angst, in einen der Abwassergräben zu stürzen, die von unvorstellbarem Getier belebt waren und aus denen ein scharfer, stechender Dunst waberte, der einen benommen machte, elend und willfährig für finstere Gefühle. Am Sklavendock hockten die Sklaven in der Grube wie in einem mit Tinte gefüllten Bassin, und er stellte sich vor, wie es wäre, eine der Figuren mitzunehmen und im Swimmingpool zu versenken. Jetzt kam der Schmerz, ging nicht mehr weg. Er setzte sich schnell auf eine der Bänke, knurrte, wie um seine Stimme zu hören und nicht ganz allein zu sein in dieser Nacht. Hinter den Wolken waren Sonne und Mond und Helen auf dem Weg zurück in die Vergangenheit. Einen Augenblick, dachte er, einen Augenblick, streckte sich vorsichtig atmend auf der Bank aus, dachte Nein, als ihn etwas an sich riß. Schon war es geschehen.

Seine Frau saß auf einem Stuhl neben dem Bett, in dem seine Tochter lag. Er sagte als erstes den Namen seiner Tochter, vielleicht zu unhörbar, Svyra, denn er bekam keine Antwort, dann den Namen seiner Frau, aber sie schlief und sah ihn nicht, obwohl sie ein Auge halb offen hatte. Er wußte nicht, was er tun sollte, hatte sie so lange nicht mehr gesehen; seine Tochter war kaum wiederzuerkennen, so eingefallen war ihr kleines Gesicht. Er beugte sich über sie und blies ihr auf die Stirn, und sie kam für einen Moment aus dem Schlaf oder was das war, schluckte krampfhaft, als habe sie zuviel Worte im Mund, aber nur ihr Atem wurde lauter. Papa, sagte sie, Papa, mit Pausen. Und dann sagte sie: Ich weiß es schon. Er nickte, weil er nicht wußte, wovon sie sprach, bis sie fragte: Warst du schon einmal tot?

Ich kann mich nicht erinnern, sagte er.

Arschloch, sagte seine Frau. Verschwinde!

Mama, sagte seine Tochter und dann: Macht das Licht aus. Es ist viel zu hell.

Das ist die Sonne, Schatz!

Viel zu hell!

Es dauerte, bis sie merkten, daß sie gestorben war.

Er erwachte von ein paar seltsamen Schreien, bemerkte, daß jemand einer der Figuren in der Grube einen Strohhut aufgesetzt hatte, dessen tief herabhängende Krempe das halbe Gesicht verdeckte, nahm im nächsten Moment Bewegungen hinter der Sklavengruppe wahr, so, als würden dort Schatten tanzen, Geister. Aber es waren die Kinder, die mit kriegerisch wirkenden Bewegungen auf ihn zusprangen und ihm den Weg verstellten, als er aufstand und weggehen wollte. Als sie erkannten, wen sie vor sich hatten, gab es ein großes Hallo, und alle zeigten irgendwie zapplig auf seine Hose, auf den nassen Fleck im Schritt; sogar im Dunkeln war sichtbar, wie er sich ausbreitete. Das kleine Mädchen trat vor und steckte sich einen Finger in den Mund, an dem es mit grotesker Mimik zu saugen begann. Er klatschte in die Hände, als würde sie sich davon verscheuchen lassen, hätte ihr alles Geld der Welt gegeben, wenn er genug gehabt hätte, schon damit sie ihn nicht umsonst anbettelte. Sie benahm sich wie ein kleines wildes hungriges Tier, vollkommen am Leben, jeden Augenblick und jetzt und immerdar, und bei ihrem Anblick dachte er einen Augenblick an Svyra, seine Tochter, die jetzt schon länger tot war, als sie gelebt hatte. Es konnte einfach nicht sein, daß sie mit einer anderen Hautfarbe wiederauferstanden war.

He, machte der Junge, der die Gruppe anführte, zeigte seine kaputten Zähne, als er grinsend auf ihn zukam. Er führte ein an eine Kette gelegtes Äffchen hinter sich her, dem ein Ring aus Stacheldraht wie eine neckisch wirkende Krause um den Hals gewickelt war, zerrte es hierhin und dorthin, riß es von den Beinen, sobald es sich störrisch gebärdete, und die ganze Zeit grinste und lachte er, als wäre alles schön und normal, ein ewig währender Spaß. Das Äffchen hatte sich vor seinen Füßen niedergehockt und kratzte sich am Hals, während er versuchte, ihm nicht ins Gesicht zu sehen, das aussah, als wäre ihm der Kopf mit einer Keule durchgeprügelt worden. Und die ganze Zeit hatte er Angst, irgend etwas nicht oder falsch zu verstehen.

Du tust ihm weh, sagte er zu dem Jungen.

Baby, sagte der Junge.

Er nickte, als würde das etwas ändern, zeigte seine leeren Taschen, alles Übung, seine leeren Hände, alles Gewohnheit, ich bin nichts, und ich habe nichts. Seine Bewegungen genügten dem Äffchen, ihn anzuspringen und an ihm hochzuklettern. Als es auf seinen Schultern saß, klammerte es sich an seinem Kopf fest. Es hatte Scheiße im Fell und stank nach allem möglichen.

Love, sagte der Junge.

Ich gebe dir Geld. Morgen gebe ich dir Geld. Morgen bringst du es zu mir ins *Hidden Pearl Resort*, du weißt wo, und ich kaufe es dir ab, kaufe es dir ab. Ja? Hast du verstanden? Morgen kaufe ich es dir ab. Kein Problem! Mach es sauber, gib ihm was zu fressen und zu trinken und schlag es nicht mehr. Er konnte gar nicht schnell genug reden.

Der Junge starrte ihn an, als sei er verrückt geworden, ein verrücktes Gespenst, das nächtens betrunken und blutend durch eine fremde Wildnis strich und vergessen hatte, wo es sich befand. Er packte das Äffchen und schmiß es auf die Erde, wo es benommen liegenblieb, und zum ersten Mal hörte er die Stimme des Tiers. Wie ein Kind, das vor Schmerzen sang.

Anfangs war es, als ginge er durch einen Traum, mitten durch einen Traum, aber er kam voran, entfernte sich, kam davon.

Madam, rief ihm der Junge hinterher.

Als er sich nach ihm umdrehte, zeigte der Junge hinauf in den Himmel und ließ seine Hände wie Flügel wippen. Das Äffchen stand auf den Hinterbeinen, den Kopf hoch erhoben.

Morgen, sagte er, morgen, winkte zurück, als ginge es wirklich um Abschied und Wiedersehen. Wind fuhr ihm zwischen die Beine, und er fühlte bei jedem Schritt, daß der Fleck größer geworden war.

DER SOG

Der Weg, der zum Hospital führte, war auf den letzten Metern beiderseits von Wartenden gesäumt, die unbewegt dasaßen. Sie hatten Decken und Tücher dabei, auf denen sie lagerten. Stimmen von Kindern, vom Mondlicht erstickt. Die Sterne wie an den Himmel genagelt. Er klopfte ans Tor, schämte sich irgendwie, als er unverrichteter Dinge zurück ans Ende der Reihe ging. Dort hockte er sich in den Staub und dachte an die Soldaten, die hier in ihrem Blut gelegen waren, wartend, daß jemand sie errette.

In der Morgendämmerung kam Dr Chalie vors Tor und schritt die Kolonne der Patienten ab. Er stand auf und brachte sich in Ordnung, kontrollierte den Fleck in seinem Schritt, längst getrocknet. Dr Chalie trug gegen die Morgenkühle einen grobgestrickten, fusseligen Pullover, der ihm ein paar Nummern zu groß war und wie ein härener Sack an ihm hing. Er nickte ein-, zweimal, als er vor ihm stehenblieb. Mr Ostrander, Sie hier? Sagen Sie, wie hieß dieser Typ in Ihrer Bibel, der kein Glück hatte und trotzdem den Glauben an Gott nicht verlor?

Das war Hiob, sagte er.

Fein, daß Sie sich daran erinnern, sagte Dr Chalie.

Hören Sie, Doktor, ich hab im Moment nicht das Geld, um Sie für Ihre Dienste bezahlen zu können, sagte er.

Dann müssen Sie leider warten, sagte Dr Chalie, ging bis ans Ende der Warteschlange, und als er wieder zurückkam, würdigte er ihn keines Blicks. Er hätte es an seiner Stelle nicht anders gemacht.

Längst war die Sonne durch die Morgenwolken getaucht, als sich die Patientenkolonne endlich wie auf der Stelle trippelnd vorwärts bewegte, mit lang ausufernden Pausen dazwischen, ein Zug erschöpfter, geduldiger Menschen, die sich immer wieder nach ihm umsahen, als könnten sie es nicht glauben, daß er in ihrer Reihe ging. Alles dauerte unendlich lange, jeder Schritt, jeder Atemzug, und er wurde müde, wurde durstig. Hätte er sich nicht an die Schmerzen erinnert, hätte er mit Freuden kehrtgemacht. Es waren mehrheitlich Frauen, die sich in der Patientenkolonne vorwärts bewegten, und viele von ihnen trugen Kinder auf dem Rücken, die teilnahmslos die Bisse der Fliegen ertrugen. Sie alle waren Nachbarn seines neuen Lebens, dachte er. Aber sie hielten Abstand zu ihm, und vielleicht war es bereits eine Form von Geduld oder Gnade, daß man ihn nicht verjagte.

Drinnen, in den Korridoren des Hospitals, lagen diejenigen aufgereiht, die getragen worden waren. Die Wände waren fleckig, Putz blätterte in Fladen ab. Unter der Tür einer Patiententoilette floß ein braunes Rinnsal heraus und versickerte in den Ritzen des Linoleums. Während er an der Wand lehnte und sich Geschwader von Ventilatoren wünschte, alles, was Flügel hatte, Rotoren, war ihm, als versänke er in seinem eigenen Schweiß. Zuletzt wartete er mit geschlossenen Augen, und sein Geruch kam ihm vor wie Gestank. Manchmal schrie oder weinte jemand hinter den Wänden, Kinder mit uralten Stimmen. Nach einer halben Ewigkeit kam endlich die Reihe an ihn.

Bitte, Mr Ostrander, sagte Dr Chalie, sagte es so langsam, als müßte er erst eine Weile nachdenken, um sich an ihn erinnern zu können. Dann sagte er: Wie geht es Ihrer Frau?

Ich weiß es nicht, sagte er, aber ich glaube, ganz gut.

Ich habe gehört, sie hat uns verlassen, sagte Dr Chalie.

War besser so, sagte er.

Alles ist besser als hier, wenn man Probleme hat. Was führt Sie zu mir?

Er gab keine Antwort, zog sein Hemd aus und zeigte Dr Chalie seinen Bauch. Die Stelle, wo ihn der Tritt des Police Officers erwischt hatte, war schwärzlich verfärbt und an den Rändern von einem Geflecht blaurosa geplatzter Äderchen wie marmoriert, das Gewebe geschwollen, als sei Gas unter der Haut.

Ich brauche Ihre Hilfe, sagte er.

Natürlich, sagte Dr Chalie. Manchmal brauche sogar ich meine Hilfe. Von wem haben Sie das?

Polizeiarbeit, sagte er.

Dr Chalie führte ihn zu einer durchgewetzten Untersuchungsliege. Legen Sie sich auf den Rücken, sagte er.

Geld kann ich Ihnen erst später geben, sagte er.

Legen Sie sich trotzdem auf den Rücken, sagte Dr Chalie.

Glauben Sie, es ist etwas Ernstes?

Wir alle möchten nicht, daß es etwas Ernstes ist. Manchmal möchten wir sogar in der Liebe, daß es nichts Ernstes ist. Er tastete ihn ab, machte es vorsichtig, und er war Dr Chalie mehr als dankbar dafür.

Heute abend spielt Tasmanien gegen Madagaskar, sagte Dr Chalie dann. Werden Sie kommen?

Wenn Sie mir sagen, daß ich wiederhergestellt bin, gern, sagte er.

Ich denke, Sie schaffen das, Mr Ostrander. Hätte ich Röntgenaugen, könnte ich noch ein bißchen tiefer in Sie blicken. Nachdem Sie nicht kollabierten, gehe ich davon aus, daß Ihre Organe die Schwellung abbauen werden, auch die Blutergüsse sind Sie bald los. Wenn Sie mir die Frage erlauben: Wie geht es Ihrem Unterleib?

Ich glaube, der Arzt in der International Clinic, der mich untersucht hat, war zu jung. Zu jung und zu teuer!

Beneidenswert, sagte Dr Chalie.

Was empfehlen Sie mir?

Bettruhe oder Reisefieber, sagte Dr Chalie.

Im Hof des Hospitals stemmte er sich gegen einen Baum, um zu Atem zu kommen. Die Blätter warfen Schattenflecke auf ihn, während er zusah, wie Patienten auf Bahren in eine Art Garage getragen, auf den Betonboden gebettet und mit Laken, die schwarz von Fliegen waren, bedeckt wurden. Aber er war am Leben. Älter als jede Mutter, jedes Kind. Dann ging er durchs Tor.

Der Staub der Straße umfing ihn, und bei jedem Schritt fühlten sich seine Knochen rauh an unter der Haut. Nur weiter im Dasein und vorwärts und voran, nur jetzt noch keinen Tod, kein Vergessen, kein Vergessenwerden, nichts davon, Rettung, Erlösung, willkommen jedes Wunder jeden Augenblick. Er würde Helen anrufen, würde sie bitten, ihm Geld zu schikken, damit er nicht von Luft und Liebe leben müsse, endlich er die Arztrechnung begleichen und sich ein bißchen was zu trinken kaufen könne, schon weil er auch an seine seelische Gesundheit denken mußte. Du verstehst? Dr Chalie ist eine Koryphäe in seinem Fach. Er macht Taube stumm und Stumme taub, und die Sehenden werden verrückt.

Wie war dein Flug?

Hab die meiste Zeit geschlafen.

Nicht runtergeschaut?

Du bist kein Riese, Olav.

Einmeterdreizehn. Als Baby!

Ich kann jetzt nicht.

Was kannst du jetzt nicht?

Ich kann jetzt nicht lachen. Ich weiß, du bist komisch, aber du mußt warten, bis ich wieder lachen kann.

Laß dir Zeit!

Mach ich!

Haben wir noch unsere afrikanischen Nachbarn?

Wer ist wir?

Du und ich.

Haben schon gefragt, wie es uns geht.

Und? Was hast du ihnen gesagt?

Bei welchem Arzt ich in Behandlung bin.

Wie geht's deinem Auge?

So wie es aussieht, wird man es wieder hinkriegen.

Klingt gut!

Dr Chalie hat nicht einmal die Qualitäten eines Veterinärs.

Ich komme gerade von ihm.

Dann hoffe ich, er hat sich nicht an dir gerieben. Auch wenn ich zugeben muß, daß er das sehr geschickt macht. Was war los?

Diese Hure ist plötzlich wieder dagewesen. Kam zum Tanzen ins Hotel. Und da bin ich auf sie losgegangen, und der scheiß Police Officer hat mich fertiggemacht. Keine Angst, ich halte das schon aus. Ich kann alleine gehen, und aufs Klo kann ich auch. Also alles in Ordnung!

Hm.

Tut mir leid, daß ich nichts anderes sagen kann.

Aber so wie du es sagst: zum Niederknien!

Mußt du nicht, mußt du wirklich nicht. Ich verzeihe dir auch so.

Komm zurück!

Erst, wenn ich herausgefunden habe, wer sich das Geld gekrallt hat.

Wir haben noch genug.

Genug von deinem Geld.

Olav, du bist dort nicht mehr sicher.

Dafür bist du sicher vor mir.

Du hast eine atemberaubende Art, Komplimente zu machen, weißt du das?

Warte, Helen, warte, ich ruf dich wieder an, sobald mein Handy funktioniert. Und dann reden wir länger. Dann reden wir so lange wir wollen. Ich höre dir zu und du hörst mir zu, sogar wenn wir uns gar nichts zu, sagen haben. Wenn mein Handy wieder funktioniert, können wir über alles reden oder schweigen, je nach Lust und Laune und egal, wie spät es ist. Scheiße nochmal, ich bin froh, daß du weggemacht hast, auch wenn ich anders denke, wenn ich von dir träume. Sonst fällt mir nicht ein, was ich dir sagen könnte. Daß ich dich liebe? Aber wer bin ich und warum?

Ein Stück vor ihm hatte sich ein Pulk von Leuten auf der Straße versammelt, die gebannt an der schneeig wirkenden Fassade eines Neubaus emporblickten, wo auf einem der höhlenartigen Balkone ein schwarzes, struppiges Schwein geschlachtet wurde, das zappelte und brüllte, als müßte es Tote erwecken. Es gab Beifall, als Blut unter der Balkonbrüstung durchsickerte und die Fassade hinabrann. In diesem Augenblick mußte er an die Ziege denken, die Helen und er während der Unruhen in der Hauptstadt gesehen hatten und der man eine Holzlatte in den Arsch gerammt hatte, an das Äffchen mit dem Stacheldrahthalsband, an das Gesicht des Police Officers, nachdem er zu seinen Füßen gelegen war wie ein sich windender Hund, der sich von den Maden in seinem Fell ernährt.

In einer Phone Factory, in der auch uralte Fahrräder repariert wurden, ließ er sein Handy reinigen, sah zu, wie es in seine Einzelteile zerlegt und geföhnt wurde; am Ende war es wieder betriebsbereit.

Er ging in den kleinen Park am Sklavendock, fand eine Bank im Schatten eines Baums, rief Helen an, wollte mit ihr reden, ihr sagen, daß er in der International Clinic und bei Dr Chalie im Hospital gewesen sei, falls er jetzt nichts durcheinanderbrachte, und daß er an sie denke, so oft, Tag und Nacht, fast jeden Augenblick, und daß er Kuttus Büro in der Hauptstadt gefunden habe, daß das Mobiliar kaputtgeschlagen gewesen sei und ihn ein Hund durch ein Loch in der Tür wie von Sinnen angebellt habe, so viele Dinge, die ich dir erzählen muß, aber wahrscheinlich schlief sie oder liebte einen anderen Mann, jemanden, der ihr Geld nicht brauchte. Er legte sich auf die Bank und atmete, Leben genug, hatte die Schreie des Schweins im Kopf und wartete darauf, diese Schreie vergessen zu können. Wenn er die Augen aufmachte, erhoben sich die Sklavenfiguren aus der Hocke und blickten ihn an, ihn, diesen weißen Mann, der in dreckigen Klamotten auf einer Parkbank lag und um sich starrte, als wäre er in einem geträumten Schlaf aufgewacht, weit hinter der Brandung des Schlafs, dem fernsten aller Gesänge. Er schreckte hoch, als er die Stimmen der Kinder hörte, die zwischen den Schattenblöcken der Marktbuden auftauchten. Das Äffchen schlurfte wie ein kleiner kranker Greis zwischen ihren Beinen herum.

Wie ein Tier, das sich in Sicherheit brachte, querte er die Küstenstraße, nahm einen der Trampelpfade zum Strand und suchte in den Dünen nach einem Versteck. Der Sand war voller Kot und Plastik, erst weiter draußen fand er zwischen ein paar schwefelgelben Klippen eine halbwegs saubere Kuhle, die im Schatten lag. Hinter seinen Träumen warteten die Gespenster, warteten auf Einlaß in die Wirklichkeit.

Die Fliegen weckten ihn, er schlug nach ihnen. Die Sonne war im Sinken begriffen, die Wogen, die sich am Strand brachen, trugen Kronen wie aus alten Feuern geschmiedet, in denen Gold verbrannt worden war. In einem anderen Leben wäre dieser Anblick sehr schön gewesen. Er klopfte sich Sand aus Hemd und Hose, dann schlug er den Weg zur Strandbar ein. Auf dem Strohdach hockte ein Vogel von der Größe eines Storchs, das Gefieder von der Farbe golden glühenden Sands, beäugte ihn und spreizte die Schwingen, während er näherkam. Er holte das Handy heraus, um ihn zu fotografieren und das Bild an Helen zu schicken, aber der Akku war zu schwach, und als er aufsah, war der Vogel weggeflogen.

Er betrat die Strandbar, sagte Hallo. Dr Chalie saß in der Nähe der Tür, wo es am kühlsten war, trank Limonade und schaute dem Besitzer der Strandbar zu, der mit beiden Fäusten auf den Fernsehapparat in der Ecke einhämmerte, bis der Bildschirm die Farbe von Schlamm annahm.

Er zog sich einen Stuhl heran.

Sie stören, sagte Dr Chalie, ohne daß er sich nach ihm umdrehte.

Tasmanien : Madagaskar, sagte er.

Kaputt, sagte Dr Chalie.

Schöne Scheiße, sagte er.

Wie geht es Ihrer Frau?

Sie fragen mich das ziemlich oft. Warum?

Nur so. Sie war netter als Sie.

Man kann nicht immer nur nett sein. Wenn man immer nur nett ist, ist man ein Idiot.

Ihre Frau war nett und trotzdem kein Idiot, im Gegenteil.

Und darum hat sie nicht mit Ihnen gefickt, sagte er. Hatte es gesagt, hatte es schon gesagt, warum nicht. Helen befand sich längst in Sicherheit. So groß war die Welt noch immer, daß es auch noch andere Orte gab als jenen hier, wo der Fernsehapparat kaputt war, während Tasmanien gegen Madagaskar antrat, etwas, das Gott nicht wissen konnte, als er die Welt erschuf. Er sagte: Ich kann mir vorstellen, daß man sich in Ihrem Job gern ein bißchen aufreibt.

Was wollen Sie mir sagen? sagte Dr Chalie.

Alles auf einmal, sagte er. Aber ich merke, das geht nicht.

Sie müssen besser auf sich aufpassen, Mr Ostrander! Und vor allem müssen Sie aufpassen, was Sie sagen und zu wem sie es sagen.

Tut mir leid, sagte er. Bin ein bißchen durcheinander. In diesem Klima kriegt man ganz schnell eine dünne Haut.

Denken Sie noch an mein Honorar?

Wenn ich Geld hätte, wäre ich nicht hier, sagte er.

Da geht es Ihnen wie mir, sagte Dr Chalie. Mr Ostrander, es war nicht so, wie Sie denken.

Wie dann?

Es war alles ganz anders, sagte Dr Chalie.

Tatsächlich?

Ich habe die Gesellschaft Ihrer Frau genossen, sagte Dr Chalie. Selbst krank und ängstlich war sie noch bezaubernd, und das, glauben Sie mir, würde ich sogar unter Folter gestehen! Ich habe mich neben sie aufs Bett gesetzt, wie ich es immer tue, wenn ich Patienten visitiere, die besonderer Zuwendung bedürfen. Ihre Frau hat sehr stark geschwitzt, und ich habe ihr das Gesicht abgetupft und mich dabei vielleicht etwas zu weit über sie gebeugt.

Ja.

Und dabei bin ihr womöglich irgendwie zu nahe gekommen. Oder sie hat es als Annäherung empfunden. Es ist nicht so, daß ich wegen Ihrer Frau meine Frau vergessen würde – und das hat nicht einmal damit zu tun, daß meine Frau tot ist und Ihre Frau untauglich für die hiesigen Verhältnisse … Er hörte auf zu reden, als der Bildschirm des Fernsehers flackerte und der Besitzer der Strandbar unaufhörlich fluchend gegen das Gehäuse schlug. Dr Chalie beschwerte sich wegen des Krachs und sagte: Ihre Frau hat Angst um Sie gehabt. Sie hat mir von Ihrem Problem erzählt, und ich habe ihr, um das Problem zu veranschaulichen, eine graphische Darstellung des männlichen Genitalapparats in einem medizinischen Handbuch gezeigt. Durchaus denkbar, daß ihre Frau das als pseudopornographischen Annäherungsversuch aufgefaßt hat, verstehen Sie?

Nein, sagte er, ich darf das nicht verstehen, verstehen Sie? Denn wenn ich es verstehe, möchte ich Ihnen liebend gern zu nahe treten. Näher als Sie meiner Frau je getreten sind.

Es war alles bloß zufällig, sagte Dr Chalie. Irgendwie haben wir uns berührt.

Hat es ihr gefallen?

Ich rede von einem Moment, einer Sekunde.

Hat es Ihnen gefallen?

Ihre Frau ist Ihre Frau, Mr Ostrander. Sie wissen das besser als ich.

Da bin ich mir nicht mehr so sicher, sagte er.

Wir, hörte er Dr Chalie sagen, sind mit unseren Köpfen zusammengestoßen, und ich weiß nicht einmal mehr, ob wir uns geküßt haben. Wenn, dann eher aus Verlegenheit als aus sexuellem Interesse.

Sie sind wirklich ein braver Mann, sagte er, hätte jetzt gern Musik gehört, Musik alter bärtiger Männer, die tanzend ihre Frauen und Kinder zählen und nicht zu Ende kommen damit. Wind in den Trommeln. Das Äffchen tanzt zur Musik. Es hat das Maul offen, als würde es jeden Moment anfangen wollen zu singen. Ein Kuß ist nichts, ein Kuß ist Wegweiser, Leuchtfeuer der Lippen, Beschattung des Geschlechts. Er umarmte Dr Chalie und versuchte ihn zu küssen, aber Dr Chalies Bart war zu dicht, er konnte seine Lippen nicht finden, und der Hauch von Rache verflog. Währenddessen kam im Fernseher das Bild zurück, dann, mit einem Schlag, der Ton, und er sagte, ich liebe meine Frau. Es war so einfach. So einfach und fast zu spät. Und man sah den Präsidenten in Uniform, wie er eine Tribüne bestieg, als nächstes einen Torwart, der auf dem Rasen lag und sich krümmte. Dann löste sich das Bild in Wellenlinien auf, und Dr Chalie sagte: Rufen Sie morgen Ihre Frau an und lassen Sie sich von ihr sagen, wie Tasmanien gegen Madagaskar gespielt hat. Tun Sie mir den Gefallen?

Mach ich, sagte er.

Ich sage Ihnen etwas, sagte Dr Chalie: Zwei Wanderer treffen in der Wildnis aufeinander. Der eine hat keine Arme, der andere hat keine Beine. Der ohne Beine geht auf Händen und sagt zu dem ohne Arme: Gib mir deine Schuhe!

Es war sinnlos, zu Fußball tanzen zu wollen oder zu der Regierungserklärung eines Präsidenten, selbst wenn sie in einem Stadion verlesen wurde, in dem der Rasen weiß und körnig wie Schnee war und der Himmel voll löchriger Wolken.

Ich hab Ihnen zugehört, als Sie von Murree erzählt haben, von den grünen Dächern, die sie dort haben, von Ihrer Familie. Tut mir leid!

Geht wohl nicht anders, als daß uns alles leid tut, sagte Dr Chalie. Wenn man auf dem Dach stand, hat man den Schnee in den Bergen gesehen, den Eisrauch der Wasserfälle.

War bestimmt schön, sagte er.

Sehr schön, sagte Dr Chalie.

Er wußte sich nicht anders zu helfen, als daß er Dr Chalie die Hand zum Abschied gab, gleich einem Wanderer ohne Arme und Beine auf dem Weg übers Meer. Dr Chalie folgte ihm, blieb auf der Schwelle stehen, sagte: Tür oder Tor?

Etwas für Riesen. Und etwas für Zwerge.

Er hatte sich vorgenommen, sich nicht umzudrehen. Aber dann hatte er es doch getan, war stehengeblieben und hatte Dr Chalie hinterhergeblickt, wie er am Meer entlangging, ein Schatten, der keinen Schatten warf, und dort, wo die ersten Häuser begannen, verschwand. Er schlug die entgegengesetzte Richtung ein, und unterwegs dachte er an Helen und redete mit ihr. Es ging ihr gut. Sie wartete auf ihn. Zeit ist nur ein Abgrund zwischen den Träumen.

Er war jetzt auf dem Trampelpfad, der durch die Dünen zum Resort führte, in engen Kehren durch stinkendes Gebüsch, in dem Trauben von Moskitos hingen. Einmal, als er besonders schlimm gestochen wurde, betastete er sein Gesicht, und die Knochen unter der Haut fühlten sich irgendwie brüchig an. Angst kam in ihm hoch, Angst vor der kommenden Nacht. Angst vor der Angst. Die letzten Meter rannte er fast.

Das Haus. Wie in die Nacht gemeißelt, schwarz die Fenster, blind. Das Gartentor schwang in den Angeln, als er es aufstieß, ein riesiger Vogel mit mächtigen Schwingen stieg aus dem Swimmingpool, stieß ins Dunkel. Helen hatte es sich in einem Liegestuhl bequem gemacht. Sie winkte ihm zu. Nie zuvor hatte er weißere Haut gesehen. Sie hatte ein paar brennende Kerzen auf dem Rasen verteilt, die den Pool illuminierten.

So schön hier, sagte sie.

Dann hast du es gut, sagte er.

Findest du es nicht schön hier?

Du bist es, die hier alles schön macht, sagte er.

Helen erhob sich aus ihrem Liegestuhl. Erst jetzt bemerkte er, daß sie nackt war, Schatten von Nacht im Haar. Komm schon, spring rein, sagte sie. Er tat ihr den Gefallen, zog sich aus, trat an den Beckenrand. Roch seinen Schweiß. Sein Schweiß roch nach Staub. Los, runter, sagte sie, und er hatte, als er den Bruchteil einer Sekunde in der Luft weiterging, das Gefühl, auch unter Wasser würden Kerzen brennen, Sterne schwimmen.

Als er auftauchte, stieß er an irgendwelchen Glitsch. Eine tote Ratte, der ein Stück Bauch herausgerissen worden war, schwamm im Pool, und er spuckte und keuchte, als er herauskletterte, rieb sich das Wasser vom Leib, als wollte er sich häuten, und, als das zu wenig schien, wälzte er sich im Gras und versuchte zu erbrechen. Dann riß er einen Ast von einem der Flammenbäume, die am Anbau für den Generator gepflanzt worden waren, peitschte damit das Wasser, bis es den Kadaver an den Beckenrand trieb. Ein Faden Wasser floß über die weichen, faltigen Lippen der Ratte, als er sie am Schwanz hochhob und mit ihr vors Tor lief. Ihr Gewicht zog sie nach unten. Er warf sie in die Büsche, wo sie mit einem Glucksen aufprallte.

Die Hand, mit der er sie am Schwanz gepackt hatte, fühlte sich schmierig an, er hielt sie weit von sich weg, als er, Hemd und Hose unterm Arm, auf die Terrasse trat. Der Schlüssel in seiner Faust fühlte sich wie eine Waffe an, und er umklammerte ihn mit einer Sehnsucht nach Geborgenheit, wie er sie so unbedingt noch nie gespürt hatte. Als er den Schlüssel ins Schloß steckte, wurde die Tür von innen geöffnet. Eine Frau stand vor ihm, ganz so, als wäre sie die Dame des Hauses, die zwischen Schüben von Entsagung und Langeweile sein Kommen erwartet hatte, und weil sie keine Perücke aufhatte, erkannte er sie nicht gleich. Sie war betrunkenen, betrunkener als er. Das hörte er, als sie Hallo sagte. Assumpta. Er schob sie ins Haus, weil sie nicht wegging.

Das ist ein schönes Haus, das du hast, du! So viele Zimmer. Keine Kinder. Warum? So groß! So schön!

Verschwinde, sagte er.

Ist Nacht, sagte sie.

Abend, sagte er.

Aber ich bin Frau, sagte sie.

Das ist mein Haus, sagte er.

Schönes Haus, sagte sie, schönes, schönes Haus. Sehr schön.

Hau bitte ab, sagte er.

Aber sie hörte nicht auf ihn, war schon auf der Treppe ins obere Stockwerk, und er folgte ihr wie jemand, der nicht hereingebeten worden war.

In einer Ecke des Schlafzimmers arbeitete der Ventilator, blies feinen Dunst über den Boden. Assumpta machte ein wissendes Gesicht und zeigte auf die Rollmatratzen und die Moskitonetze, die verknäult am Boden lagen. Staubflocken hatten sich in den Maschen verfangen, als wäre seit Ewigkeiten keine Menschenseele mehr hiergewesen. Assumpta trug den goldenen Lederrock, den der Asiate im *Rosemilk* unterm Tisch gestreichelt hatte. Keiner ihrer Schenkel war verschorft, jedenfalls nicht im sichtbaren Bereich, ihre ganze Erscheinung wie aus einem Tourismusprospekt: ein Stückchen lockende Haut zwischen Ozeangezeiten und Alkoholgelagen.

Los, los, sagte er, verschwinde!

So schön, sagte sie. Dann: Meine Familie hat ein Zimmer, eine Küche und einen Hof, wo die Ziegen und die Hühner leben. Für Schwein kein Platz. Gefährlich für Kinder, weißt du.

Nein, weiß ich nicht, sagte er, und ich will es auch gar nicht wissen.

Muß auf Fußboden schlafen. Auf Fußboden Scheiße, Scheiße von Ziege und Hühner.

Mir egal, sagte er.

Mußt nicht dumm sein, sagte sie.

Sag mir lieber, wie du hier reingekommen bist?

Was ist, ist! sagte sie. Hier ist alles gut. Keine Ziege. Kein Schwein. Schön! So schön! Laß mich da. Mach alles für dich.

Ich will nichts!

Schade, sagte sie. Muß mal!

Er ließ ihr den Vortritt.

Oh, sagte sie. Closed? Occupied?

Sie klopfte.

Durch die Tür hörte man die Spülung. Dann kam Mr Moses heraus, reichte ihm den Eimer und sagte: Ich glaube, den brauchen Sie zum Weinen.

Als er ihn nicht nahm, ließ Mr Moses den Eimer fallen und gab ihm einen Tritt, daß er durchs Zimmer rollte. Mr Ostrander, sagte er dann, Sie haben uns verarscht.

Er schaute Assumpta hinterher, die ins Bad ging und die Tür hinter sich verriegelte.

Sie sagen nichts?

Was möchten Sie hören?

Vollkommen egal, sagte Mr Moses. Warum machen Sie sich Ihr Leben nicht endlich angenehm, packen Ihr Zeug und verschwinden von hier, nehmen den nächsten Flug nach Hause. Wenn Sie dort aufwachen, haben Sie das hier nicht einmal geträumt. Wir vergessen einfach alles, was war.

Auch, daß wir das Geld auf Mr Kuttus Konto transferiert haben, nehme ich an?

Davon weiß ich nichts, sagte Mr Moses.

Schön gesagt, sagte er.

Schön? fragte Mr Moses.

Ich kann das Wort nicht mehr hören. Schön ist der Arsch im Abendrot. Hören Sie auf mit »schön«! Ein schönes Haus in einem schönen Land an einem schönen Meer in einem schönen Traum, das würde vollauf genügen. Macht es Ihnen ein Problem, daß ich wirklich wissen möchte, welcher Tricks Sie sich bedient haben. Schöne Worte, schöne Scheiße.

Ich bin Geschäftsmann und verstehe Sie und Ihre Beweggründe vollkommen, Mr Ostrander, sagte Mr Moses.

Mir kommen die Tränen, sagte er. Reden Sie so weiter, und ich werde Ihnen vor lauter Dankbarkeit um den Hals fallen und Ihnen für Ihre Güte danken!

Ich weiß nicht, ob ich das möchte, sagte Mr Moses, pfiff, und Assumpta kam aus dem Bad. Hab ihr nur gezeigt, wie weiße Männer ohne Frauen leben, sagte er, nahm sie an der Hand und führte sie die Treppe hinunter.

Als sie weg waren, bückte er sich nach dem Eimer und trug ihn zurück ins Bad, setzte sich auf die Toilette. Fast schwarz, was da kam. Es heilt, dachte er.

.

IV.

PARTY UND KRIEG

Paar Nachtfalter, pelzige Kolosse, schwebten hinter den Fensterscheiben. Drunten saßen Assumpta und Mr Moses am Pool und ließen ihre Füße im Wasser baumeln.

Ehe er hinunterging, klinkte er das Lüftungsgitter aus und holte sich Geld aus dem Versteck hinter den Rotoren. Das Bündel war dünner geworden, durchscheinend fast; er zählte es langsam und genau, um dem Gedanken an Flucht zu widerstehen. Dann räumte er in einem Anfall von Trotz das Zimmer auf und versuchte, sich zu erinnern, wie alles gewesen war, als Helen und er die erste Nacht hier verbracht hatten. Versuchte, sich vorzustellen, wie es gewesen wäre, wenn eines schönen Tages ein Fisch im Pool geschwommen wäre, ein Fisch in kühnen Farben, wie ein Papagei ohne Federn. Als das Zimmer so aussah, als würde es wieder Helen und ihm gehören, ging er hinunter ins Erdgeschoß. Unterwegs dachte er daran, welchen Gegenstand im Haus er als Waffe verwenden könnte. Denn Gott hielt die Engel an der Leine, andere Hilfe würde nicht kommen.

Er ging hinaus zu Mr Moses und Assumpta und fühlte sich zum ersten Mal vollkommen fremd, so fremd, als wäre er jemand, der sich selbst nicht erkennt. Assumpta hatte Rock und Shirt ausgezogen und saß in gelbem Slip und BH am Beckenrand und rührte mit ihren Zehen im Pool. Es war fast ein Wunder, daß sie keinen von Helens Bikinis trug, so zuhause schien sie sich zu fühlen. Mr Moses hatte es sich im nächtlichen Gras bequem gemacht, seine Augen weiß, wie tauendes Eis. Sie verfolgten jede seiner Bewegungen, als er die Grenzen des Grundstücks abschritt. Einsamer Herr. Krank. Waffenlos. Das Tor stand offen und davor, links und rechts je ein Ölfaß. Zwischen den Fässern, in Bauchhöhe, ein tropfender Strang miteinander verknoteter Gedärme um ein aufgespanntes Stück Draht gewickelt, umschwärmt von grünen Fliegen. Dahinter Police Officer Gakee, in Zivil.

Diese Kinder, sagte er. Er habe sieben, drei Jungen, vier Mädchen. Obwohl es seine Frau und er lieber gehabt hätten, wenn es andersrum gekommen wäre. Assumpta habe auch schon ein Kind, eine Tochter, und Mr Moses' Freundin sei zum ersten Mal schwanger – alles sehr schön, diese grassierende Fruchtbarkeit. Ob er Kinder habe? Nein? Er müsse nichts sagen.

Der Police Officer kippte die Ölfässer um und gab jedem einen Tritt, daß sie ein Stückchen die Schottertrasse hinunterrollten. Lachte, sein Lachen lauter als der Krach, den er veranstaltete. Mit den Stiefeln scharrte er ein bißchen Dreck über die Sauerei, bevor er näherkam. Die Nachbarn grüßen Sie, sagte er, als er sich auf seiner Seite des Tors befand und sich umschaute, als würde er das Paradies mitten in der Offenbarung betreten. Er ging zum Pool, fragte: Darf ich? Kniete nieder, träufelte sich Wasser auf den Kopf und bedankte sich ein paarmal. Sie sind bei Dr Chalie gewesen? Er wartete die Antwort gar nicht ab. Sie müssen wissen, Dr Chalie und ich sind so etwas wie Handelspartner: Ich verschaffe ihm Patienten, und er macht alles wieder gut! Ist ein guter Doktor, Dr Chalie. Ich komme mit meinen Sündern, arm oder nicht, und er macht sie wieder gesund. Haben Sie ihn bezahlt? Hat es wehgetan?

Nicht der Rede wert, sagte er.

Ein Held ohne Narben ist nichts, sagte der Police Officer. Wissen Sie, Mr Ostrander, wenn man eine Frau liebt, ist das nicht viel anders, als einem Hund den Arsch zu küssen. Wenn er einem treu ist, erfährt niemand davon.

Sie standen jetzt alle um ihn herum, wie um einen großen fetten Wurm, der weiße Farbe schwitzte. Keine Leute, die sich vor Angst in die Hosen machen, wenn man freundlich zu ihnen ist, dachte er. Mir, sagte der Police Officer, sind, um das gleich von Anfang an klar zu machen, nicht die Hände gebunden. Mr Ostrander, ich kann Ihnen helfen, zu verschwinden. Holen Sie Ihr Gepäck! Mein Bruder fährt Sie in jedes Hotel, egal welches, kein Problem! Im gleichen Augenblick fuhr schon das Taxi vor und hupte. Als es zum Stillstand gekommen war, sahen sie, daß sich Gekröse um die Vorderräder gewickelt hatte.

Ich brauche kein Hotel, hörte er sich sagen, ich habe mein Haus.

Kommen Sie, sagte der Police Officer, hakte sich bei ihm unter und bugsierte ihn zum Tor. Nach ein paar Schritten riß er sich los und weigerte sich weiterzugehen, sagte, ich kann hier nicht weg, vielleicht kommt meine Frau zurück. Es klang lächerlich, unglaublich lächerlich, aber er sagte es.

Vielleicht sollten wir noch einmal versuchen, Freunde zu werden, sagte Mr Moses, der ihnen nachgekommen war.

Wenn es nicht anders geht, sagte er.

Sie gefallen mir, sagte Mr Moses.

Im Ernst, Sie gefallen mir, wiederholte Mr Moses.

So viele Leute fangen im letzten Moment zu kämpfen an, sagte der Police Officer. Aber dann ist es schon zu spät, dann kämpfen sie schon mit letzter Kraft.

Stehen vor dem Nichts, sagte Mr Moses.

Wehren sich mit Händen und Füßen, sagte der Police Officer.

Aber nicht mit dem Kopf, sagte Mr Moses.

Ich bleibe hier, bis das Geld da ist, sagte er.

Schön, sagte Mr Moses. Lassen Sie uns in der Zwischenzeit etwas trinken. Wenn wir etwas getrunken haben, werden wir wie Menschen reden können, die sich verstehen. Er pfiff, winkte dem Taxi, sagte zu ihm: Geben Sie dem Mann Geld, damit er uns etwas zu trinken besorgen kann.

Er gab Mr Hominy Geld, ließ sich zurück an den Pool führen, fühlte sich wie nackt, weil sie gesehen hatten, daß er Geld hatte.

Es dauerte vielleicht eine Viertelstunde, bis Mr Hominy wieder zurück war, eine Batterie Flaschen und Getränkedosen aus dem Kofferraum lud und alles in den Garten schleppte und am Pool deponierte: Bier, Wein, Härteres, Rum, Gin, Milch von Engeln, die Flaschen aufgereiht wie Lampions oder Bojen, die Dosen wie Barrikaden aus Blech. Als er mit Ausladen fertig war, war sein Kopf naß, und er hockte sich ins Gras und fing an, sich zu betrinken, während der Police Officer irgendwelche Schlachtgesänge anstimmte. Er gesellte sich nicht zu ihnen, blieb auf den Beinen, ging sinnlos auf und ab, zertrat den brüchigen Rasen, sah ihnen zu, wie sie tranken, tranken, als würden sie mit offenen Mündern unter einem Wasserfall singen. Als sie dann betrunken waren, gaben sie sich leutselig und tranken auf sein Wohl und auf die Zukunft dieses gesegneten Fleckens, auf dem sie sich befanden, und der Police Officer ließ sich dazu hinreißen, ihm vorzuschwärmen, daß ihm hier, wenn er nur wolle, jeden Tag eine andere hübsche Frau die Hände und alles andere küssen würde, nur damit sie neben ihm zu liegen käme. Aber sogar ohne Frau könne einem das Leben hier gefallen, denn es gebe Kinder jeden Alters und jedes erfahren, was die Sache zwischen Mann und Frau und Mann und Mann ohne Frau anginge. Ein Wirbel von Worten und Blicken.

Wenn die Männer pissen mußten, gingen sie vors Tor und pißten in die Nacht, während Assumpta ab und zu hinterm Anbau für den Generator mit unerwarteter Zierlichkeit in die Hocke ging.

Später wurde er Zeuge, wie sich der Police Officer bis auf die Unterhose auszog und in den Pool sprang. Dort tauchte er unter und gurgelte Blasen, während Mr Moses Assumpta vom Beckenrand schubste und ihr mit ausgebreiteten Armen hinterherhüpfte. Sie wurden immer ausgelassener und immer betrunkener, und es tat ihm leid, daß er die tote Ratte ins Gebüsch geworfen hatte. Sinnlos, nach ihr zu suchen. Tiere hatten sie längst weggeschleppt.

Es war eine seltsame Party, die hier und jetzt im *Hidden Pearl Resort* stattfand, die Gäste unwillkommen wie zurückgekehrte Feinde und ein Gastgeber, der sich danach sehnte, eine Waffe zu besitzen und davon hemmungslos Gebrauch zu machen. Irgendwann war dann so ziemlich alles aus- und leergetrunken, aber immer noch nicht spät genug, um auf das Ende der Nacht zu warten. Er sammelte die leeren Flaschen und Dosen auf, die überall herumlagen, warf sie übern Zaun und versuchte, die Ölfässer zu treffen, was jedesmal, wenn es ihm gelang, mit großem Gedonner einherging, wie bei einem primitiven Feuerwerk, und wenn sie Beifall klatschten, weil er getroffen hatte, hätte er am liebsten sie damit beworfen. Es war ein einsamer Friede, den er mit sich schloß.

Mit lautem Hallo wurde Mr Hominy, der von allen am schnellsten betrunken gewesen war und sich in seinen Wagen gelegt hatte, geweckt und losgeschickt, um Nachschub zu besorgen. Das Warten verdarb ihnen die Stimmung, und als Mr Hominy nicht wiederkam, beschloß der Police Officer, nach ihm zu suchen. Assumpta, erklärte er, würde während ihrer Abwesenheit das Haus hüten. Also fügte er sich, und sie gingen, Mr Moses im Gefolge, zum Jeep des Police Officers, der auf dem künftigen Parkplatz des Resorts zwischen Bauschutt und Aushub geparkt war, stiegen ein und nahmen die Küstenstraße Richtung Stadt, fuhren langsam durch die lähmend warme Dunkelheit. Einmal wandte sich der Police Officer an ihn und sagte: Nicht gut, Sir, mit dieser Frau zu zweit Party zu machen! Was sollen die Nachbarn denken? Lachte, als hätte er einen Witz gemacht.

Nach ein, zwei Kilometern entdeckten sie das Taxi, es war von der Straße abgekommen und die Böschung hinuntergerutscht. Ein Betonbrocken hatte beim Aufprall die Karosserie eingedellt. Mr Hominy hockte neben dem Wagen, hatte seinen Kopf an einen Kotflügel gelehnt, und Blut lief ihm aus einer Platzwunde an der Stirn übers Gesicht, es sah fast malerisch aus. Der Police Officer und Mr Moses faßten ihn unter, schleiften ihn durch den Müll hinauf zum Bankett, wo sie ihn in den Jeep verfrachteten. Es dauerte eine Weile, bis sie die Flaschen aus dem Kofferraum des Taxis umgeladen hatten, dann fuhren sie zum Hospital.

Dort kletterten sie alle aus dem Jeep, und der Police Officer klemmte sich eine Flasche untern Arm, trat mit voller Wucht gegen das Tor. Mr Moses und er hielten Mr Hominy links und rechts untergehakt. Die Luft roch wie ein alter warmer Leib. Wegen der Moskitos schlugen sie sich selbst.

Endlich öffnete eine ältere Krankenschwester das Tor für sie. Sie erschrak, als sie den Police Officer erkannte, knickste und bekreuzigte sich sogar, als Mr Hominy, als wollte er sie begrüßen, zu lallen begann.

Sie wurden ins Behandlungszimmer geführt, die Luft stand darin, ein warmer dicker Block. Sie warteten auf Dr Chalie. Er kam in einem fahlbraunen Morgenmantel, der ihn wie eine Kutte umhüllte. Schweiß furchte seinen Bart. Er grüßte kaum, begann sogleich mit der Untersuchung, horchte Mr Hominy ab, befahl ihm, die Augen rollen zu lassen, prüfte seine motorischen Reflexe, betupfte die Abschürfungen und Prellungen großflächig, bis der Mann wimmerte und fast kotzte vor Schmerz.

Braucht kein Bett, sagte er dann.

Der Police Officer bot Dr Chalie einen Schluck aus

der mitgebrachten Flasche an und sagte ein ums andere Mal: Mein Freund, mein Freund, mein Freund! Ich gebe ihm Arbeit, viel Arbeit!

Ja, pflichtete ihm Dr Chalie bei, nachdem er sich etwas in einen Pappbecher gegossen hatte, alle geben mir viel Arbeit: Polizisten! Soldaten!

Dann setzte er sich in der Ecke des Behandlungszimmers auf einen Hocker und beugte sich nach vorne, bis er mit der Stirn seine Knie berührte. In dieser Haltung blieb er sitzen, wie nicht zu Ende geträumt. Der Police Officer trat zu ihm und stellte ihm die angebrochene Flasche zwischen die Beine, und der Doktor nickte mit gesenktem Kopf. Dann wurde Mr Hominy vom Police Officer und Mr Moses wieder in die Mitte genommen und hinausgeführt. Unter der Tür drehte sich der Police Officer um, sagte: Mr Ostrander, Sie finden Ihren Weg, ja? Er nickte, um nicht unhöflich zu erscheinen, sagte sogar: Ja. Als Dr Chalie sich nicht rührte, sagte er: Sie sind weg!

Auf zu neuen Opfern, sagte Dr Chalie, las das Etikett der Flasche, die ihm der Police Officer hinterlassen hatte. Sieht ganz so aus, als hätten Sie eine Menge Freunde gefunden, sagte er dann zu ihm. Ganz gegen Ihren Willen, fügte er hinzu.

Wir sollten etwas trinken, sagte er. Nicht, daß das etwas hilft – aber man kommt leichter in den Genuß einer Illusionsattacke!

Sie, sagte Dr Chalie, sind gerade mittendrin.

Helfen Sie mir heraus, sagte er.

Wie? sagte Dr Chalie. Und warum ich?

Sie haben Menschenkenntnis und Lebenserfahrung, sagte er.

Mein Gott, man hat Sie hereingelegt, sagte Dr Chalie. Jeder andere an Ihrer Stelle würde aufpassen und nicht nachts mit solchen Leute betrunken durch die Gegend ziehen. Ihre Frau hat das einzig richtige getan. Sie sollten sich ein Beispiel an ihr nehmen!

Ich verstehe nichts mehr, sagte er. Mein Kopf ist rund, mein Herz eckig. Ich trinke umsonst, verstehen Sie?

Dr Chalie sagte: Ihr Alkoholkonsum interessiert mich einen Scheiß, Mr Ostrander! Im Vergleich zu Ihnen habe ich nichts mehr zu verlieren. Und wissen Sie, warum? Weil ich schon alles verloren habe. Ich mag diese Leute nicht, aber diese Leute lassen mich leben – oder am Leben, ganz wie Sie wollen. Ein Grund, jedem Gott dankbar zu sein. Sie haben eine Frau, und diese Frau wartet auf Sie. Seien Sie dankbar!

Die Lippen wurden ihm taub, die Zunge pelzig, Säure in der Kehle, schon alt. Endloses Gestammel. Meine Frau wird zurückkommen!

Bringt Sie Ihnen Geld?

Warum wollen Sie das wissen?

Weil das verrückt wäre. Verrückt. Und gefährlich.

Sie meint, es sei an der Zeit, die Zelte abzubrechen, sagte er.

Die Zelte, sagte Dr Chalie.

Sagt man so, sagte er.

Vielleicht, weil wir alle nomadische Vorfahren hatten, sagte Dr Chalie und seufzte. Sehen Sie, ich bin durch eine ausländische Minengesellschaft hierher gekommen, die einen Arzt für ihr Camp gesucht hat. Das Camp war eher etwas wie ein Lager für Zwangsarbeiter; der Präsident dieses Landes hat die Rekruten seiner Armee als billige Arbeitskräfte an die Minenbetreiber verliehen. Es gibt Seltene Erden und was weiß ich an Bodenschätzen. Und es gibt Unfälle und Krankheiten, von denen Sie keine Ahnung haben. Zum Lohn für treue Dienste bin ich jetzt hier und darf Leute wie Sie, die dem herrschenden System zum Opfer gefallen sind, reisefertig machen.

Er wurde zunehmend gesprächiger, trank sogar aus der Flasche, die zwischen seinen Beinen stand, einen wohlbemessenen Schluck gegen die Trockenheit in seinem Mund. Haben Sie schon einmal ein Folteropfer gesehen, Mr Ostrander? fragte er dann.

Nein, sagte er, ich glaube nicht.

Dr Chalie lachte. Glück gehabt, würde ich sagen, sagte er. Dann schwieg er, als hätte er alle Zeit der Welt. Die Flasche fiel um, und Dr Chalie stieß sie mit dem Fuß in die Ecke. Dauert lange, sagte er dann.

Was?

Bis Sie's kapiert haben, sagte Dr Chalie.

Was kapiert?

Was hier passiert! Diese Leute, mit denen Sie es zu tun bekommen haben, gehören zum Clan des Präsidenten. Vielleicht nicht zum innersten Zirkel, aber hier, auf der Insel, haben sie das Sagen. Wie geht das Sprichwort? Eine Hand wäscht die andere. Mit Geld. Im Notfall mit Blut. Provinzpotentaten, so würde man sie in Ihrer Sprache nennen, die ganze Bande! Wir alle sind Opfer. Unsere eigenen Opfer und Opfer aller anderen. Ich wollte eigentlich gar nicht hierher kommen und schon vor hundert Jahren weggehen. Aber wohin? Wohin? Ins leere Bett? Er sah ihn an, seine Augen weiß, Monde aus Elfenbein. Was haben Sie beruflich gemacht?

Ich war jemand, der Leute an Ihre Schulden erinnert hat.

Und wie geht das?

Mit Härte, sagte er.

Aha, sagte Dr Chalie.

Ich habe säumige Schuldner verfolgt wie die Babylonier die ersten Christen. Das heißt, man muß die Privatsphäre des Betreffenden in eine Arena verwandeln. Psychologisch! Wenn Sie sich das alles so vorstellen wie einen Sandkasten im Urwald, in dem winzige Zwerge riesige Güter horten, sind Sie der Wahrheit schon ziemlich nahe.

Kein leichter Job, Menschen fertigzumachen, oder?

In der Wildnis Doktor spielen ist sicher auch nicht das, was man einen Traumjob nennt.

Ich bin immer offen für Komplimente, sagte Dr Chalie.

Langsam fange ich an, Sie zu mögen, sagte er.

Machen Sie bloß keinen Fehler, sagte Dr Chalie. Das ist wie mit Hunden: Die meisten wollen nur spielen. Je wilder sie sind, desto gefährlicher ist das Spiel. Trotzdem, solange sie spielen, ist man sicher.

Ich hatte eine Ratte im Pool, sagte er. Und als Dr Chalie nicht antwortete: Ich hatte eine Frau. Stand auf und bückte sich nach der Flasche.

Sie haben genug, sagte Dr Chalie. Woanders werden Leute wie ich nicht in Naturalien bezahlt.

Unter Ihrer Würde?

Das ganze Land ist unter meiner Würde, sagte Dr Chalie. Aber alles, was man zum Träumen braucht, ist billig und gut.

Kann ich heute nacht hier schlafen?

Sind Sie krank?

Sind Sie Arzt?

Dr Chalie lachte.

Lassen Sie mich hierbleiben, sagte er, bitte!

Mr Ostrander, ich mag Sie, aber gehen Sie jetzt endlich! Es wäre mir am liebsten, wir würden uns nicht wiedersehen. Sie sind im falschen Land krank geworden, das ist alles. Gute Nacht! Sie finden den Weg hinaus!

Am liebsten hätte er die Flasche mitgenommen, als er ging. Draußen im Korridor wurde er von der gleichen Schwester erwartet, die sie eingelassen und zu Dr Chalie gebracht hatte. Sie geleitete ihn ans Tor, dort dankte er ihr und gab ihr, als sie nicht kehrtmachte, Geld, den Gotteslohn der Armen. Zum Dank malte sie ihm aus sicherer Entfernung ein Kreuz auf die Stirn.

Kühl scheinende Wolken schwebten durch die Nacht, schwarze Himmelskissen, die schnellen Schlaf verhießen. Unterwegs dachte er an Helen und wie sehr sie ihm fehlte, ihr Geruch, ihre Stimme. Im Schlaf war der Klang ihres Atems die Musik seiner Träume gewesen. O Gott, sie fehlte ihm, und er hatte Angst, daß sie nicht zurückkommen würde, aber noch größere Angst hatte er davor, daß sie das tat. Und daß sie zu zweit in die Falle gingen.

Mondlicht schwamm auf dem Meer, zerfiel, als eine verendende Bö die Küste entlangstrich und knochengrau schäumende Gischt aufwirbelte. Wie ein Versprengter pflügte er durch den Sand, wurde schneller, als die Strandbar in Sicht kam, dahinter die schwimmenden, flackernden Lichter der Stadt. Weil niemand draußen saß, ging er hinein, bestellte Bier, hockte sich auf einen wackligen Stuhl und schaute dem Besitzer zu, wie er mit einem Schraubenzieher das Fernsehgerät reparierte.

Ich möchte heute nacht hier schlafen, sagte er.

Hier schlafen die Hunde, sonst niemand. Sie haben ein Haus. Ein schönes, ein großes Haus. Warum wollen Sie bei den Hunden schlafen?

Würde mich sicherer fühlen, sagte er.

Fast im gleichen Augenblick ging mit einem lauten Knall der Fernseher in Betrieb, und der Besitzer zappte in rasender Geschwindigkeit durch die Programme. Auf einer Sklavenplantage wurde ein Arbeiter ausgepeitscht, aber noch bevor das Opfer schreien konnte, stürzte das Bild in sich zusammen.

Da bist du, sagte Assumpta.

Sie blieb neben ihm stehen. Er sah sie nicht an, starrte in den Fernseher.

Mr Ostrander, sagte sie, blies ihm ins Ohr.

Er wischte es weg, wie man ein Insekt wegwischt.

Ich liebe dich! sagte sie in seiner Sprache, betonte das Ich mehr als das Dich.

Es war ihr Geruch, der ihn dazu veranlaßte, sie anzuschauen, ein Geruch nach Algen und salzigem Sand. Ihr Lederrock war naß. Wasser troff aus ihren Haaren. Ich war im Meer, sagte sie. Ganz tief!

Besser als in meinem Pool, sagte er.

Arschloch, sagte sie.

Schwankte vor und zurück, als sie nach seiner Flasche griff, und er ließ sie gewähren, weil sie plötzlich weinte. Ich geh hinein. Bis Augen. Bis Haar. Kann nicht.

Komm zurück. Bewegte sich neben ihm, als der Besitzer der Strandbar die Boombox anwarf.

Er holte sein Handy heraus und ging damit vor die Tür, rief Helen an. Schick mir gute Geister, dachte er.

Was ist das für ein Krach?

Musik, sagte er. Bin in der Bar am Strand, du weißt schon. Wie geht's dir?

Gerettet, sagte sie und lachte.

Ein Steinchen traf ihn im Gesicht.

Er ging aus der Lichtbahn.

Warum bist du nicht in unserem Haus und hütest unsere vier Wände?

Laß uns schneller reden, sagte er.

Was ist los?

Ich wollte es dir nicht sagen, sagte er. Jedenfalls hat Mr Moses Zweitschlüssel und hat mit dem Police Officer und diesem Taxifahrer Party gemacht. Tun, als wäre es bereits ihr Eigentum!

Und diese Schlampe?

Läßt sich nicht blicken! Mr Moses verlangt Geld, läßt nicht mehr mit sich reden.

Wir lassen uns nicht ficken, sagte sie.

Nicht von denen, sagte er.

Von niemandem, sagte sie.

Es klickte neben seinem Ohr, als ein Steinchen von der Hüttenwand abprallte.

Hallo? sagte sie.

Es ist verrückt, vollkommen verrückt.

Es gefällt mir nicht, wie du redest! Redest wie jemand, den ich nicht kenne. Olav?

Tut mir leid, sagte er.

Wie wär's, wenn ich versuche, mit der nächsten Maschine zu kommen?

Bleib, wo du bist, bitte, bleib, wo du bist! Wenn du Fernweh kriegst, geh rüber zu unseren afrikanischen Nachbarn und spiel mit dem Kind. Glaub mir, das ist exotisch genug.

Sie lachte.

Ich liebe dich, sagte er statt einer Antwort. Und ich sag das nicht einfach so, Helen! Ich hätte Angst um dich.

Und ich hätte Angst um dich, wenn ich es nicht tun würde. Du bist krank, trinkst…

Hey, sagte er, nicht so!

Wie dann?

Ich hab zuviel geträumt, sagte er. Das hält kein Mensch aus, wenn er zuviel träumt. Hab mitten am Tag geträumt. Und immer, immer wieder von dir.

Am besten, du gehst ins Hotel, nimmst dir ein Zimmer, sagte sie.

Im *Rosemilk* wollen sie mich nicht mehr haben, sagte er.

Dann geh zu Dr Chalie. Frag ihn, ob er dich aufnimmt!

War ich schon, sagte er.

Machte ein paar Schritte tiefer in den Schatten, den die Hüttenwand warf, als er wieder den Luftzug eines Steinchens spürte, das ihn knapp verfehlte. Das Firmament platzte vor lauter Sternen. Kreidiges Licht schwamm auf dem Meer. Er hörte seinen Atem wie ein viel zu großes, zu lautes Echo.

Hab keine Angst, sagte sie.

Ich hab keine Angst, ich fürchte mich nur, sagte er.

Dann kam ein ganzer Hagel von kleinen Steinchen geflogen, und als er sich duckte, fiel ihm das Handy aus der Hand. Während er es aufhob und den Sand vom Gehäuse blies, erinnerte er sich, wie er hier einst zwischen den Tischen getanzt hatte. Jemand, der sich selbst erträumt hatte.

Aber wann, wann war das gewesen?

Er ging zurück in die Hütte und forderte Assumpta zum Tanzen auf, obwohl der Besitzer der Strandbar die Boombox längst wieder aus- und den Fernseher eingeschaltet hatte. Sie lachte, und er lachte zurück, mochte es nicht, daß sie dauernd aus seiner Flasche trank und lud sie auf einen Drink ein. Es machte ihn auf eigentümlich grausame Art glücklich, daß sie auf seine Rückkehr gewartet hatte, und sei es auch nur, um auf seine Kosten zu trinken. Im Fernseher brannte ein Zuckerrohrfeld. An den Ästen in Flammen stehender Zypressen hingen die Körper von Männern und Frauen, manche nackt und alle bedeckt mit Ruß und Asche und den Schlieren geschmolzener Augen im schwarzen Gesicht. Dann kamen Nachrichten. In allen Sprachen. Und manche Sprecher oder Sprecherinnen sangen sie geradezu, Meldungen in allen tierähnlichen Sprachen. Wenigstens kam es ihm so vor. Immer wieder segelte seine Seele wie ein lahmer Vogel zur Tür hinaus, kam schreiend zurück.

Als er mit Assumpta die Strandbar verließ, saß das kleine Mädchen draußen an einem der Tische und spielte mit einem Häufchen Kieselsteine, warf ein Steinchen nach Assumpta, dann ein Steinchen nach ihm. Er kehrte um und kaufte eine Dose Limonade.

Das ist Cisilia, sagte Assumpta, die sich neben das Mädchen gesetzt hatte.

Cisilia, sagte er, riß die Dose für sie auf. Wir kennen uns, sagte er dann. Wußte nicht mehr weiter und setzte sich zu ihnen.

Schwester oder Tochter? fragte er Assumpta.

Sie gehört mir, sagte Assumpta. Aber ich kann sie nicht brauchen.

Cisilia schlug ihr ins Gesicht, lachte, als Assumpta zurückschlug.

He, sagte er, he!

Der längste Satz seines Lebens in diesem Moment, und bevor er ihn beendet hatte, wurden in der Strandbar die Lichter gelöscht. Sie versanken in tintiger Dunkelheit. Kurz hatte er das Gefühl, als hätte ihm Assumpta eine Hand zwischen die Beine gelegt, aber dann spürte er das zunehmende Gewicht und merkte, daß sich die Kleine auf seinen Schoß gehockt hatte. Er stand so abrupt auf, daß sie den Halt verlor und in den Sand fiel.

Und Assumpta sagte: Mach, was du willst! Fick mich, fick sie, aber laß uns zusammen sein, wir waren schon so lange nicht mehr zusammen.

Ich habe eine Frau, sagte er.

Ich weiß, sagte Assumpta. War dumm von mir. Tut mir leid! Sag ihr das!

Mama, sagte Cisilia, als müßte sie sich an den Klang des Wortes gewöhnen, grätschte die Beine wie eine Gebärende, rieb sich und schnaufte. Assumpta hielt ihr den Mund zu, bis Cisilia zu beißen und zu lachen begann. Dann hielten sie sich an den Händen und gingen wie ein seltsames Liebespaar in Richtung der Dünen.

Wie Glühwürmchen trieben Sterne draußen auf dem Meer. Er hatte Sand in den Schuhen, eine dicke Schicht Schweiß auf dem Leib, die ihm Hemd und Haut zusammenklebte. Assumpta reichte ihm die Hand, und er stand auf, bevor er wußte, daß er gefallen war, zog seine Schuhe aus und ging zum Wasser hinunter, kniete nieder und wusch sich das Gesicht, ein vorsintflutliches Tier, das in sich selbst versunken war. Helen, dachte er, spürte, daß er Wasser einatmete, und für einen unwiederholbaren Augenblick wurde alles von ihm genommen.

Assumpta wartete auf ihn, hielt seine Schuhe in der Hand, wie Boote für Zwerge. Sie waren naß geworden.

Es gibt Frauen, die sich in wilde Tiere verwandeln können, aber ihre Gesichter bleiben schön, und ihre Bewegungen bleiben über den Tag hinaus in die Erinnerung eingebrannt wie von einem Brandeisen der Treue und Leidenschaft, und wo sie schreien in Schmerz und Sehnsucht, reißt es Löcher in die Wolken, und die Sterne fliegen in geringerer Entfernung. Der Mann, der die Frau nicht schützen kann, muß die Bibel essen und die Tränen der Tiere trinken gleich dem salzigen Tau verdorrter Rosen.

Assumpta warf ihm seine Schuhe vor die Füße. Er hob sie auf und trug sie in der Hand, während er zu den Dünen ging, die wie ein finsterer Wall vorm Horizont lagen. Trug seine Schuhe in der Hand, und auch sonst kam er sich irgendwie nackt vor, entstellt, ein Schatten seines Schattens: jemand, der es nicht mehr aushielt, daß sich die Erde hierhin, der Himmel dorthin drehte.

Nimm uns mit, sagte Assumpta, die ihm mit Cisilia gefolgt war. Ich muß sie waschen, sie muß einmal schlafen und keine Angst haben.

Aber nur eine Nacht, sagte er, nur diese Nacht! Aber ich hab nichts für sie, kein Spielzeug, keine Puppe, nichts.

Sie spielt mit sich selber, sagte Assumpta. Und sie träumt sich alles, was sie nicht hat. Zieh Schuhe an!

Er gehorchte. Wegen der Scherben, die auf dem Pfad lagen, der sich durch die Dünen zog, hob Assumpta Cisilia hoch und trug sie huckepack. Sie gingen langsam, fast gemächlich, und Assumpta stöckelte ein paarmal über ihre eigenen Füße. Er war bei ihnen und gleichzeitig wie tausend Kilometer entfernt, und trotzdem erzählte er ihnen von der Ratte, die im Pool ersoffen war, blieb stehen, und sie sahen ihm zu, wie er Sand aus seiner nassen Hose klopfte.

Ich bin nicht zu haben, sagte er.

Besser, ich bin da, sagte sie. Du ganz allein!

Kein Problem, sagte er.

Gott will, daß ich und du bin, sagte sie.

Sagst du, sagte er.

Ja, sagte sie.

Ich werde dich nicht ficken, sagte er. Und ich werde dir kein Geld geben.

Bißchen, sagte sie, gut?

Was?

Geld, sagte sie. Gib Cisilia!

Als Cisilia ihren Namen hörte, streckte sie ihre Arme nach ihm aus, griff nach seiner Hand. Ihre Fingernägel, spürte er, waren zu lang, und die Innenseiten ihrer Hände fühlten sich irgendwie ledrig an. Ein wenig erinnerte ihn Cisilia an das afrikanische Nachbarmädchen, das Helen und ihm immer zugewunken hatte, wenn es auf dem Balkon spielte.

Sie traten in Dornen, in Scherben.

Ich weiß nicht, was wird, sagte er, aber falls wir es schaffen, hier zu leben, können meine Frau und ich uns ein bißchen um Cisilia kümmern. Damit sie von der Straße wegkommt und in die Schule geht. Sie weiß schon viel zu viel von Männern und Schweinen.

Ich weiß noch viel mehr, sagte Assumpta.

Kein Wunder, sagte er, du bist ihre Mutter.

Die Kinder warteten auf der anderen Seite des Dünenkamms. Ein wispernder, kichernder Haufen, der jedes Durchkommen unmöglich machte. Cisilia winkte ihnen, während Assumpta nach hinten griff und, irgendwie hilflos, versuchte, seine Hand zu fassen zu kriegen. Wie immer war es der Anführer des Haufens, der sich als erster vorwagte, in einer Art und Weise, als würde er gegen alles und jeden antreten wollen, bereit für jeden Kampf, jede Flucht. Er hatte seinen Strohhut abgenommen, hielt ihn sich, gespielt ehrerbietig, vor den Bauch, dann, mit einer ruckhaften Bewegung, schwang er ihn hoch über seinen Kopf und zeigte sein Glied, das er dahinter versteckt gehalten hatte. Die Kinder kreischten wie irre, als er mit heraushängendem Glied ein paar tänzelnde Schritte auf Assumpta zumachte, wedelte. Im nächsten Augenblick sprang er in die Luft, kickte nach ihr. Der Tritt erwischte sie an der Hüfte, und sie zischte vor Schmerz, als sie von den Beinen gerissen wurde. Ehe er dazwischengehen konnte, hatte sich Cisilia schon neben Assumpta gekniet und klammerte sich an sie, als würde sie sie nie wieder loslassen wollen. Fast, daß sie eine Familie waren jetzt.

Der Junge rief irgendwelche Befehle in seiner Sprache, und die Kinder warfen sich in spielerischem Gehorsam zu Boden, wo sie sich wie fickende Liebespaare bewegten. Er ging neben Assumpta in die Hocke und nahm sie in den Arm, eine Schutzbefohlene der Idiotie und der Grausamkeit. Geworfen hätte man früher dazu gesagt. Geworfen zwischen zwei Ewigkeiten des Vergessens. Er half ihr beim Aufstehen und beobachtete den Jungen, wie er einen am Boden liegenden Strick aufhob und daran zog, bis er ein kleines, vollkommen verdrecktes und verängstigtes Äffchen, das sich im Dunkel der Büsche festgeklammert hatte, ins bläuliche Licht des Mondes gezerrt hatte. Das Äffchen, fast noch ein Baby, versuchte, sich im Sand festzukrallen, dann fing es an zu schnattern, wollte an ihm hochklettern, aber der Junge schlug ihm auf den Kopf, und es fiel herunter, zappelte benommen.

Willst du haben, du kannst haben, sagte der Junge.

Er tat so, als hätte er ihn nicht verstanden, und der Junge sagte: Willst du nicht, wir essen!

Es war verrückt, daß er irgendwie darauf wartete, daß der Junge schmatzte, aber der Junge schmatzte nicht, und so war alles einen Augenblick lang wie umsonst, wie fast nicht wahr, dachte er. Dann schaukelte der Junge das Äffchen am Strick, griff ihm zwischen die Beine und zwickte es hart.

Schon gut, sagte er schnell, schon gut.

Als würde er verstanden werden.

Eines der Kinder brachte dem Jungen ein Buschmesser, und der Junge zeigte es dem Äffchen, das im Reflex nach der Klinge faßte.

Assumpta!

Pst, machte sie.

Sag ihm, er soll aufhören! Sag ihm das! Sag ihm, daß ich das Tier da kaufen möchte. Aber wohlbehalten. Ich will es wohlbehalten. Sauber! Er muß es saubermachen!

Keine Scheiße, kein Blut, dachte er. Atmete viel zu laut und suchte in seinen Taschen nach Geld. Feuchte Scheine, die fast zerfielen, als er sie dem Jungen gab. Der Junge verbeugte sich vor ihm, richtete sich auf und warf ihm, aus der Bewegung heraus, das Äffchen zu. Es gelang ihm gerade noch, es aufzufangen und sich weder Schreck noch Schmerz anmerken zu lassen, als es sich an ihn klammerte. Es stank nach Kloake, und sein Fell fühlte sich glitschig an, ein Kranz grauer wolliger Haare lag ihm wie ein Ring um den Kopf. Die Farbe seiner Augen, jedes größer als der Mond, spielten in ein wäßriges Orange. Er hielt es, vor lauter Angst, fest an sich gepreßt, und es wehrte sich verzweifelt dagegen, von seinem Peiniger getrennt zu werden.

Komm, sagte Assumpta, die vorauslief. Sie hinkte, trug Cisilia wie eine viel zu große Puppe. Er hatte zu tun, sie nicht aus den Augen zu verlieren, weil das Äffchen, das an ihm hing, wie verrückt strampelte.

Dann dauerte es nicht mehr lange, bis sich die dunklen Klötze der Rohbauten aus der Dunkelheit schälten – bei ihrem Anblick verstand er zum ersten Mal in aller Deutlichkeit, was es hieß, eine Heimat in der Fremde zu haben. Selbst wenn die Heimat und die Fremde längst zur elenden Mär verkommen waren. Es hatte fast schon etwas Tröstliches an sich, daß die Ölfässer noch an Ort und Stelle waren und das Gartentor sich problemlos hinter ihnen schließen ließ. Es sorgte für eine Art Glücksgefühl, daß weder ein lebendes noch ein totes Tier im Pool schwamm.

Assumpta ließ Cisilia im Pool baden, obwohl er dagegen war, und sagte, daß eine Ratte darin krepiert sei. Aber Assumpta kümmerte sich nicht darum, hielt Cisilia an den Händen und zog sie am Rand des Bassins entlang, und die ganze Zeit, während er ihnen zusah, hielt er das Äffchen im Arm, das traurig schnatternd an seinen Haaren zupfte.

Du mußt es anbinden, sagte Assumpta.

Er gehorchte und band es mit dem Strick an einen der Flammenbäume neben dem Anbau für den Generator. Hätte ihm am liebsten Hände und Füße zusammengebunden und einen Sack übern Kopf gestülpt, um die komischen Schreie zu ersticken, die es manchmal ausstieß und die ihn jedesmal erschreckten. Er fühlte sich wie befreit, als er das Äffchen loshatte, ging ins Haus, holte ein gebrauchtes Badetuch aus dem Badezimmer und brachte es an den Pool. Sah zu, wie Assumpta Cisilia damit trockenrieb. Dann sprang sie selbst in den Pool und tauchte unter. Sie warteten, bis sie wieder auftauchte und irgendwie glücklich schrie. Als er Cisilia ins Haus führte, griff das Äffchen nach seinen Hosenbeinen, und er hatte wieder die Angst, daß es ihn vielleicht ansprang und an ihm hochkletterte. Er ließ die Tür offen, bis ins Wohnzimmer hörten sie Assumpta im Pool planschen.

Wenn dir kalt ist, mußt du es sagen, sagte er.

Ist nicht kalt, sagte Cisilia. Mama mag Wasser.

Ja, sagte er. Sie ist dein Mädchen, nicht umgekehrt.

Und du?

Das weiß ich nicht mehr, sagte er.

Dann kam auch schon Assumpta über die Terrasse ins Zimmer, breitete das Badetuch auf dem Fußboden aus. Als er hinter ihr die Terrassentür schloß, prallte ein Schatten gegen das Glas: das Äffchen, das ihm zu folgen versuchte und immer wieder von neuem Anlauf nahm und gegen die Scheibe sprang. Vor Angst hatte es rote Augen und fletschte die Zähne. Und noch während er es verscheuchte, verhedderte es sich in seinem Strick und konnte nicht mehr springen.

Du magst es? fragte Assumpta.

Ich glaube nicht, sagte er.

Und mich? Magst du mich?

Hat es einen Namen? fragte er.

Ist Affe, sagte sie.

Wie ich, sagte er.

Gut, daß ich da bin, sagte sie.

Du bist wegen deinem Kind da, sagte er.

Du magst Cisilia? Ja?

Er sah sie nur an. Bis sie es nicht mehr aushielt und den Blick abwandte. Er wußte nicht mehr, ob sie ihm leidtat, wußte es nicht.

Assumpta hatte Cisilia und sich in das nasse Badetuch gewickelt. Sie lagen auf dem Fußboden wie gestrandete Geister. Ihm fiel kein roheres Bild ein, das Armut und Verrat hätte zeigen können. Draußen spannte sich die Nacht wie eine schwarze Trommel übers Haus; manchmal fiel ein Stern drauf und brachte sie zum Tönen. Aber die Nacht war warm, und das Äffchen schlief da draußen, alles gut. Morgen würde morgen sein, ein Tag, schon vergessen, bevor die Vergangenheit begann.

Er ging nach oben auf die Toilette, machte so schnell er konnte, schenkte sich keinen Blick, pinkelte drei rote Punkte. Das war nicht viel, war fast zu wenig, dachte er in einer Aufwallung von Verwegenheit. Beinahe konnte man schon von Genesung sprechen. Immer einen Schritt voraus und niemals am Arsch vorbei. Diese Vorstellung gefiel ihm.

In einem Anfall von Großmut warf er Helens Matratze die Treppe hinunter, damit Assumpta und Cisilia etwas Weicheres zum Liegen hätten, und nach einer Weile kam Assumpta herauf und holte sich auch Helens Moskitonetz.

Er machte die Augen zu und hörte die beiden unten im Wohnzimmer singen.

Stand auf und ging zu ihnen hinunter.

Als Cisilia ihn kommen sah, tat sie, als sänge sie im Schlaf. Das Lied so schön, daß er es kaum aushielt.

Was singt ihr da?

Ein Schlaflied, sagte Assumpta.

Ja, sagte Cisilia.

Er hörte den beiden eine Weile zu, und am Ende küßte Assumpta Cisilia auf den Kopf, und Cisilia rollte sich auf der Matratze zusammen, verdrehte in spielerischer Ergebenheit die Augen.

Augen zu! sagte er und versuchte das Lied nachzusingen, bis sich Cisilia vor Lachen auf der Matratze wälzte. Im nächsten Augenblick war sie eingeschlafen.

Er versuchte, leise zu sein, während er durchs Haus streifte und alles Trink- und Eßbare zusammensuchte, das seine Besucher übriggelassen hatten, hätte auch die Terrasse abgesucht, aber wegen des Äffchens blieb er lieber im Haus. Aber auch so fand er genug zum Trinken, eine fast volle Magnumflasche Rum, die Assumpta sofort aufschraubte. Sie tranken abwechselnd, und er schmeckte ihren heißen Speichel am Flaschenhals. Knöpfte sein Hemd auf.

Schaut ziemlich schlimm aus, oder, sagte er.

Assumpta besah sich seinen Bauch, die Verfärbungen, die seine Haut an den Stellen angenommen hatte, wo der Police Officer ihn getreten hatte. Schwarz, sagte sie.

Er drehte sich weg, als sie versuchte, ihn anzufassen, bemerkte, daß Cisilia ein Auge offen hatte; es sah aus, als sähe sie ihn an.

Assumpta sagte mit einem Blick auf ihre Tochter: Ich schenke sie dir. Nimm sie mit. Besser so.

Du weißt, daß das nicht geht, sagte er.

So sie geht kaputt, sagte Assumpta.

Er nahm ihr die Flasche weg.

Adoption, sagte sie, Adoption. Später gutes Mädchen im Bett!

Mach mich nicht verrückt, sagte er.

Wir im Garten schlafen, wenn du willst.

Da schläft schon der Affe.

In seinem Kopf fiel er dauernd aus großer Höhe. Assumpta trank jetzt sehr heftig und streichelte Cisilia, aber es war eine eher mechanische Bewegung denn der Versuch einer Zärtlichkeit. Sie lächelte, als der Alkohol wirkte. Dann lachte sie. Dann sprang sie auf und tanzte für ihn, vollkommen lautlos. Nach einer Weile hob sie ihre Arme und roch an sich, sagte: Ich stinke.

Tust du nicht, sagte er.

Das Scheiße, sagte sie, schüttelte wie wild die Flasche Rum.

Schlaf ein bißchen, sagte er.

Hm, machte sie, trank, zog ihren Rock hoch und sagte: Gefällt dir nicht?

Ich will es nicht sehen, sagte er.

Er wandte sich ab und kroch auf Händen und Knien zur Terrassentür, hielt Ausschau nach dem Äffchen, kehrte um und kam gerade noch die Treppe hoch. Er legte sich auf seinen Platz und deckte sich in unendlich scheinender Langsamkeit mit dem Moskitonetz zu.

Er erinnerte sich an früher wie an etwas, das noch nicht lange genug vergangen war, erinnerte sich daran, wie er zu den Leuten in die Häuser gegangen war… Jeden Morgen, gleich nach dem Aufstehn, hatte er gekotzt und King's X's Dogman *aufgedreht, hatte ein rohes Ei geschlürft, einen harten Schluck genommen und die Wände angebrüllt, diese Wände um ihn herum und in seinem Kopf. Jeden Tag standen sie anders, und in den Nächten bewegten sie sich. Niemand, der seine Arbeit liebte. Weder er noch jemand anders. Er hatte einen Job als Schuldeneintreiber für ein Inkassobüro, gut bezahlte Drecksarbeit. Persönliche Intervention war sein Spezialgebiet, sein Auftritt als Rammbock aus Fleisch und Knochen. Aber am besten war, man kam zu zweit. Oder zu dritt, wenn man den Hund mitnahm. Kam früh am Morgen oder spät am Abend, um sicherzugehen, daß auch die Nachbarn mitkriegten, was für ein Schulden-*

schwein da Haus an Haus, Tür an Tür mit ihnen wohnte. Und so gingen sie vor: Er klingelte Sturm, während er gleichzeitig gegen die Tür schlug und trat, so lange, bis der Hund schier durchdrehte. Wurde ihnen geöffnet, spielte sein Kollege den Braven, Sanften, entschuldigte sich für die Unannehmlichkeiten und hob seine Vermittlerrolle zwischen Gläubiger und Schuldner zwecks außergerichtlicher Einigung hervor, schrie den Hund an, wenn er sich mit der Leine würgte. Von den Männern, die ihnen aufmachten, waren die meisten Feiglinge, jammerten, sobald ihre Weiber losheulten und die Kinder wegbrachten, hatten Geld und Schmuck und alles, was sie für wertvoll hielten, versteckt und baten um Aufschub, um Stundung. Aber am allerschlimmsten waren die Frauen, die ihnen halbnackt öffneten, die Beine breitmachten, als wäre damit jede Schuld zu tilgen. Anfangs hatte er sich noch ein paarmal gefragt, warum die Leute sich das antaten und sich für den letzten Dreck in Schulden stürzten, süchtig nach jeder Form von Besitz, so, als bliebe ihnen nichts anderes übrig, als ihre eigene Wertlosigkeit inmitten noch wertloserer Dinge zur Schau zu stellen. Mit Geschenken beladene Engel flogen durch ihre Träume, jeder Tag Weltuntergang und kein Nachlassen der Sintflut, auch wenn der Exekutor den Kuckuck fliegen ließ wie einstmals Noah die Taube. Von einem Kollegen hatte er einmal gehört, daß Angehörige ihres Berufsstandes im Mittelalter als Remembrancer bezeichnet wurden, als Erinnerer, die den Leuten nahe zu bringen hatten, daß nur das irdische Dasein umsonst sei, nicht aber ihr erworbenes Hab und Gut.

Opferzeit!

Die Welt war ein Kartenhaus, und die Erde bebte im Schlaf, und alle Wände waren aus Glas, und durch die Scheiben blickten ihn zersprungene Augen an …

Im ersten Traum, den er hatte, wurde Dr Chalie vom Police Officer enthauptet. Nach der Exekution stellte der Police Officer Dr Chalies Kopf auf den Kopf, und der Bart krauste sich, wurde schwarz, hart vom Blut, das durch ihn auf den Boden rann.

Im zweiten Traum hängte Mr Moses eine Enteignungsurkunde an das Gartentor, während der Präsident der Republik ein Bad im Pool nahm und es genoß, daß eine Horde Jungfrauen zwischen seinen Beinen durchtauchte.

Im nächsten Traum weckte ihn Helen. Sie zimmerte aus Brettern eine Bettstatt zusammen und hatte den Mund voller Nägel. Als er ihr winken wollte, spürte er, daß er am Fußboden festgenagelt war.

Dann hatte er den Traum, in dem Svyra den Weg von der Küstenstraße herunterkam. Sie war in ein Papierkleid gehüllt und sah aus, als hätte sie sich in Mehl gewälzt. Sie hatte keine Haare mehr, auch Brauen und Wimpern fehlten ihr. Er versuchte, aufzustehen, um ihr entgegenzugehen, aber es ging nicht. Er rief ihren Namen, bis sie seine Stimme hörte und zu ihm ins Haus kam.

Papa, sagte sie, was machst du da?

Vergessen, sagte er.

Mich?

Ich habe deine Hand gehalten, sagte er, wollte sie nicht loslassen.

Sie ging in die Hocke und streichelte ihn schüchtern.

Ich weiß, daß du sterben willst, sagte sie.

Du kennst dich aus, hm?

Du warst immer woanders, sagte sie.

Nie bei dir, sagte er schuldbewußt.

Ich habe immer auf dich gewartet, sagte sie. Ich hab nicht aufgehört, aber du bist nicht gekommen.

Ich bin gekommen, sagte er.

Einmal, sagte sie. Ein einziges Mal, an das ich mich erinnern kann. Als ich gestorben bin.

Er wurde wach, als Assumpta neben ihm auf die Rollmatratze rutschte und sich an ihn preßte. Er sagte Nein. In allen Sprachen, die ihm einfielen. Später, als er spürte, daß sie schlief, ging er ins Bad, hockte sich auf die Toilette und rief Helen an.

Schön, daß du anrufst!

Im Hintergrund Lautsprecherdurchsagen und Fahrstuhlmusik.

Wie geht's dir?

Gut gefragt!

Was denkst du, wo ich im Moment bin?

Kuala Lumpur, sagte er.

Fast erraten, sagte sie.

Helen, sagte er, tu mir den Gefallen und komm jetzt bitte nicht auf die Idee hierherzukommen! Bleib, wo du bist, wo du bist, ist es gut, dort bist du sicher …

Bin schon auf dem Weg in den Flieger, sagte sie. Bin schon auf dem Weg in den Flieger.

Nein, sagte er.

Ja, sagte sie.

Bist du verrückt geworden?

Kein Wunder, oder? sagte sie.

Kehr um, sagte er.

Warum? Ich hab das Gefühl, du brauchst mich. Und weißt du, was? Ich brauche dich auch! Niemand liegt nachts unterm Bett. Kein Schwein im Schrank. So treu bin ich dir! Hast du eine Ahnung, warum? Muß jetzt Schluß machen. Befehl vom Piloten!

Helen, sagte er, Helen, ich komme zum Flughafen, und wenn du da bist, fliegen wir zurück, fliegen wir sofort zurück!

Und wer kriegt den Fensterplatz?

Na, wer wohl? sagte er.

Redete jetzt schneller, als er denken konnte, erzählte ihr in Bruchstücken von der Party am Pool und brachte alles durcheinander, weil er selber durcheinander war. Fertig, aber nicht am Ende, so widersinnig sich das auch anhören mochte. Außerdem mußte er ihr noch sagen, daß er sie liebte, und auch, daß er ein kleines Äffchen gekauft hatte, erwähnte er. Aber die Verbindung war längst tot, und ein Äffchenchor sang in seinem Kopf. Sie sind alle wahnsinnig geworden, sagte er. Sogar ich bin wahnsinnig geworden, dachte er, als er das Lüftungsgitter aus der Halterung klinkte und das Geldversteck leerräumte. Es war nicht mehr viel, aber genug, um den nächsten Tag, die nächsten Tage durchstehen zu können, wenn er sparsam damit umging. Er dankte Gott, Helen und dem Schicksal, das in dieser Nacht auf seiner Seite war, steckte die Scheine in seine Schuhe. Die Schuhe stellte er neben das Kopfkissen auf den Boden. Dann versuchte er, sich zu erinnern, wann morgens die erste Fähre zum Festland ging. Er hätte nicht einmal sagen können, daß er besonders traurig oder wütend gewesen wäre, fühlte sich, als hätte er Tage und Nächte in einer endlos scheinenden Fahrt durch eine Geisterbahn verbracht. Draußen war es noch immer dunkel, und er dachte an das Äffchen da draußen in dieser Nacht, ging hinunter und schaute durch die Scheibe der Terrassentür, versuchte zu erkennen, ob es noch da war. Öffnete einen Spalt breit und pfiff, so wie man Hunden pfeift, aber nichts rührte, nichts bewegte sich. Von der Küstenstraße manchmal der Motor eines Autos. Die Nacht mehr blau als schwarz.

Als er sich umdrehte, hatte sich Assumpta bis auf ihren Schlüpfer ausgezogen. Auf ihrem Leib Schattennester, wie mit rußiger Tinte in die Kuhlen tätowiert. Er sah sie an wie ein Bild, das er nicht verstand, die Narben und Schrunden zwischen ihren Schenkeln, ihre rissigen Lippen, die einer platzenden Frucht glichen.

Ich habe Angst, sagte sie. Ich habe Angst um dich!

Ich paß schon auf mich auf, sagte er.

Es ist schön mit dir, sagte sie.

Was?

Das Reden, sagte sie.

Er holte seine Matratze herunter und legte sie neben die ihre, hörte ihrem Atem zu, der feucht und schwer klang. Er faßte sie nicht an. Vielleicht machte es sie glücklich, neben ihrer Tochter zu schlafen. Wenn es darauf ankam, war es zwischen den Sternen schöner als im Schoß einer Frau, näher am höheren Ursprung einer größeren Liebe, als Menschen sich zu geben vermochten, besonders, wenn es um die unabänderliche Wahrheit ging, die zwischen Vorstellung und Erfüllung lag. Als sie sich im Schlaf zusammenrollte, fiel ihre Hand auf seinen Bauch. Er nahm sie weg wie einen kleinen Vogel, der aus dem Nest gefallen war, irgendwie zärtlich. *Lege Deine Flügel um mich!*

Die Liebe zu lieben und den Haß nicht zu hassen, die Wahrheit zu sagen und die Lüge zu singen, mit Blut sein Herz auf eine andere Haut zu malen, das ist, was viel zu selten gelingt. Die Liebe ist ein Wunder, das manchmal geschieht, es gibt sie, aber nicht überall und schon gar nicht für jeden.

Einmal – eine Erinnerung, Gott weiß woher – ist er im Traum aufgewacht und hat gespürt, daß seine Tochter neben ihm liegt. Er weiß nicht, ob sie tot ist oder träumt, verschlungen von der Nacht. Er deckt sie zu.

Hast du mich lieb?

Immer, sagt er.

Was ist immer?

Alles ist immer, sagt er, und es hört nie auf.

Ist das gut?

Jetzt ja, sagt er.

Zieht ihr die Decke übers Gesicht.

DIE ERDABGEWANDTE SEITE DER NACHT

Er bekam einen Tritt in die Rippen.

Und als er sich aufrichtete und, blind vom Schlaf, um sich blickte, blendete ihn der Blitz einer Kamera, stemmte einen roten Block Hitze zwischen seine Augen.

Mr Moses stand in der offenen Terrassentür, als müßte er die fliehenden Schatten der Nacht hinauslassen, hantierte mit einem Fotoapparat, der metallisch schnappende Geräusche von sich gab. Schön, sagte er ein ums andere Mal, schien mit seinen Bildern sichtlich zufrieden. Er trug wieder seinen weißen Jeansanzug, den er bei ihrem ersten Treffen getragen hatte, und roch nach einem moosigen Parfüm.

Hat er bezahlt?

Hat nichts gemacht, sagte Assumpta.

Hat nichts gemacht?

Nichts gemacht!

Sie gähnte und wälzte sich auf der Matratze von ihm weg.

Mr Olav hat nichts gemacht, sagte Mr Moses, ihren Tonfall nachahmend. Hat sie Ihnen nicht gefallen? Egal! Auf den Fotos sieht das alles ganz anders aus. Als wäre alles ganz anders gewesen, Mr Olav.

Er sagte nichts, saß da und sah Assumpta beim Anziehen zu. Es hatte den Anschein, als ginge es ihr nur darum, ihre Narben zu bedecken; im Morgenlicht war ihre Haut wie schraffiert.

Also was, Mr Olav? Sie schlafen neben einer nackten Frau und benehmen sich, als wären Sie kein Mann!

Ich ficke nicht im Beisein von Kindern, sagte er.

Roch seinen Schweiß. Er roch alt. Stank nach Blut. Süßlich, wie die Träne eines Fischs.

Cisilia war nicht wach geworden, schlief den tiefen Schlaf aller Kinder, der manchmal an einen schönen tiefen Tod denken ließ, und er wünschte ihr nichts sehnlicher, als daß sie nicht aufwachen möge, bis alles vorbei war. Ihre Ärmchen waren fast durchsichtig, und sie hatte die Knie bis unters Kinn hochgezogen.

Als er endlich auf die Beine kam, hatte er zu tun, das Gleichgewicht zu halten, bewegte sich wie ein lahmender Engel, so gemein pochte der Schmerz in seiner Seite, der von Mr Moses' Tritt herrührte. Dann, als er etwas nachließ, spürte er die Unzahl der Stiche, die ihm in der Nacht von Insekten beigebracht worden waren, zwang sich, sich nicht zu kratzen, nicht den Affen zu spielen. Von draußen drangen seltsame Geräusche herein, wie er sie noch nie zuvor gehört hatte, und als er auf Mr Moses zuging, wich dieser zurück, machte ihm den Weg auf die Terrasse frei.

Er kam nur langsam voran, ins Licht, ins weiße Licht, das seine Augen wie mit einer glühenden Peitsche schlug. In diesem Licht sah er den Police Officer unten am Pool stehen; er winkte ihm, näher zu kommen. Die Geräusche, die er gehört hatte, kamen aus dem Pool. Irgendjemand hatte das Wasser abgelassen, und am Grunde des Beckens, zwischen verbliebenen Pfützen, hockte das Äffchen. Es hatte den Kopf in den Nacken gelegt und starrte in die Sonne. Er rief es, wie ein Idiot rief er es, weil es keinen Namen hatte, aber es reagierte nicht, kauerte da unten und zitterte am ganzen Leib. Als er sich bewegte und sein Schatten über das Äffchen fiel, begann es, konvulsivisch zu zittern und dieses seltsame Geräusch zu machen, irgend etwas mit den Zähnen, als würde es Knochen zerbeißen, und als er zu ihm hinuntersprang, raste es schreiend im Geviert; überall an den Fliesen fahrige Schmierer Blut, Fliegen, die darauf herumkrabbelten. Er hatte Angst, gebissen oder gekratzt zu werden, fühlte sich wie gerettet, als Assumpta am Beckenrand erschien und zu ihm hinunterschaute. Sie hielt sich die Hand vor den Mund.

Keine Ahnung, was es hat, sagte er.

Hat Geist gesehn, sagte sie, lachte ungläubig, als das Äffchen Anstalten machte, sich auf den Kopf zu stellen.

Dann war Assumpta weg, und er stand da, beobachtete hilflos das Äffchen, das ihn nicht aus den Augen ließ.

Es dauerte eine Weile, bis Assumpta zurückkam und ihm den Eimer hinunterschmiß, den sie aus dem Bad geholt hatte. Er krachte auf den Fliesenboden, rollte scheppernd im Kreis. Das Äffchen hatte sich in eine Ecke geflüchtet, hatte die Arme vors Gesicht gehoben, und erst jetzt sah er es, daß ihm die Hände abgehackt worden waren, die Armstümpfe mit einer Art weißem Schlamm beschmiert, der ätzend nach Kalk und Essig roch. Bei diesem Anblick verlor er für einen Moment die Kontrolle über sich, lehnte sich Halt suchend an die Poolwand und wünschte sich einen Mund groß wie der eines Wals, um Eisberge schlukken zu können. Das Äffchen steckte sich die Stümpfe unter die Achseln und wiegte sich hin und her, schlug sie jedesmal, wenn es von einer Schmerzattacke heimgesucht wurde, gegen die Wand, als könnte es so den Schmerz betäuben. Schon weil es nicht die Stummel seiner Ärmchen nach ihm ausstreckte, so wie es in biederen Märchen geschieht, wo das Wunder immer kurz vor dem Ende eintritt und alles ins Gegenteil verkehrt, fühlte er sich zu ungeheurer Dankbarkeit aufgefordert.

Es glich einem verdeckten Angriff, als er den Eimer aufhob und sich schrittchenweise dem Äffchen näherte, das im letzten Moment wegzuspringen versuchte, aber er war schneller, stülpte ihm den Eimer über. Zwei, drei Sekunden blieb alles ruhig, dann drang ein weher Schrei durch die Eimerwände, gefolgt von einem Kratzen und Rattern, das sich wie unterirdisch anhörte. Assumpta war wieder für eine Weile verschwunden gewesen, aber jetzt kam sie zurück und brachte eines der Moskitonetze, die sich Helen und er angeschafft hatten, um die schönsten Nächte ihres Lebens darunter zu verbringen, warf es ihm hinunter. Er breitete es auf dem Boden des Pools aus, ging in die Hocke, umschlang den Eimer mit beiden Armen, hob ihn einen Spaltbreit an und lavierte ihn mit einem Ruck auf das Netz, in das er ihn einwickelte, bevor er ihn dann behutsam umdrehte, so daß dem Äffchen Zeit blieb, die Bewegung mitzumachen. Der Blick, mit dem es ihn durch die Maschen anstarrte, ging ihm durch und durch.

Er hob den Eimer zum Rand des Bassins, wo ihn Assumpta wegen des Gestanks, den er verströmte, mit abgewandtem Gesicht in Empfang nahm. Der Police Officer und Mr Moses klatschten Beifall, als er die

Poolleiter hochkletterte. Auf halber Höhe hatte er die schwarzen Stiefelschäfte des Police Officers vor Augen, wünschte sich nichts inbrünstiger, als die Zähne hineinschlagen und sich darin verbeißen zu können wie ein für alle Schmerzen unempfindliches wildes Vieh. Ein paar Sekunden lang wartete er atemlos auf den Tritt ins Gesicht, aber der Police Officer machte einen Schritt zurück, ließ ihn herausklettern. Er trug den Eimer in den Schatten und sagte zu Assumpta, es brauche Wasser, das Tier. Assumpta erwiderte, sie hätten kein Wasser und wenn er Wasser wolle für dieses Dings, solle er weinen, egal warum. Und weil sie so laut redete, wachte Cisilia auf und kam aus dem Haus. Sie bückte sich und klopfte an den Eimer, und das Äffchen stieß den Kopf von innen ans Moskitonetz, während Mr Moses, Gott weiß warum, ein Foto machte. Assumpta zog Cisilia vom Eimer weg, und Cisilia schrie wie am Spieß, versuchte, sich loszureißen, bis Assumpta sie packte und ins Gras warf, wo sie liegenblieb und Laute von sich gab, die ebensogut vom Äffchen im Eimer hätten stammen können. Mit einem Mal sprang sie auf und hüpfte um den Pool herum, tat plötzlich, als hätte sie vor, kopfüber hineinzuspringen, aber als sie merkte, daß niemand auf sie achtete, versteckte sie sich im Anbau, in dem sich der Generator befand. Von dort stimmte sie eine Litanei aller möglichen Männernamen an, auch solcher in einer erfundenen Sprache. Seinen Namen rief sie nicht.

Der Police Officer zeigte auf das Äffchen im Eimer, sagte: Dein Reisegefährte, Mr Ostrander? *Traveling Companion!*

Er gab keine Antwort, nahm den Eimer und ging

zum Tor, tausend winzige Schritte im Bruchteil einer Sekunde, so kam es ihm vor, je schneller er ging. Auf halbem Weg umschlang ihn Assumpta von hinten, brachte ihn fast zu Fall.

Warte, sagte sie, ist bald tot.

Dann ließ sie ihn los, und er spürte die harte Rundung des Schlagstocks, der ihm, fast spielerisch, von hinten ins Kreuz gestoßen wurde.

Halt, halt! Mr Moses hat dir noch etwas zu sagen, sagte der Police Officer.

Soll's mir trommeln! sagte er. Im Weitergehen schlug er an den Eimer, und das Äffchen schrie schrill.

Muß man dir denn dauernd wehtun, Mr Ostrander? sagte der Police Officer, ließ den Schlagstock an seinem Rückgrat hinunterrutschen und steckte ihn ihm, seufzend vor Vergnügen, tief in den Schritt, ließ ihn ein paarmal wippen. Falls du vorhast, zur Polizei zu gehen: Ich werde mir deine Beschwerde gern anhören, werde uns – Gastfreundschaft, du weißt schon – im Büro einen schönen heißen Tee kochen und deinen kleinen dummen Affenschwanz darin baden … Hallo? Von nun an brauchst du nur zu nicken, wenn du mich verstanden hast.

Er nickte.

Zweimal! Einmal in deiner, einmal in meiner Sprache.

Er nickte nochmal.

Das machst du schon ganz gut, sagte der Police Officer.

Ja, macht er, sagte Mr Moses, hatte die Arme ausgebreitet, ein schwarzer Engel aus schwarzem Stein, drehte sich plötzlich im Kreis, tanzte, als würde, unhörbar für alle anderen, Musik spielen. Als ich jung war, hatte ich gelbe Haare, sagte er dann, hatte eine Show im *Rosemilk*. Bei meinen Auftritten habe ich eine Krone aus Bast getragen und Liebeslieder gesungen, zu denen man tanzen konnte. Jetzt möchte ich nur noch Geld verdienen. Aber das heißt noch lange nicht, daß ich dem Geld nachlaufen möchte. Übern Ozean hätte es auch Jesus nicht geschafft, das wissen wir doch alle. Das heißt, ich möchte warten können, bis das Geld zu mir kommt. Was Sie mit dem Haus und was Sie im Haus anstellen, ist Ihre Sache, Mr Ostrander. Nichts dagegen, wenn Sie es sich als Liebesnest einrichten, *Love Nest*, wie man so sagt, Frau und Kind im neuen Leben. Sogar wir hier lieben moderne Märchen, die gut enden. Aber ohne Geld ist das natürlich alles nichts. Sehen Sie, ich möchte gar nicht fragen, ob Sie im *Rosemilk* Ihre Zimmerrechnung beglichen haben, aber auch für Ihren Aufenthalt in diesem wohnlichen Haus haben Sie sich finanziell bislang nicht gerade erkenntlich gezeigt. Geld ist das, was ich am liebsten sehe. Lieber als schöne Frauen, selbst wenn sie nichts kosten. Ein berühmter Mann hat einmal gesagt, wenn man nicht um sein Leben gekämpft hat, ist der Tod kein Gewinn. Sind Sie ein berühmter Mann, Mr Ostrander?

Was glauben Sie?

Was ich glaube? Ich glaube, daß Sie falsch geträumt haben. Darf ich das so sagen?

Ich glaube, Sie dürfen alles!

Wenn man, sagte Mr Moses, im falschen Traum falsch träumt …

Dann?

Dann ist man nicht nur im falschen Traum, sondern träumt auch am falschen Platz.

Schlau wie ein Affe, sagte er.

Er kämpft bis zuletzt, sagte Mr Moses, lächelte.

Weil er ein Arschloch ist, sagte der Police Officer.

Wäre der Police Officer nicht gewesen, wäre er vielleicht auf Mr Moses losgegangen. Hätte ihn in seinem scheißweißen Anzug durchgeprügelt und in den Pool geschmissen, daß er sich Arme und Beine gebrochen hätte und gelitten, gelitten wie der Affe im Eimer.

Haben Sie Assumpta bezahlt? fragte Mr Moses. Oder haben Sie sich lieber Cisilia vorgenommen? Cisilia ist noch zu klein, um ihren Preis zu kennen.

Ich würde sagen, sie ist noch für viele Jahre viel zu klein, um sich ficken lassen zu müssen, sagte er.

Also haben Sie es probiert? sagte Mr Moses. Unsere Kinder wissen schon sehr früh Bescheid über das, was zwischen Mann und Frau passiert.

Wenn, dann wissen sie es von Leuten wie Ihnen, sagte er.

Mr Ostrander, so etwas sollten Sie nicht sagen. Nicht zu mir – und schon gar nicht im Beisein eines Police Officers! Danken Sie lieber dem Police Officer, sagte Mr Moses. Danken Sie ihm dafür, daß Sie überhaupt noch in der Lage sind, danken zu können.

Er nickte, stellte den Eimer ab, holte das Schlüsselbund aus seiner Hosentasche und schmiß es in den Pool, wo es klirrend und rasselnd aufschlug; es tat ihm ein bißchen leid, daß es nicht in ein Häufchen Äffchenscheiße gefallen war.

Dann ging er durchs Tor, querte die Trasse und erbrach sich ins staubplackige Gebüsch. Bis er fertig war,

war ihm der Police Officer nachgekommen. Er trug den Eimer mit dem Äffchen.

Nimm es mit, bevor es jemand fickt, sagte er.

Den Eimer vorm Bauch, weil er sich so einfacher tragen ließ, ging er hoch zur Küstenstraße. So, dachte er, liefen Schwangere durch die Welt. Dachte an Helen, dachte, niemand da, wenn du kommst. Auf den Gerüsten an den Rohbauten kletterten halbnackte Arbeiter herum, über allem ein Himmel mit blauen Flecken und rosa umrandeten Wölkchen. Mit jedem Schritt, den er machte, ging es ihm ein bißchen besser, und einmal, als er sich unbeobachtet wähnte, stellte er den Eimer ab und befühlte seine Hose im Schritt, trocken. Danke!

Auf dem Bankett ging er von Palme zu Palme, so, wie er und Helen es immer getan hatten, als sie noch neu hier waren, unternehmungslustig, ahnungslos. Wann war das gewesen? Und wo war sie jetzt? Unter welchem Himmel? Wie nahe, wie fern? Wieviel Zeit blieb ihm noch, sich auf ihre Rückkehr vorzubereiten, sie zu empfangen und willkommen zu heißen – und was man weiß Gott sonst noch alles mit rettenden Engeln anstellt?

Der Verkehr, der auf der Küstenstraße herrschte, war so laut, daß er Cisilia nicht hatte kommen hören; zudem ging sie barfuß, erst als sie ihn an der Hand nahm, merkte er ihre Gegenwart. Ihre Hand fühlte sich so rauh an, als hätte sie von Geburt an Steine gestreichelt.

Ich geh mit dir, sagte sie.

Das geht nicht.

Warum?

Weil der Affe einen Doktor braucht.

Sie schaute ihn an, als wäre er verrückt geworden. Dann klopfte sie an den Eimer, lachte und sagte: Schöner Eimer!

Du kannst nicht mitkommen, sagte er.

Ich kann.

Klammerte sich an seine Hand, zog ihn weiter …

Warum machst du nicht Mama zu deiner Frau? fragte sie.

Hab schon eine Frau.

Habt ihr ein Mädchen als Kind?

Nein, sagte er.

Warum nicht mich?

Weil du schon eine Mama hast, sagte er.

Sie boxte ihn, wo sie ihn erwischte.

Au, sagte er, ein paarmal.

Sie hörte nicht auf, bis er sie an sich zog und die Arme um sie legte.

Es wird alles gut, sagte er, glaubte sich kein Wort.

Gefällt dir der Affe besser?

Wir können Freunde werden und alles, sagte er.

Nimm mich mit! No Problem!

Ich glaube, deine Mama wäre traurig, wenn ich dich mitnehmen würde, sagte er. Die alte Lüge.

Mama sagt, da hast du. Meine Tochter. Mein Geschenk. Komm, wir kaufen etwas für Cisilia!

Was?

Alles!

So viel Geld hab ich nicht, sagte er.

Warum? Du bist weiß! Meine Mama braucht ein Haus. Dein Haus, so schön, sagte sie.

Schwieg, als eine protzige Taxilimousine neben ihnen abbremste. Hinterm Steuer Mr Hominy, grinsend unter seinem vergilbten Kopfverband.

Es gilt hier als Zeichen von Armut, zu Fuß zu gehen, sagte er. Steigen Sie ein, Mr Ostrander! Sie wollen sicher zum Hafen, zur Fähre. Alle Leute wollen zum Hafen, zur Fähre. Warum nicht auch Sie, Mr Ostrander? Kommen Sie, steigen Sie ein!

Kein Geld, sagte er.

Kein Problem, sagte der Fahrer. Heute umsonst.

Warum so wohltätig?

Wir nehmen und geben, Mr Ostrander! Außerdem hab ich heute meinen guten Tag. Er lehnte sich übern Sitz, stieß die Wagentür auf.

Go! rief Cisilia, go!

Bückte sich und hob einen Stein auf, mit dem sie auf die Karosserie einschlug, eine Schramme im Lack, eine Narbe im Blech. Das Geräusch verwandelte Mr Hominy in ein brüllendes Ungeheuer. Er sprang aus dem Wagen, packte Cisilia, schmiß sie auf die Straße, trat nach ihr, spuckte zwischen Worten und Schreien.

Als er dazwischenging, traf ein Tritt den Eimer, so hart, daß er ihm beinahe aus der Hand gerissen worden wäre; nach einer Schrecksekunde begann das Äffchen zu scharren und Laute von sich zu geben, als würde es das Weinen lernen. Cisilia lag zusammengekrümmt auf dem Asphalt und zuckte mit den nackten Beinen, als würde sie versuchen, im Liegen davonzulaufen.

Das ist ein Kind, du Arschloch, sagte er, ein gottverdammtes Kind.

Als er das gesagt hatte, wurde es still und weiß in seinem Kopf, eine Spanne Zeit, in der es ihm gelang, in die Sonne zu sehen, ins offene Feuer, und der Zorn war wie ein süßes Gift, von dem er nicht genug bekam. Und als er den Eimer abgestellt hatte, bewegten sich seine Arme und Beine wie von selbst. Er zählte die Schläge und Tritte, nur damit er sich in der Gewalt hatte und sich nicht verlor in der Brandung des Bluts. Es kostete ihn fast mehr Kraft, als er hatte, den Mann rücklings auf die Kühlerhaube zu drücken und seinen Kopf auf das Blech zu donnern, bis er sich nicht mehr wehrte. Dann ließ er ihn los und sah zu, wie er mit einem wunderbar häßlichen Geräusch über die Kühlerhaube rutschte und auf den Asphalt fiel, wo er liegenblieb und ungläubig seinen Kopfverband betastete.

Lassen Sie uns ins Hospital fahren, Mr Ostrander, sagte er.

Cisilia verschränkte ihre Arme hinter seinem Nacken, als er sie aufhob und neben dem Eimer mit dem Äffchen absetzte.

Schlaf ein bißchen, sagte er.

Nein, sagte sie.

Tut dir was weh?

Sie weinte, schlug sich ins Gesicht.

Hast du dir wehgetan?

Sie nickte.

Ich bring dich zu Dr Chalie, sagte er.

Bin kein Affe, sagte sie.

In Ordnung, sagte er, bist du nicht!

Er nahm sie wieder hoch, setzte sie auf seine Hüfte, trug sie ein Stück, wußte nicht, was schwerer war, sie oder das Äffchen.

Hast du ihm wehgetan? fragte Cisilia.

Ich glaube schon, sagte er.

Ist er tot?

So schnell ist niemand tot, sagte er.

Warum?

Keine Ahnung, sagte er. Ich weiß es wirklich nicht.

Er hat alle.

Was alle?

Alle Mädchen. Kauft sie. Für Hotel.

Du meinst, für Touristen?

Sie sah ihn an, als würde sie das Wort nicht kennen.

Für Männer, sagte sie.

Am Busterminal tanzte ein weißer Schmetterling in den Abgasschwaden. Ein gefesseltes Schwein lag auf der Ladefläche eines Pick-up-Trucks und briet in der sengenden Sonne. Es gab ein paar Bretterbuden, wo Getränke und Proviant an die Reisenden verkauft wurden, die unterwegs in die Dörfer waren, dazwischen Marktstände mit Geschirr, Gewürzen und Plastiksäckchen mit keimfreiem Wasser; neben einer Baracke, die als Abort diente, einen Stand mit Süßigkeiten, der farbigste von allen. Als er Cisilias sehnsüchtigen Blick bemerkte, gab er ihr an Geld, was er in seinen Hosentaschen fand, und als sie dann losging, stolz, zitternd, voller Sehnsucht nach Betäubung, hatte er das Gefühl, als ahnte sie bereits, daß er sie hier zurücklassen würde, und als sie sich noch einmal nach ihm umdrehte, wie um sich zu vergewissern, daß die Freundlichkeit der Welt noch eine Sekunde länger andauerte, war ihm, als würde ihm die Haut von der Seele gezogen, und das Schrappen der staubstarren Palmwedel, das der Wind manchmal über den Platz wehte, klang wie knöcherner Applaus. Plötzlich wünschte er sich Regen. Regen ins Gesicht, in die Augen, auf die

Zunge. Wände aus Wasser. Reißende Flüsse zwischen ihm und ihr. Fast hätte er geheult. Die Märchen waren für Riesen gemacht.

Ein paar Sekunden lang schaute er Cisilia noch zu, wie sie an den Vitrinen entlangging und sich eine große Tüte zusammengeklebter Bonbons kaufte, die aus den Gläsern gekratzt werden mußten. Sein Abschiedsblick.

In tausend Jahren würde sie ihm vielleicht verzeihen, dachte er. Und als er sich nach hundert Schritten oder hundert Jahren umdrehte und noch einmal zurückblickte, sah er, daß sie von anderen Kindern umringt war, die sich mit Cisilia um die Tüte mit den Süßigkeiten rauften.

Von nun an würde er zu den vielen Verschwundenen gehören, denen sie in ihrem kurzen Leben begegnet war.

Das Tor stand weit offen. Auf dem buckligen Rasen im Innenhof parkte ein graugestrichener Bus mit vergitterten Fenstern und verspiegelten Scheiben.

Als er das Hospital betrat, geriet er mitten in eine Visite, die Dr Chalie an Männern und Frauen vornahm, die in Reih und Glied an den Wänden des Korridors standen, von Soldaten bewacht, die losbrüllten, sobald sich jemand auch nur im geringsten bewegte. Als sie auf ihn aufmerksam wurden, ließen sie von ihnen ab, liefen zu ihm und stießen ihn an die Wand. Er witterte Gefängnisgeruch, diesen Geruch nach ranzigem Talg und kotiger Wäsche, den er so gut kannte. Einer der Soldaten wollte wissen, was er da im Eimer habe, und er zeigte ihm das Äffchen, das die Augen offen hatte und sich nicht rührte. Patient, sagte er und stellte den Eimer zwischen seinen Beinen ab, hob, wie entgegenkommend, die Arme, schaute zur Decke und tat, als sei die Farbe seiner Haut Schutz genug.

Trotzdem dauerte es eine gefühlte Ewigkeit, bis Dr Chalie auf ihn aufmerksam wurde, die Visite unterbrach und zu ihm kam. Er zeigte zur Decke und sagte, glauben Sie mir, dort oben ist niemand! Dann nahm er ihn am Arm und führte ihn an einer Reihe weiblicher Häftlinge vorbei, die etwas abgesondert standen, noch schlimmer zugerichtet, als die Männer es waren, ihre Gesichter wie zerrissen. Er schlug die Augen nieder, als er an ihnen vorbeiging, den scharfen Geruch der Körper einatmete, der eine Art Panik in ihm erzeugte. Er spürte, er war Zeuge von etwas geworden war, dessen Anblick nicht für ihn bestimmt gewesen war.

Er wurde von Dr Chalie in das Kabuff geführt, das ihm als Behandlungszimmer diente und in dem er, laut Helen, in einem Anfall männlicher Schwäche die Grenzen des Anstands hinter sich gelassen hatte. Schon möglich, daß Wahrheit und Wirklichkeit immer wieder neu erfunden werden mußten. So wie jeder Traum einen Schatten in der Erinnerung hinterläßt, so hinterläßt jedes Wort, das um die Lüge kreist, ein Echo des Schweigens.

Sie haben sich einen denkbar ungünstigen Zeitpunkt für die Begutachtung Ihrer Wehwehchen gewählt, sagte Dr Chalie.

Am liebsten wäre ich gar nicht gekommen, sagte er.

Was haben Sie da im Eimer?

Ein Äffchen, sagte er.

Und deswegen sind Sie zu mir gekommen?

Nein, sagte er, auch wegen mir.

Ich werde da draußen gebraucht, sagte Dr Chalie. Warten Sie hier, bis ich fertig bin!

Ließ ihn zurück, ohne ihm Platz angeboten zu haben.

Als der Doktor den Raum verlassen hatte, beobachtete er durch den Türspalt, was sich draußen im Korridor abspielte, sah, wie Dr Chalie die Reihen der Männer und Frauen entlangging, so langsam, daß er sich manchmal kaum zu bewegen schien. Vor jeder Person blieb er einen Moment stehen und notierte, nachdem er sie gemustert hatte, etwas in eine Kladde. Er sagte nichts zu den Leuten, auch dann nicht, wenn ihn jemand anflehte, ihm zu helfen, schrie oder weinte und unter den Schlägen seiner Bewacher umfiel und in den Pfützen und Rinnsalen liegenblieb, die sich am Boden gebildet hatten. Jedesmal wartete Dr Chalie geduldig und höflich, bis man den Betreffenden wieder auf die Beine gestellt hatte, um dann mit der Untersuchung fortzufahren. Am Ende der Visite erstattete er dem ranghöchsten Offizier Meldung und händigte ihm die Kladde aus.

Nachdem die Patienten von den Soldaten hinausgetrieben und in den Bus verfrachtet worden waren, kam Dr Chalie wieder herein, wusch sich die Hände in einer Emailleschüssel mit Seifenwasser.

Mir scheint, Ihr Gott paßt nicht richtig auf Sie auf, sagte er, sein Arztkittel schweißnaß; er zupfte an ihm herum, sagte: So ähnlich muß Ihr Jesus unterm Kreuz geschwitzt haben. Warum sagen Sie nichts?

Was soll ich sagen?

Tun Sie sich keinen Zwang an!

Warum dieser Aufmarsch?

Sie wollen das wirklich wissen?

Er nickte.

Sagen wir, ich bin im Moment als Geburtshelfer eines demokratischen Rechtsstaats auf Basis internationaler Entwicklungshilfe tätig. Leider hören die Wehen nicht auf. Steißgeburt per Kaiserschnitt.

Und was verstehe ich nicht?

Die Unruhen sind niedergeschlagen. Und was Sie da gesehen haben, sind die Niedergeschlagenen der Unruhen. Sie haben sicher selbst bemerkt, daß die Betreffenden nicht nur seelisch, sondern auch körperlich niedergeschlagen waren – und nicht nur das: Man hat sie mißhandelt, man hat sie gefoltert. Ein starker Staat braucht Platz in der Welt, braucht Rüstungsimporte und menschenverachtenden Tourismus. Was Sie da draußen gesehen haben, waren die Reste der intellektuellen Opposition. Leider ist die Sklaverei abgeschafft, so bleibt nur der Kerker. Aber auch das nur, falls die Person die Folter überlebt und sich der Rest zusammenflicken läßt.

Und was machen Sie mit ihnen?

Ich mache sie wieder haftfähig, sagte Dr Chalie. Der ewige Kreislauf, Sie verstehen?

Dann sagte er: Und jetzt verraten Sie mir endlich, was Sie da in Ihrem Eimer haben? Tragen Sie etwa Ihre Tränen spazieren?

Ein Affenbaby, sagte er. Ganz klein. Man hat ihm die Hände abgehackt.

Also ein animalischer Oppositioneller, sagte Dr Chalie. Leider bin ich kein Veterinär, Mr Ostrander.

Ich dachte nur, sagte er.

Was dachten Sie?

Daß Sie dem Leiden ein Ende bereiten könnten. Aber das klingt arg biblisch, merke ich gerade.

Haben Sie Schmerzen? Tut Ihnen etwas weh? Sind Sie sicher, daß Sie überhaupt etwas fühlen?

Ja, irgendwie schon, sagte er, klopfte sachte an den Eimer. Nichts rührte sich.

Dr Chalie zeigte auf das Moskitonetz. Tun Sie das weg!

Das Äffchen hob nicht einmal den Kopf, als Dr Chalie es musterte. Zusammengekrümmt hockte es in einer Lache aus Urin, hatte Kot im Fell. Die Armstümpfe glänzten jetzt plötzlich roh und naß.

Tut mir leid, sagte Dr Chalie, deckte den Eimer wieder mit dem Moskitonetz zu. Ich brauche meine Medikamente für meine Patienten.

Verstehe, sagte er.

Ist nichts persönliches, sagte Dr Chalie.

Stellen Sie sich vor, Sie oder ich wären dieser Affe?

Warum soll ich mir das vorstellen?

Damit wir uns besser kennenlernen, sagte er.

Sie sind ein großartiges Arschloch, wissen Sie das? sagte Dr Chalie.

War das eine Diagnose?

Dr Chalie lachte, hörte im nächsten Augenblick damit auf.

Draußen vor der Tür war alles ruhig und still. Er konnte die Hose herunterlassen, aber er konnte Dr Chalie nicht zwingen, ihn zu untersuchen. Dr Chalie würde sagen, wie oft noch?

Gibt da ein kleines Mädchen, heißt Cisilia. Kennen Sie es?

Haben Sie es mit Kindern? fragte Dr Chalie.

Scheiße, nein, sagte er.

Der Arzt sah ihn fragend an.

Cisilia ist ein Straßenkind, sagte er.

Der Abfall dieser Leute, sagte Dr Chalie, sind ihre Kinder.

Vorsicht, sonst fange ich an, Sie zu mögen, sagte er. Dachte Cisilias Bild rückwärts, bis sie wieder dort stand, wo er sie verlassen hatte: vor den Vitrinen mit Süßigkeiten am Busbahnhof. Von anderen, dachte er in einer Anwandlung von Trotz, hatte sie noch weniger bekommen. Dann sprangen die Bilder durcheinander, und am Ende seiner Vorstellung saß sie in den Dünen und aß Vogelkot und trank Milch aus den Zitzen einer Äffin, die ihr Kind verloren hatte. Übrigens, meine Frau kommt zurück, sagte er.

Dann, sagte Dr Chalie, ist sie hoffentlich nicht vergeblich genesen. Dann öffnete er die Tür zum Korridor und winkte ihm zu gehen.

Der Korridor, leer, ein Schacht, durch den trübe waberndes Licht floß, so düster, als hätten die Häftlinge ihre Schatten abgestreift und zurückgelassen. Ein paar einheimische Frauen waren mit Wischmops zugange, nahmen die Lachen vom Boden auf.

Der Gefangenentransporter war weggefahren, und die Staubfahne, die er hinterlassen hatte, hing noch in der Luft, ein durchscheinender Vorhang, der sich zwischen den Torflügeln verfangen hatte. Er schloß die Augen und ging hindurch. Ging, ohne wirklich zu spüren, daß er sich vorwärts bewegte, trug den Eimer mit dem Äffchen.

In einer Passage mit von rostschorfigen Rolläden verbarrikadierten Magazinen, kamen ihm die Kinder entgegen. Die Welt viel zu klein, wenn man im falschen

Leben war, dachte er, als der Anführer auf ihn zulief und mit seinem Buschmesser im Moskitonetz stocherte, so daß es noch mehr verrutschte. Dann machte er die Bewegung des Kopfabschneidens. Essen, gut! sagte er und lächelte, als wäre er vom Lächeln und vom Hungern gleichermaßen erschöpft, als ginge es über seine Kräfte, zu lächeln und gleichzeitig freundlich zu sein.

Er versuchte, keine Angst zu zeigen, ging einfach weiter, trug den Eimer vorm Bauch, eine Trommel aus Plastik.

Einen Moment später stand Cisilia vor ihm, versperrte ihm den Weg mit ausgebreiteten Armen, machte Bewegungen, als wären es Flügel. Dünner konnten Knochen kaum sein, als es ihre Ärmchen waren. Mit einer ungelenken, dennoch geübt wirkenden Bewegung, zog sie ihre Shorts bis zu den Kniekehlen herunter und reckte ihm ihr Hinterteil entgegen, schaute über die Schulter und verdrehte die Augen. Als er sich nicht bewegte, ließ sie sich umfallen, kroch auf allen Vieren davon und heulte wie ein gefoltertes Tier.

Dann war der Anführer wieder da. Schau! Blätterte durch einen Stapel Fotos, nannte den Preis, immerzu den gleichen Preis, egal, was das Foto zeigte, und während er ihm zusah, hatte er das Gefühl, auf dem einen oder anderen Foto Assumpta zu erkennen, Teile von ihr, bruchstückhaft, als wäre ihr Körper in Stücke zerlegt worden. Dazwischen ein Foto, das Cisilia zeigte, nackt zwischen zwei Männern, ihre Gesichter hinter grobgeschnitzten Masken, wie sie die Straßenhändler den Touristen als Souvenirs verkauften. Sie trug eine Halskette, auf der ein Gebiß und zwei haarige Klauen aufgefädelt waren.

Gut? Der Junge.

Er sagte nichts, schwieg, als hätte er alle Worte verloren. Auch solche, die gelogen gewesen wären. Weil es die Wahrheit war. Der letzte Dreck. Der Junge hängte sich bei ihm ein, bewegte sich wie eine Frau, aber das war schon Spiel, ein Trost. Los, kommt!

Schweiß in den Augen und überall, als sie ihn zu einer Bude am Hafen schleppten, wo man Rum aus orangegelben Plastikbottichen ausschenkte. Er ließ einen Kanister abfüllen und gab ihn dem Jungen, sah zu, wie er trank und trank, heulend vor Freude, trank, bis er umfiel, wie gefällt, konvulsivisch kotzte. Dann tranken die anderen. Cisilia kam als letzte an die Reihe. Fast hätte sie Hilfe gebraucht, es fiel ihr schwer, den Kanister zu stemmen. Aber sie schaffte es und trank, zuckend, als würde sie bei jedem Schluck ein Peitschenhieb treffen. Und er sah ihr zu und verachtete sich für seine Hilflosigkeit. Hätte bloß die Hand nach ihr ausstrecken brauchen, ihren Namen sagen …

Es war ihm beinahe eine willkommene Ablenkung, als das Äffchen im Eimer zu rumoren begann; so laut war es noch nie gewesen. Cisilia goß einen Schwall Schnaps durchs Netz in den Eimer, lachte und lachte, traurig, lustig, lauter, als das Äffchen schrie, und plötzlich weinte sie, Perlen aus reinem Wasser, denen die Sonne nichts anhaben konnte. Er wagte es nicht, sie zu berühren, wagte es nicht, ihr auch nur ein Zeichen zu geben, daß er sie verstand und schuld daran war, daß er sie verstand in diesem kleinen Krieg um den nächsten Augenblick. Wahrscheinlich wußte sie besser als er, daß sie verloren war, verloren nicht nur jetzt und hier, sondern verloren für immer, eine Blume aus Fleisch und Blut, auf die man die grauen Steine der Erinnerung wälzt.

Cisilia spie Rotz und Wasser, als sie den Kanister abstellte, ging rückwärts, ging in die Hocke und fiel auf den Rücken. Ich werde wiederkommen. Sie schaute ihn nicht einmal an, sagte nur, du nicht! Du nicht, sagte sie. Ein betrunkenes Kind.

Er würde es nie wiedersehn.

Würde es niemals vergessen.

Nichts brachte ihn zu Fall, nichts. Als ihn der Meerwind anfiel, fühlte er sich, als hätte er ein Gebirge aus schwarzen Wolken durchwandert, in dem kleine Kinder verlorengingen, wie Engel in der Hölle, wenn man den Alten Meistern glauben durfte, die sie gemalt und besungen hatten. Er versuchte, sich damit zu trösten, daß es nicht ihr erster Abschied gewesen war.

Etwas wie Neid erfüllte ihn, und er wäre am liebsten für eine lange Sekunde selbst betrunken gewesen, hatte lange genug mit seinem Leben gespielt, hatte manchmal sogar gespielt, am Leben zu sein, wenn der Alkohol durch seine Muskeln floß, eine süße Verätzung.

Wie fühlst du dich?

Ich fühle mich nicht!

Ist das gut oder schlecht?

Hauptsache, egal!

Schon von weitem sah er, daß im Hafenbecken ein turmhohes Containerschiff vor Anker gegangen war und den Kai mit farbigen Würfeln zierte. Und versunken in den fremdartigen, fast friedvollen Anblick, dachte er: Bloß keine Toten! Schöne Scheiße, wenn sie plötzlich an den Stränden lägen und nicht schnell genug verwesten zwischen Ebbe und Flut. Sollen es wirklich die Affen sein, welche die Seelen der Menschen zu Gott tragen?

Auf dem Hafengelände Menschen, Tiere, der Geruch nach Palmöl und Dörrfisch. Er besorgte sich ein Ticket für die Fähre, und bei einem fliegenden Händler kaufte er einen Zellophanbeutel Wasser, riß ihn mit den Zähnen auf und goß einen Schwall in den Eimer, um dem Äffchen Linderung zu verschaffen. Ein Pärchen tanzte zwischen Koffern und Bündeln, wild und sich alles abverlangend, küßte sich und schwitzte, und als sie sich dann um den Hals fielen, bemerkte er, daß die Frau eine Beinprothese trug, die ihr bis zum Knie reichte und schwarz angestrichen war.

Als die Fähre angelegt hatte, war er an Bord gegangen. An Deck waren alle Schattenplätze bereits von anderen Passagieren in Beschlag genommen, so daß ihm nichts anderes übrig blieb, als den Passagierraum unter Deck aufzusuchen. Dort hatte er sich an ein offenes Bullauge gesetzt, hatte den Eimer zwischen seine Beine gestellt und zu dem Äffchen gesagt, gleich sind wir da. Wenig später war die Fähre ausgelaufen, hatte Fahrt aufgenommen und den Bug Richtung Festland geschwenkt. Er saß da und spürte seinen Schweiß, der ihn wie eine zweite Haut umhüllte. Als es dann, weiter draußen, flockige Gischt gegen die Bullaugen wehte, bückte er sich zum Eimer hinunter, zupfte am Moskitonetz und versuchte, durch die Maschen zu blicken. Er kippte den Eimer um und rüttelte ihn sachte, hörte ein Kratzen, das sofort aufhörte, als er an die Eimerwand klopfte. Die ganze Zeit wußte er nicht, welche Laute er von sich geben sollte, denn was sagt man zu einem Äffchen, das noch ein Baby ist und dem man beide Hände abgehackt hat.

Er wußte es nicht.

Schließlich hielt er es nicht mehr aus und ging an Deck, atmete den Wind. Er trug den Eimer nach hinten, wo sich seekranke Passagiere an der Reling festklammerten und die Fische mit Erbrochenem fütterten. Tief unter ihm die Schiffsschraube, das Wasser aufwühlend und eine endlos scheinende Spur von Netzfetzen, Müllsäcken und Styroporbrocken hinterlassend, die winzigen, zersplitterten Eisbergen glichen. Er stellte den Eimer auf der Reling ab, ließ los, noch während er daran dachte, bis drei zu zählen, verschränkte die Arme im Nacken und versuchte, nicht zu fallen, nicht zu fliegen. Der Eimer hatte sich ein paarmal gedreht, war aufgeschlagen, untergegangen, sein Inhalt versunken, hinab in tiefste Nacht, zwischen die Glutsäulen unterseeischer Vulkane, wo noch niemand gewesen war.

Eine Weile hatte er noch versucht, sich frei und leicht zu fühlen, doch als dann die Küstenlinie des Festlands mit ihren Bürotürmen und Apartmentblöcken an der von einer Phalanx aus Palmen begrünten Waterfront in Sicht kam, kehrte seine Verzweiflung mit unvorstellbarer Wucht zurück.

V.

FLY TO THE MOON

An Land suchte er sich einen Weg zwischen patrouillierenden Humvees und Planierraupen, die irgendwelche Ruinen einebneten. Es wurde nicht mehr geschossen, die Straßen waren belebt, in der Luft ein Geruch, als wäre ein Krematorium explodiert. Keine Ziegen. *Die Unruhen sind niedergeschlagen. Die Freiheit schreitet unerbittlich voran.* Daran, daß er von keinem der Taxis, die vorbeifuhren, angehupt wurde, merkte er, wie verwahrlost er wirken mußte. Als er eine Shopping Mall betreten wollte, um sich in einer Toilette in Ordnung zu bringen, wurde ihm von der Security der Zutritt verwehrt, und ihm blieb nichts anderes übrig, als sich in einem nahegelegenen Park, versteckt im Schilfgürtel eines Teichs, zu erleichtern. Fliegen umkreisten ihn wie wild, er schlug immer seltener nach ihnen, schämte sich für das Aufsehen, das er erregte. Er hätte alles dafür gegeben, mit Helen telefonieren zu können, eine Minute hätte vollkommen genügt, selbst dann, wenn sie nichts gesagt hätte, wäre es schon schön gewesen, ihren Atem zu hören, zu wissen, daß sie irgendwo war, wo es keinen Blick auf die Erde gab. Durchaus vorstellbar, daß sie sich im Moment einen Liebesfilm im Bordkino anschaute und an ihre Hochzeit im Gefängnis dachte. Er konnte sich einbilden, ihre Stimme zu hören, ließ sie *Wo bist du?* zu ihm sagen und antwortete ihr im gleichen Atemzug mit ein paar Nettigkeiten, die seine Sehnsucht nach ihr nicht auszudrücken vermochten. Helen war sein rettender Engel, war, in seinen Vorstellungen, Erlöserin, Rächerin und was weiß Gott noch alles: Sie würde hier auf Erden landen und dreinfahren und den ganzen Scheiß teilen, wie Moses damals das Meer geteilt hatte, auch wenn er nicht mehr wußte, welches Meer es gewesen war. Seine größte Angst war, daß Helen ihm keinen Glauben schenken könnte, falls die Sprache auf Assumpta und Cisilia kommen würde. Aber auch das war im Grunde kein Problem, schließlich hatte sie Dr Chalie geküßt oder sich von Dr Chalie küssen lassen, je nachdem, ob sie sich auf halbem Weg entgegengekommen waren, egal aus welcher Richtung, egal aus welcher Entfernung.

Die Straße, die hinaus zum Flughafen führte, war in gutem Zustand, der Asphalt glänzte wie schwarzlakkiert. Plakatwände zeigten paradiesisch anmutende Bungalows, ins Blau zwischen Meer und Himmel montiert. Er ging die ganze Zeit auf dem Bankett, weil der Asphalt zuviel Hitze abstrahlte, seine Beine glühende, knirschende Säulen. Weiter draußen zwei, drei Fabrikhallen, Autosalons, planierte Lehmhütten und vermüllte Brachen. Am Horizont aschgraue Inseln, Reste von Wäldern. An einer Tankstelle kaufte er sich eine Cola, die warm war und bitter schmeckte, und während er trank, mußte er zugeben, daß er verloren war, wenn Helen nicht kam. Man würde ihn erschlagen und verscharren. Nicht einmal tanzen würde man auf seinem Grab. Dann ging er wieder hinaus in die Hitze, querte die Fahrbahn und pflückte ein Büschelchen Blumen am Mittelstreifen, Mitbringsel für Helen.

Sie rochen süß, wie mit Zuckerwasser gegossen. Aber die Hitze und der Schweiß seiner Hände brachten sie binnen kurzem zum Verwelken, und noch ehe er ankam, warf er sie weg. Er hatte jetzt jegliches Zeitgefühl verloren, und Helen redete nicht mehr zu ihm, wenn er an sie dachte oder sie etwas fragte, und dabei hätte er niemanden mehr gebraucht als sie: hier, eine Sekunde lang an seiner Seite. Aber hier und jetzt waren wie zwei verschiedene Dinge. Dann, endlich, kam der Tower in Sicht, dahinter der Airport, wie eine futuristische Rampe aus grünem Beton und golden blitzenden Glasfronten. Bollwerk der Zivilisation und Hort aller gebräuchlichen Kultur- und Hygienestandards, wo er Schutz und Zuflucht finden würde, Erquickung, Labsal und ein paar altertümlichere Wohltaten mehr. Waschbecken in den Toiletten und, vielleicht, ein Bier an der Bar, falls sein Geld dafür reichte. *Was wußte er schon? Daß er träumte? Er war der Mann einer Frau, die er nicht kannte. In seiner Hochzeitsnacht schliefen sie und träumten wie alle Menschen, und wenn er an sie dachte, dachte er an sie als ein klagendes Tier, das durch den Dreck auf den Straßen lief, und der Hund suchte nach ihr.*

Drinnen in der Halle überall junge Soldaten mit glänzenden Helmen und dunklen Gesichtern, die mit umgehängten MPs auf und ab patrouillierten, um dem von der Regierung verhängten Frieden Nachdruck zu verleihen. Nach seinem Gewaltmarsch fröstelte er in seinen naßgeschwitzten Kleidern, als er von der Klimaanlage heruntergekühlt wurde, ein Gefühl, schmerzhaft fast, das er als längst vergessen geglaubt hatte. Einen Moment lang war er richtiggehend stolz auf sich, weil er es geschafft hatte, allen Widrigkeiten zum Trotz, wie es so wohlklingend hieß, hier zu sein. Er stellte sich vor, wie es wäre, mit ausgebreiteten Armen eine Drehung um sich selbst zu machen, davonzufliegen. Morgen stehe ich auf dem Balkon und winke den Nachbarn aus Afrika. *Sie sind schon wieder zurück? Hat es Ihnen nicht gefallen?*

Helens Flug war bereits auf der Fallblattanzeigetafel gelistet, keine Verspätungsmeldung. Die Namen der Städte scrollten nach unten, verschwanden. So wie er und sein Name und alles von hier verschwinden würde.

Als erstes steuerte er die Toiletten an, wo er sich an einem der Waschbecken säuberte, den Schweiß aus den Haaren wusch. Dann bearbeitete er so gut es ging den kleinen Fleck im Schritt seiner Hose, eher eine Verfärbung, hielt sie eine Weile unter den Handfön, der Gott sei Dank funktionierte. Im Spiegel sah er ein übel verbranntes Gesicht, Haut, die sich schälte. Er nickte sich zu. Wie um sich zu erkennen.

Zurück in der Halle, setzte er sich in eine der hinteren Sitzreihen im Wartebereich. Wenn er nicht schlief oder träumte, beobachtete er die Leute an der Flughafenbar, die aßen und tranken, als hätten sie wirklich Hunger, wirklich Durst; er hätte gern zu ihnen gehört. Nach einer Weile hielt er es nicht mehr aus, stand auf und ging wieder ins WC, wo er Wasser aus der Leitung trank, hoffend, daß er es vertragen würde. Vorm Spiegel übte er ein Willkommensgesicht, damit Helen sich bei seinem Anblick nicht zu sehr erschrecken würde, war nicht mehr der Mann, den sie kannte. *Ich bin's! Du? Ja! Seit wann kennen wir uns und woher?*

Draußen setzte er sich wieder auf seinen Platz, schlief ein. Einmal träumte ihm, sein Name würde aufgerufen.

Mr Olav Ostrander!

Glauben Sie nicht auch, daß die Welt, die ganze Welt groß genug für Sie ist? Heimat ist eine Erfindung der Seßhaften. Möchten Sie nicht auch zu den Leuten gehören, die ihre Horizonte wechseln wie Unterhosen oder Zahnbürsten, grenzenlos unterwegs? Wenn es je ein Zurück gibt, dann nur in die falsche Richtung. Und hat es sich noch nicht bis zu Ihnen herumgesprochen, daß das Ende des Regenbogens exakt knapp einen Millimeter hinter Ihnen beginnt?

Er wachte auf, weil ihm jemand auf die Füße trat. Je länger er brauchte, um zu sich zu kommen, desto ungeduldiger wurde der Tretende.

Ticket! sagte der Soldat.

Ich warte auf meine Frau, sagte er.

Warte auf Frau, so so, sagte der Soldat. Paßport!

Er gab ihm seinen Paß, den der Soldat anfaßte wie etwas Erbeutetes. Dann blätterte er darin und lachte ungläubig, als er das Foto betrachtete. Sie bist du?

Er griff nach seinem Paß, aber der Soldat hielt ihn hoch über seinen Kopf und wedelte damit. Als er sich erhob, um ihn sich zu holen, wurde er zurück in den Sitz gestoßen.

Money! sagte der Soldat.

Er zeigte ihm leere Hände.

Kontrolle, sagte der Soldat.

Bitte, sagte er, ich warte hier auf meine Frau! Las ihm die Flugnummer vor. Zeigte ihm den Ehering an seinem Finger.

Okay, sagte der Soldat, setzte sich in den Sitz neben ihm. Frau Geld! Gut!

Geben Sie mir meinen Paß, sagte er.

Der Soldat schaute ihn nicht einmal an, er schaute auf den Ehering. Gold?

Stacheldraht, sagte er. Aber der Soldat verstand ihn nicht.

Und dann, unglaublich, wurde von einer Sekunde auf die andere angezeigt, daß die Maschine, mit der Helen kam, gelandet war, und er fühlte sich, als sei er in der Zeit einen riesigen Satz vorwärtsgesprungen und all die Stunden, die er hier verbracht hatte, seien in Wirklichkeit Tage gewesen. Und mit einem Mal hatte er Angst um Helen und hoffte mit allem Grimm seines Herzens, daß sie nicht kommen würde, auch nicht mit der nächsten Maschine. Nie.

Sie war unter den letzten Passagieren, die den Zoll passierten. Nach ein paar unbeholfen wirkenden Schritten blieb sie stehen und machte eine Bewegung, als wollte sie auf der Stelle umkehren, zurück in den Schutz der hinter ihr liegenden Welt, aber da war er schon aufgesprungen und hatte ihr zugewunken.

Du bleib da! sagte der Soldat.

Während er wartete und zusah, wie sie mit einem mit winzigen Sonnenbrillen gemusterten Trolley auf ihn zukam, fühlte er sich zum ersten Mal im Leben alt und schwach, hätte heulen mögen vor Rührung, schamlos glücklich. Der Soldat neben ihm schaute jetzt ebenfalls in Helens Richtung, sein Gesicht wie mit Schweineschmalz eingerieben.

Hallo, rief sie. Willkommen! Wo ist der rote Teppich?

Er winkte.

Brauchst du eine Gehhilfe? sagte sie, während er kaum glauben konnte, daß sie gekommen war, hier war, leibhaftig hier. Er verfluchte diesen Idioten in Uniform, der neben ihm stand und Helen anstarrte wie ein Stück Fleisch, das man melken konnte. Übrigens, du schaust furchtbar aus, sagte sie.

Ich weiß, sagte er.

Noch furchtbarer, sagte sie.

Schau mich nicht so an, sagte er.

Muß ich aber, sagte sie. Und weißt du, warum? Weil du dir nicht mehr ähnlich siehst.

Tut mir leid, sagte er. Es lief nicht gut.

Scheiß auf *Hidden Pearl Resort Company*, sagte sie.

Wir müssen machen, daß wir hier wegkommen, sagte er. Jetzt! Sofort! So schnell es geht! sagte er.

Frau Geld? sagte der Soldat.

Kein Geld, sagte er. Und zu Helen: Er hat meinen Paß, der Scheißkerl hat meinen Paß!

Was du sagst? sagte der Soldat, hielt die MP im Anschlag. Dann verfiel sein Gesicht, er salutierte und stand da wie ausgestopft.

Macht er Probleme? fragte der Police Officer, seine Stimme müde ob der Güte, die ihm abverlangt wurde.

Er hat meinen Paß kassiert, sagte er. Will Geld, wenn ich ihn zurückhaben möchte.

Armes Schwein, du, sagte der Police Officer zu dem Soldaten. Was machst du mit unseren Gästen? Da kommen diese Leute in unser Land und kaufen sich hier ein Haus und du?

Er zeigte sich besorgt und gab sich den Anschein, als stünden Helen und er unter seinem persönlichen Schutz. Dann sagte er: Das mit dem Geld verstehe ich, Geld braucht hier jeder. Je ärmer, desto mehr! Aber du? Du vergreifst dich an den Gästen dieses Landes!

Nach diesen Worten baute er sich vor dem Soldaten auf und ohrfeigte ihn vor allen Leuten, schlug so wuchtig zu, daß dem Soldaten der Kinnriemen aufsprang und der Helm verrutschte. Dann ließ sich der Police Officer den Paß aushändigen, blätterte wie nebenbei durch die Seiten und besah sich die Stempel. Obwohl er in Zivil war, einen schwarzen, seidig schillernden Trainingsanzug, der ihm viel zu weit war, und weißgelbe Turnschuhe mit klobiger Sohle trug, wirkte er immer noch militärisch.

Du hast Glück, daß Police Officer Gakee heute nicht im Dienst ist, sagte er zu dem Soldaten. Hat deine Mutter etwas zu essen?

Der Soldat nickte.

Hat dein Vater Arbeit?

Nein, Sir!

Fickt er deine Schwester?

Ich weiß nicht, Sir!

Geht es dir gut?

Kein Geld! sagte der Soldat.

Aber wir müssen leben, sagte der Police Officer. Müssen, ob wir wollen oder nicht. Irgendwie, existieren. So lange, bis sogar solche Leute begreifen, daß wir gewisse Nöte haben.

Sir?

Maul, du Arschloch!

Der Police Officer gab dem Soldaten einen Tritt, daß er rücklings ins Gestühl krachte, wo er knurrend vor Schmerz und Scham liegenblieb und etwas in seiner Sprache rief, vielleicht nach seiner Mutter. Dann legte er die MP auf seinen Bauch, hob die Hände wie zum Gebet, während ihm der Police Officer noch ein paarmal in die Rippen trat.

Genug, sagte Helen, ich glaube, es ist genug. Olav, er soll aufhören!

Sie verstummte, als Dr Chalie mit einer Art Verbeugung neben dem Soldaten niederkniete und ihn vor weiteren Schlägen und Tritten in Schutz nahm, indem er ihn abzutasten begann. Bitte, Sir, sagte er, ich bin heute nicht im Dienst! Also machen Sie mir bitte keine Probleme! Probleme habe ich genug gehabt!

Schön, daß Sie kommen konnten, sagte Helen.

Sie wissen, ich helfe, wo ich kann. Dann schwieg er, denn der Police Officer hatte ihm eine Hand in den Nacken gelegt, ein fleischiges, behaartes Ding.

Helen trug jetzt eine beinahe kleidsam wirkende Augenklappe, neu und aus weißem, feinem Gewebe, von einer fast keck wirkenden Goldborte eingefaßt. Irgendwie hatte er das Gefühl, sie könnte hindurchsehen. Durch Tag und Nacht, Haut und Knochen. Bis ins Herz.

Warum, sagte der Police Officer, gehen wir nicht an die Bar zu Mr Moses? Erteilte dem Soldaten in seiner Sprache einen Befehl.

Der Soldat stand auf und zog Helens Trolley an die Bar, wo er demütig herumstand, bis er vom Police Officer weggewunken wurde.

Mr Moses saß an einem der Tischchen, hatte einen Aktenordner vor sich liegen. Sie sagten Hallo, holten sich Stühle von den Nebentischen. Im TV spielten Äffchen Fußball. Vielleicht waren es aber auch gar keine

Äffchen. Es gab Kreuze statt Tore, die man treffen mußte. Aber das spielte keine Rolle.

Da sind Sie ja! sagte Mr Moses.

Sie mußten ein bißchen zusammenrücken, um alle Platz an dem Tischchen zu finden. Als sie alle saßen, sagte der Police Officer: Was trinken wir? Bier für alle?

Ich trinke keinen Alkohol, sagte Dr Chalie.

Einmal im Leben, sagte der Police Officer. Heute?

Dr Chalie lächelte höflich. Nein, danke, sagte er.

Haben Sie soviel Angst vor Ihrem Gott?

Gott hat Angst um mich, sagte Dr Chalie.

Ich liebe es, ein Sünder zu sein, sagte der Police Officer.

Als die Getränke kamen, mußten sie noch enger zusammenrücken, hatten kaum Platz, Flaschen und Pappbecher neben Mr Moses' aufgeklapptem Aktenordner abzustellen. Ihr Zusammensein hatte Ähnlichkeit mit einer netten, langweiligen Party, bei der niemand so recht wußte, ob jemand verabschiedet oder willkommen geheißen werden sollte. Als das Schweigen immer länger dauerte, malte der Police Officer Dr Chalie mit Bierschaum einen Schnurrbart unter die Nase, und Dr Chalie stand auf und ging, um ihn sich in der Toilette abzuwaschen.

Trinken wir! sagte der Police Officer.

Ich trinke nicht auf Befehl, sagte Helen.

Ihr Problem, sagte der Police Officer und trank. Und Sie, Mr Ostrander?

Ich trinke freiwillig, sagte er.

O Gott, wir alle hier werden ein glückliches Ende finden, sagte der Police Officer, Schaum in der Kehle.

Er machte es ihm nach, wie im Reflex, nahm einen Schluck, dann noch einen, hörte erst auf, als ihm Helen unterm Tisch beschwichtigend eine Hand auf den Schenkel legte, was sehr schön war und sich gut anfühlte, tröstlich fast. Als sie den Druck verstärkte, küßte er sie auf die Wange und hoffte, seine Lippen wären nicht zu naß, küßte sie vor allen Leuten, auch vor ihr und vor sich.

Wie war der Flug? fragte Mr Moses.

Ich glaube, ich hätte auch blind hierhergefunden, sagte Helen.

Lassen Sie das bloß nicht Dr Chalie hören, sagte Mr Moses. Sonst wäre alles, was er für Sie getan hat, umsonst gewesen.

Er blätterte in seinem mitgebrachten Aktenordner. Dann kam Dr Chalie zurück, sein Bart gekräuselter als vorher.

Sie sehen gut aus, Ms Ostrander! sagte er. Schön verheilt.

War das ein Kompliment? fragte sie.

Sagen wir, eine sympathiegesteuerte Ferndiagnose, sagte Dr Chalie.

Reden Sie keinen Scheiß, sagte er zu Dr Chalie.

Olav, sagte Helen.

Mr Ostrander hat recht, sagte Mr Moses. Die Zeit läuft uns davon. Und Sie, sehe ich, wollen uns ebenfalls davonlaufen, wollen fliehen, flüchten, verreisen. Fangen wir endlich an!

Leeres Gerede, endlose Meter. Abspulen von Höflichkeiten und Kriegserklärungen. Kampfhandlungen ungewiß. Es war sehr schön, neben Helen zu sitzen und zu spüren, daß Fleisch und Blut eine Erfindung der Sehnsucht war. *Träume, zu erwachen!* Sie kriegen, was Sie verlangen, hörte er sie sagen, und es klang wie: *Sie kriegen, was Sie verdienen.*

Der Police Officer klatschte auffordernd in die Hände. Es hörte sich an wie ein Knall, und alle Leute ringsum duckten sich. Sein Gesicht blauer kalter Teig, als er sagte: Haben Sie wirklich gedacht, Sie kommen einfach so davon?

Sie sagten nichts, saßen da, hörten zu, tranken sogar einen Schluck.

Sie kaufen ein Haus und wollen es nicht bezahlen?

Sie sagten wieder nichts, und der Police Officer fragte: Macht man das so?

Redete weiter. Sie leben in diesem Haus und wollen nicht bezahlen?

Sind wir Ihre Gefangenen? sagte Helen.

Die Wahrheit, sagte der Police Officer, die Wahrheit muß man lernen.

Dafür, sagte sie, reiche die Zeit nicht!

Und sie ließ es sich nicht nehmen, die Anwesenden daran zu erinnern, welche Staatsangehörigkeit sie besitze. Schon ihre Nationalität allein müsse genügen, sich frei bewegen zu können. Immer und überall und auf der ganzen Welt. Wann sie wolle und wo sie wolle. Egal, wohin. Zum Beispiel jetzt Richtung Abflugterminal. Und zwar in Begleitung ihres Partners.

Für einen Augenblick rollten rosa Zähne über ihre Lippen.

Fertig? sagte Mr Moses.

Sie sind dran, sagte sie.

Hier, sagte er, steht, daß Mr und Ms Ostrander der Maklerfirma *Hidden Pearl Resort Company* die vertraglich vereinbarte Vermittlungsprovision zuzüglich einer Monatsmiete für die Benutzung des zum Erwerb beabsichtigten Objekts vor Zustandekommen des Kaufvertrages sowie die Kosten für die Renovierung der benutzten Liegenschaft schulden.

Er nahm das Blatt Papier aus dem Ordner, legte es vor ihnen auf den Tisch.

Dieses Dokument, fuhr er fort, beinhaltet eine Auflistung Ihrer Schulden wie folgt: 1. Kaufvertragsrücktrittsentschädigung; 2. Erstattung der vertraglich fixierten Prozente für erfolgte Maklertätigkeit; 3. Mietkosten plus Kautionsanteil; 4. Instandsetzung diverser baulicher Schäden durch unsachgemäßen Gebrauch (zum Beispiel: Swimmingpool und Badezimmer). Sie verstehen, daß die Liegenschaft nicht mehr als neuwertig an künftige Interessenten verkauft werden kann.

Helen legte einen Zettel auf das Tischchen und sagte: Beleg der Bank, daß die Kaufsumme auf Mr Kuttus Konto transferiert wurde.

Mr Moses sagte, Mr Kuttu sei nicht auffindbar, ein Gegenbeweis momentan also nicht möglich.

Sie sagte: Sie kriegen Ihr Geld! Scheiß drauf, Sie kriegen Ihr verdammtes Geld! Scheiß auf Land und Leute!

Helen, sagte er.

Helen, ahmte sie ihn nach.

Mr Moses reichte ihr ein Blatt aus seinem Ordner, aber sie schaute es nicht einmal an, sondern knüllte es zu einem Bällchen zusammen und warf es ihm an den Kopf.

Helen, sagte er wieder.

Ich weiß, wie ich heiße, sagte sie.

Ms Ostrander, sagte Dr Chalie.

Ich weiß, wie ich heiße, wiederholte sie.

Heben Sie das auf, sagte Mr Moses.

Olav, sagte sie, als er sich nach dem Papierbällchen bückte; es war weggerollt, zu weit, um es von seinem Platz aus erreichen zu können. Es blieb ihm nicht erspart, aufzustehen. Er ging einen Schritt, ging in die Hocke, aber als er danach griff, kickte es der Police Officer im letzten Moment weg, so daß er sich unter den Nebentisch bücken mußte, um es zu holen. Kam sich vor wie ein Hund, der apportiert und sich, aus Angst vor einem Tritt, dauernd umschaut.

Danke, Mr Ostrander, sagte Mr Moses. Er hätte genausogut Brav sagen können. Er glättete das Blatt Papier, sagte: Es liegt ganz an Ihnen, ob Sie im *Rosemilk* oder in einer Zelle der Polizeistation nächtigen wollen.

Helen: Und Kuttu?

Man hat gehört, daß sein Büro während der Unruhen vom Mob demoliert worden sein soll … Vielleicht ist er außer Landes gegangen oder …

… oder er wurde in Haft genommen, sagte der Police Officer. Die Gefängnisse sind voll von Feinden des Präsidenten!

Hab ein paar in Dr Chalies Hospital getroffen. Gefährliche Leute!

Was Sie denken, sagte der Police Officer, ist Scheiße!

Das Haus, sagte Helen, war eine Falle! Nichts als eine Falle! Hatte sich im nächsten Augenblick zurückgelehnt und mit beiden Händen den Tisch an ihrer Seite angehoben, so daß Flaschen und Becher umkippten und der Aktenordner in Mr Moses' Schoß rutschte. Nichts als eine Scheißfalle, wiederholte sie.

Mr Moses betrachtete die Bescherung und sagte: So etwas sollten Sie nicht tun, Ms Ostrander, nicht hier und nicht mit mir! Machen Sie ihr das klar, Mr Ostrander!

Es tut ihr leid, sagte er.

Nein, sagte sie, tut es nicht!

Sagte es so laut, so deutlich, daß er für einen Moment den Alkohol in ihrem Atem roch. Sie hatte im Flugzeug getrunken. Es rührte ihn, und beinahe bewunderte er sie, weil sie über ihren Schatten gesprungen war, also um die halbe Welt und noch ein bißchen weiter. Im Vergleich zu ihm war sie einem Märchen entflohen.

Ich, sagte Mr Moses, mache Ihnen den Abschied leicht, Ms Ostrander. Schauen Sie, was ich da habe!

Wie Spielkarten fächerte er einen Stapel Fotos vor Helen auf, sagte: Diese Fotos sind heute Nacht gemacht worden, während Sie auf dem Weg hierher waren – sagen wir: über den Wolken der Ahnungslosigkeit!

Er zeigte ihr Assumpta, wie sie über ihrem Ehemann in die Hocke ging, wie sie sich an ihn schmiegte, nackt, als seien sie ein Liebespaar, die Schatten der Nacht wie Farbe auf ihrer Haut. Er hörte, wie Helen einatmete, das lauteste Geräusch in diesem Augenblick, lauter als die Welt ringsum. Mr Moses ließ ihr alle Zeit, sich die Fotos anzusehen: Cisilia, die ihren Kopf auf seinen Bauch gebettet und ihm eine Kinderhand zwischen die Beine gelegt hatte, dann beide, Cisilia und Assumpta, wie sie sich mit Geldscheinen zwischen den Beinen sauber wischten. Auf einem der Fotos war sogar der Fuß des Fotografen im Bild. Egal. Es sah echt aus. Als hätte er sich schlafend, nein, als hätte er sich tot gestellt. Man hätte seinen Atem hören müssen, dachte er, das Geräusch seines Schlafs. Sein Atem wäre der Beweis seiner Unschuld gewesen. Bitte! Das Kind hatte das schon öfter gemacht, so, als gehöre die eigene Nacktheit zu einem Spiel, das jedesmal anders gespielt wurde. Er schaute auf die Fotos, in die Gesichter, sah sich, es war, als spielten Assumpta und Cisilia mit einem Leichnam. Man hätte ihm ein rundes O auf die Lippen malen sollen. Auf dem letzten Foto, das Mr Moses herzeigte, zog sie an seinem Glied wie an einem Stück Gummi, so daß sich ein schwarzes Loch zwischen seinen Beinen auftat – er konnte nicht anders, mußte grinsen vor Haß. Vielleicht hatte er sogar im Traum geredet, hatte gesagt: Ich liebe Kinder, aber nicht so. Er fühlte sich wie aus großer Höhe gestoßen. Noch fiel er. Noch war die Luft wie ein milder Gesang. Weit hinten in seinem Kopf, als er aufkam, war tiefste Nacht, und in der Arena brannte kein einziges Licht.

Dafür, sagte der Police Officer zu Helen, könnte ich Ihren Mann festnehmen.

Und warum tun Sie es nicht?

Weil er die Haft nicht überlebt, sagte der Police Officer. Lächelte. Ganz einfach, oder?

Zu einfach, sagte Helen.

Aber sie war bleich geworden, und ihr Gesicht war verfallen, eine Träne, wassergrau, schimmerte in ihrem sichtbaren Auge, eine einzige Träne, unsägliches Gewicht.

Die Fotos sind Fake, sagte er. Ich war betrunken, ich habe geschlafen …

Und ein Kind gefickt, sagte der Police Officer.

Ein Kind und seine Mutter, sagte Mr Moses.

Nein, sagte er.

Was nein?

Die Fotos sind gestellt, sagte er.

Wenn es notwendig wird, kann ich das Kind untersuchen und feststellen, ob es Geschlechtsverkehr hatte, sagte Dr Chalie.

Da machen Sie diesen weiten Weg, sagte Mr Moses zu Helen.

Was soll das heißen? sagte Helen.

Wegen eines Säufers, sagte Mr Moses.

Madam, sagte der Police Officer, machen wir es so: Sie stellen Kaution für Ihren Schweinemann!

Und dann?

Free Escort!

Helen nickte nachdenklich. Im nächsten Augenblick hatte sie ihren Pappbecher zerknüllt und nach dem Police Officer geschmissen, der sich geistesgegenwärtig wegduckte. Dann sprang er auf, beugte sich über den Tisch und riß ihr mit einer schnellen Bewegung die Augenklappe herunter, schwenkte sie wie eine Trophäe.

Sie, sagte er, kriegen das Ding zurück, wenn Sie Ihre Schulden beglichen haben. Man nennt das Tauschgeschäft.

Er roch daran und lächelte. Und Helen, viel zu spät, hielt sich eine Hand vors Auge, aber alle hatten es gesehen, diesen rosafarbenen Ring mit nässenden Einsprengseln um die Höhlung, das Lid wie heruntergeklappt, schwarzblau.

Wir haben Affen, die solche Augen haben, sagte der Police Officer. Nicht wahr, Mr Ostrander?

Er fühlte sich angesprochen, wußte aber nichts darauf zu erwidern. Die Zeit verging, und seine Stimme hatte ihn verlassen. Er sah zu, wie Helen, als sie aufstehen wollte, von Dr Chalie festgehalten wurde, und es gefiel ihm nicht, mit welcher Vertrautheit das geschah; die Berührung dauerte vielleicht den Bruchteil einer Sekunde, viel zu lange, wie ihm schien. Er sah Gespenster, und die Gespenster waren blind. Er hätte das Scheißbier nicht trinken sollen, das ihm ein wattiges Licht in den Kopf preßte.

Ich möchte jetzt gehen, hörte er sie sagen.

Ungefähr das gleiche hatte sie damals gesagt, als sie weinend und blutend im Flur ihrer Wohnung lag. Aber vielleicht hatte er es sich auch nur eingebildet, daß sie weinte, und vielleicht hatte sie gar nicht geweint, nur geblutet. Hatte nichts gesagt, keinen Laut von sich gegeben, keinen Ton, als er ihren Mann zusammengeschlagen, ihn getreten hatte, als er schon am Boden lag, weil es so einfach gewesen war und unglaublich erhebend. Die Liebe fängt bei der Geburt an und hört beim Sterben auf. Dazwischen hat man Zeit, sie zu leben, zu träumen und sie sich zu vergeben.

Er erinnerte sich an alles. Sie hatte keine Luft mehr bekommen und wie ein kleines weiches Tier gequiekt, ihre Zähne auf der Zunge, rosa Perlen, die ihr zwischen die Beine rollten und in der Nässe dort liegenblieben, in dieser Lache, in die er das Gesicht des Mannes preßte, fast auf seinem Schädel kniend. War alles umsonst gewesen? Auf welcher Welt war die Zeit bis heute vergangen?

Mit einer endgültig wirkenden Bewegung schob Dr Chalie die Fotos zurück, ein paar fielen Mr Moses in den Schoß, ein paar auf den Boden, und Dr Chalie streckte die Beine aus, wie um sie unter seinen Schuhsohlen zu verscharren. Helen legte Dr Chalie eine Hand auf den Arm; ihre Hand kam ihm seltsam fremd vor, als er sie dort auf Dr Chalies Arm liegen sah. Und während er Helens Hand auf Dr Chalies Arm betrachtete, dachte er an seine Zeit im Gefängnis, als er, ein Neuzugang, zum Eingewöhnen in der Gemeinschaftszelle auf dem Fußboden unter den Pritschen geschlafen hatte. Sogar dort, unter den Pritschen mit schnarchenden, furzenden Männern, hatte er an Helen gedacht und sich vorgestellt, sie läge neben ihm, eine Sekunde, eine Sekunde nur, keine ganze Nacht und auch nicht nackt, sondern so, als wäre sie zu Besuch gekommen, um ihn zu fragen, wie es ihm gehe. Daß sie das fragte, war schön, auch wenn ihm keine Antwort einfiel. Er hatte ihr dauernd ins Gesicht gesehen, um nicht an ihren Körper denken zu müssen, andere Hilfe gab es nicht.

Ich möchte jetzt gehen, sagte sie.

Ich habe das nicht gemacht, sagte er.

Egal, ich möchte jetzt gehen!

Es war eine Falle, sagte er.

Und was für ein Tier ist uns da in die Falle gegangen? fragte der Police Officer.

Er sagte nichts.

Ein Schwein? fragte der Police Officer.

Er sagte wieder nichts.

Ich brauche etwas zu trinken, sagte der Police Officer.

Haben Sie gehört, Mr Ostrander? fragte Mr Moses. Mr Gakee braucht etwas zu trinken!

Ich mache das, sagte Dr Chalie, ging an die Bar.

Er suchte nach Helens Hand unterm Tisch. Festhalten, dachte er. Sie mich. Ich mich. *Laß mich nicht zurück! Der Mond ist der Mörder der Sonne!*

Sie warteten, bis Dr Chalie dem Police Officer ein neues Bier gebracht hatte, warteten, bis er getrunken hatte, warteten weiter, dann sagte Helen zu ihm: Lassen Sie uns bitte gehen!

Sie haben Bitte gesagt?

Ja.

Und warum hat er nicht Bitte gesagt?

Bitte, sagte er.

Lassen Sie uns gehen!

Sobald wir hier fertig sind, sagte der Police Officer.

Ich möchte meinen Flug nicht verpassen, sagte sie.

Reden Sie lieber mit mir, sagte Mr Moses.

Ich möchte meinen Flug nicht verpassen, wiederholte sie.

Alles liegt ganz bei Ihnen, sagte Mr Moses.

Als Helen aufstehen wollte, packte sie Dr Chalie am Arm, zog sie zurück auf den Hocker.

Lassen Sie meine Frau los, sagte er zu ihm, endlich hatte er es gesagt.

Ich liebe Liebespaare, sagte Dr Chalie. Der Tag ist neugeboren, das Herz schlägt langsam, tanzend.

Verschonen Sie mich mit Romantikern, sagte Helen.

Was ist das, ein Romantiker?

Jemand, der die Liebe ernst nimmt.

Wie ist es mit Ihnen, Mr Ostrander, nehmen Sie die Liebe ernst? fragte Mr Moses.

Er nickte, als hätte er die Frage verstanden. Da war noch ein Rest Kraft in ihm, ein Hauch Wildheit, Zorn und Haß, zu einem Häufchen seelischer Schlacke geschmolzen, das ihn dazu brachte, aufzustehen und Mr Moses seinen Pappbecher wie ein Hütchen auf den Kopf zu setzen. Mr Moses nickte, und der Pappbecher fiel mit leisem Klappern zu Boden. Dann wischte er sich wie abwesend Kopf und Gesicht ab und hielt ein Foto in die Runde, auf dem Assumpta tat, als würde sie Cisilia zeigen, wie man einen Mann küßt, ihn. In diesem Spalt zwischen ihren und seinen Lippen hätte mit Leichtigkeit das Wort *Ewigkeit* Platz gehabt. Er schlug nach dem Foto, nach Mr Moses, der sich dahinter versteckte, und es war egal, ob er traf und wie oft und ob dieser Moment in seinem wirklichen Leben stattfand oder ob es ihm nur so schien, daß er vom Police Officer einen Tritt verpaßt bekam, der ihn umwarf, und während er fiel, erinnerte er sich an ein verstümmeltes Affenbaby und an ein abgerichtetes Mädchen, das seiner Mutter beim Ficken Gesellschaft leisten mußte. Ich hätte mir ein Taxi nehmen sollen, dachte er und wußte nicht, warum er das dachte. Sieh, dachte er dann, bist du das? Er konnte sich nicht erinnern, so viel getrunken zu haben. Helen, dachte er, ich liebe dich, ich weiß, wie es geht, warte, ich muß es dir sagen.

Machen wir Probleme? sagte der Police Officer.

Was für Probleme?

Alle, die es gibt, sagte der Police Officer.

Jemand half ihm hochzukommen.

Helen? sagte er.

Es war Dr Chalie.

Er hielt sich an ihm fest, wie mit letzter Kraft, weil er das Gefühl hatte, sein Kopf hätte sich vom Körper losgerissen und würde durch die Halle kreisen, die sich an den Rändern ebenfalls im Kreis drehte. Mittendrin Helen, vom Police Officer von hinten umarmt und hochgehoben, bis ihre Füße nicht mehr den Boden berührten, so daß es aussah, als liefe sie in der Luft. Der Police Officer bugsierte Helen zurück auf ihren Platz. Sie tun ihr weh, hörte er Dr Chalie sagen und dachte, daß eigentlich er das hätte sagen müssen, nicht Dr Chalie, nicht dieser Mann, dieser Fremde, Mensch, schön und gut … und während der Police Officer Helen mit seinem ganzen Gewicht niederdrückte, bis es den Anschein hatte, als müßte sie sich vor allem und jedem verbeugen, kam er auf die Beine, unsäglich langsam, unsäglich schwer, hörte, wie Helen sagte: Wieviel?

Es ist leider teurer geworden, sagte Mr Moses.

Wieviel?

Zum Beispiel um die Reinigung meines Anzugs, sagte Mr Moses.

Sagen Sie endlich, wieviel?

Wieviel haben Sie?

Das war eine billige Frage, sagte sie.

Sagen wir, 10% persönliche Entschädigungszahlung! Und dann nochmal 10% Inflationszuschlag!

Sie müssen verrückt sein!

Und die Kaution, sagte der Police Officer.

Sie sind wirklich verrückt!

Ich finde, es ist ganz nett, verrückt zu sein, sagte Mr Moses. Wenn auch nicht auf Ihre Art!

Dann schwiegen sie sich an.

Es gab nichts mehr zu trinken, es gab nichts mehr zu sagen, und er machte sich bereit, Helen zu zeigen, daß er da war, noch immer da war, nach wie vor, und daß er sie nicht vergessen hatte und daß er sie vermißte. Selbst seine Unschuld fühlte sich an wie eine Last, und auch wenn er das Wort *Freiheit* bis zum letzten Buchstaben verstand, war die Angst vor dem Police Officer gewaltiger als alles, was er je zuvor empfunden hatte: die Vorstellung, in diesem Land mit den Opfern des Police Officers in eine Zelle gesperrt zu werden und auf Dr Chalies Behandlung zu warten, trieb ihm einen schwarzen kalten Nagel durch den Kopf.

Der Police Officer hatte reglos dagesessen und seinen Schädel betastet. War plötzlich vornübergekippt und hatte sich am Tischrand festgehalten, schnaufte und schwitzte. Graues Wasser rann ihm aus den Haaren. Als wäre ihm das Gewicht zu schwer, legte er Helens Augenklappe zurück auf das Tischchen.

Was ist? fragte ihn Mr Moses.

Weiß nicht, sagte er. Langsam, als wäre es ein langer, langer Satz. Verdrehte die Augen und versuchte, noch irgend etwas zu sagen. Als ihm das nicht gelang, stemmte er sich hoch und schleppte sich Richtung Toiletten.

Sie schauten ihm hinterher, und dann schauten sie Dr Chalie zu, der sich darangemacht hatte, das eine oder andere Foto aufzuheben.

Sie machen sich bloß die Hände schmutzig, sagte er.

Aber Dr Chalie hörte nicht auf ihn, bückte sich tiefer, weiter. Als er wieder hochkam, legte er ein von Nässe gewelltes Foto auf den Tisch, auf dem zu sehen war, wie Cisilia nackt über seinem Gesicht hockte und tat, als würde sie ihre Notdurft verrichten, aber nicht deswegen hatte er seine Augen geschlossen gehalten, sondern weil er geschlafen hatte, so, wie nur ein betrunkener Mann schlafen konnte: mitleidslos. Am Bildrand der behaarte Fingerrücken des Fotografen, schwarz wie ein Wegweiser vor Sonnenaufgang. Für jeden, der das Foto genauer betrachtet hätte, wäre deutlich zu erkennen gewesen, daß er nichts davon mitbekommen hatte – daß er das Opfer eines Opfers war. Helen schaute als erstes weg, aber da war es schon zu spät. Unter ihren Blicken fühlte er sich, als würde man ihn dauernd vom Sterben abhalten.

Ich glaube, wir haben genug gesehen, sagte Dr Chalie, wischte sich, wie nebenbei, ein Auge. Mr Moses ist ein begabter Fotograf. Und Sie, Mr Ostrander, haben wirklich gut geschlafen! Fest und tief! Manche Drogen wirken Wunder. Hm, machte er dann und schlug ihm mit voller Wucht ins Gesicht, ein harter, wütender Schlag, er fegte ihn fast vom Stuhl.

Spielen Sie, sagte Dr Chalie, flüsterte, los, spielen Sie! Stand da und schlug ihm weiter ins Gesicht, immer schneller und härter, bis er ebenfalls aufstand und in die Schläge ging. Spielen Sie, daß Sie Angst vor mir haben, sagte Dr Chalie, spielen Sie! Schlug zu. Sie Scheißkerl! Jetzt waren die Schläge, die er austeilte, alles andere als spielerisch, und er wurde von ihnen immer weiter in die Halle getrieben, weg von Helen. Ich schlage Sie gern, sagte Dr Chalie, es macht richtig Spaß, Sie zu schlagen! Er glich eher einem Dirigenten denn einem Boxer, aber das machte seine Schläge nicht sanfter. Von überall kamen jetzt die Soldaten gelaufen und lachten über die beiden ungleichen Männer, die sich vor ihren Augen prügelten. Zähne und Zungen.

Toilette! sagte Dr Chalie.

Es klang wie der Befehl eines Flehenden.

In der Toilette roch es süßlich, wie nach vergorenem Urinalstein. Die Tür zu einer der Kabinen stand offen, darin der Soldat, der ihm den Paß abgenommen hatte, aschfahl im Gesicht. In einer Art Tanz stampfte er mit seinen Stiefeln auf den Kopf des Police Officers, nahm, als er nicht aufhören wollte zu stöhnen, den Kolben seiner MP zu Hilfe, bis der Schädel des Police Officers aussah wie aufgepumpt. Das Geräusch, das der Kolben auf Knochen und Fliesen erzeugte, war lauter als das Geratter der Entlüftungsanlage.

Nicht schießen! sagte Dr Chalie. Sagte es wie im letzten Moment …

Ehe er weiterreden konnte, stürmte der Soldat aus der Kabine und legte mit der MP auf ihn an, der Kolben mit etwas beschmiert, das nach zerquetschten Maden aussah und einen feuchten Fleck in der Achselhöhle des Soldaten hinterlassen hatte.

Ich bin Arzt, sagte Dr Chalie, Doktor! Kein Problem! Mit diesen Worten und halb erhobenen Händen ging er an dem Soldaten vorbei und besah sich den zerschmetterten Schädel des Police Officers. Gut, sagte er. Gut gemacht!

Der Soldat schüttelte die ganze Zeit den Kopf, so konvulsivisch, daß Schweißtropfen an die Kacheln spritzten. Sein roter Mund stand ihm offen, und er atmete unvorstellbar laut, und jedes Mal, wenn er den Police Officer anschaute, fing er zu heulen an und blickte um sich, als müßte er aufpassen, daß der Tote keine Bewegung machte. Beide hatten jetzt die gleiche graue Haut.

Worauf warten Sie? sagte Dr Chalie. Holen Sie sich Ihren Paß!

Er bereute es sofort, daß er tief einatmete, als er sich bückte und in den Taschen des Trainingsanzugs, den der Police Officer trug, nach seinem Paß tastete, einen Moment später hatte er ihn; er roch nach Pisse, aber die Seiten waren nicht verklebt. Als er einen Schritt wegmachte, spürte er, daß er in etwas Nasses getreten war. Die Sohlen seiner Schuhe erzeugten schmatzende Geräusche auf den Fliesen, als er zu Dr Chalie ging, ein weiter Weg.

Hier, sagte Dr Chalie, Ihr Ticket! Ihre Frau hat es mir gegeben. Sie wird im Duty Free Shop auf Sie warten. Haben Sie gehört?

Er nickte, hielt die Luft an, um nicht zu kotzen.

Sie sehen, ich bin auch für Wunder zuständig! sagte Dr Chalie.

Ist er tot?

Nein, er übt nur für sein Begräbnis. Los, hauen Sie endlich ab!

Und Sie?

Ich habe zu warten, bis ich das arme Schwein da verarzten muß, sagte Dr Chalie mit einem Blick auf den Soldaten, der teilnahmslos an der Wand lehnte, den Kopf hocherhoben, als würde er einer Stimme lauschen, die ihm das letzte Märchen erzählte, die erste Lüge. Man braucht mich hier. Freunde, Feinde, alle brauchen mich. Außerdem habe ich eine Tochter, Mr Ostrander. Sie heißt Cisilia. Sie hätte einen besseren Vater verdient. So wie Ihre Frau einen besseren Mann verdient hätte. Außerdem ist Assumpta schon wieder schwanger.

Wie viele Väter?

Dr Chalie lächelte traurig. Einen. Mich.

Sie müssen nicht beichten, sagte er.

Übrigens, Ihre Frau und ich... wir haben uns nur ein einziges Mal geküßt. Eher wie Freunde. Mehr war nicht.

Er wollte gerade nicken, Dank genug, als jemand die Toilettentür aufstieß. Mr Moses erschien im Türrahmen, seinen Aktenordner wie ein Schild aus Plastik und Papier vor der Brust haltend. Er lief direkt in die Kugel. Sie durchschlug den Aktenordner, seinen Bauch, zersprang auf den Fliesen hinter ihm. Er blieb noch eine ganze Weile stehen, als würde er nachdenken, was ihm im Moment geschah, streckte die Arme nach Dr Chalie aus, wobei ihm der Aktenordner entglitt, aber Dr Chalie trat zur Seite, und Mr Moses kam zu Fall. Als er am Boden lag und zuckte, schoß der Soldat nochmal auf ihn und schrie wie unter Qualen, hatte die Augen weit geöffnet, sah längst in eine andere Welt, in der die Angst aus Feuer war. Dann taumelte er schreiend hinaus in die Halle und leerte das Magazin.

Los jetzt, sagte Dr Chalie.

Stieß ihn vorwärts, zur Tür. Im Vorbeigehen erblickte er einen alten Mann im Spiegel über den Waschbecken, die Haare bestäubt von Kordit, ein Gesicht wie aus rissigem Leder. Verwandelt.

Grüßen Sie Helen von mir!

Grüßen Sie Helen von mir!

Die letzten Worte, die ihm Dr Chalie mit auf den Weg gegeben hatte. Wie Steine in Säcken. Dauernd dachte er *Grüßen Sie Helen von mir!,* vergaß es nicht.

Er drehte sich kein einziges Mal um, lief durch Schleier aus Rauch. Ich habe einen Namen, ich habe einen Paß, ich lebe. Jetzt und jetzt noch immer. Es ging ihn nichts an, was sich ringsum abspielte. Verrückt gewordene Soldaten, die in die Hallendecke schossen, bis Brocken Putz herabfielen, die Staubwolken zwischen den Passagieren aufsteigen ließen. Vielleicht, dachte er, gab es ja auch so etwas wie eine Vertreibung aus der Hölle. Er wollte unter den Ersten sein. Er würde Helen von Dr Chalie grüßen. So oft sie wollte. Das war er ihm schuldig.

Grüßen Sie Helen von mir, sagte er zu ihr, als er bei ihr war, hinter den Drehkreuzen, den Lichtschranken. Es gab sogar eine Art Duty Free Shop, in dem Masken und Strohhüte verkauft wurden, kleine Trommeln, die man sich um den Hals hängen konnte, und andere Souvenirs.

Er nahm sie in den Arm, fühlte sich auf eine lästige Art erschöpft und geistesabwesend und bemerkte erst nach einer Weile das leichte, flammenblumenfarbene Sommerkleid, das sie trug und das ihr an den Schenkeln klebte, als tanze ein verrückter Wind um sie.

Sie lehnte sich an ihn, sagte: Puh, du stinkst!

Dann gingen sie zu den Gates, und beinahe hätten sie unterwegs Händchen gehalten. Es machte ihn verlegen, weil es ihm nicht besonders gut gelang, aufrecht zu gehen. Wie ein Mensch. Wie ein Affe.

In einer Boutique kauften sie für ihn ein weißes Hemd und eine Jeans mit gefaktem Label. Das hält bis nachhause, sagte sie, als er sich hinter einem Vorhang in der Umkleide umgezogen hatte.

Draußen stopfte sie seine alten Klamotten in einen Abfallbehälter. So kannte er sie, so liebte er sie. Irgendwie in dieser Reihenfolge.

Es hätte nicht viel gefehlt und er hätte sich wohlgefühlt, wenigstens in diesem Augenblick. Er hatte Tote gesehen und Menschen, die vor seinen Augen starben, und hatte es fertiggebracht, durch das Blut zu gehen, das aus ihnen geflossen war, und jetzt dachte er mit einer gewissen Scheu und Schande an Cisilia, der er nicht mehr als eine Tüte Bobons und ein paar Schlukke Schnaps hinterlassen hatte. Helen hatte eine große Summe Geld verloren, und nichts würde wieder so werden, wie es war. Er sagte es ihr.

Was soll's, sagte sie. Ich hab noch genug Geld. Es reicht auch für dich.

Er legte ihr einen Finger auf die Lippen, hoffte, daß es zärtlich genug war, um sie zum Verstummen zu bringen.

Was war los? fragte sie.

Nicht jetzt, sagte er.

Wann dann?

Was sagt der Arzt?

Kommt in Ordnung, sagte sie.

Freut mich, sagte er.

Und du?

Ich weiß noch, wie ich heiße, sagte er. War sonst noch was?

Dann warteten sie, bis ihr Flug aufgerufen wurde.

Helen hatte einen Fensterplatz. Er saß neben ihr und konnte seinen Kopf an ihre Schulter lehnen, konnte für einen Moment so tun, als wäre alles wie immer oder wenigstens so, als wäre nichts gewesen. Manchmal musterte sie ihn von der Seite, und eine Weile sagten sie gar nichts, während es aussah, als würde sich das Flugzeug ins ferne Blau des Himmels schrauben.

Als die Anschnallzeichen erloschen waren, warteten sie, bis die Stewardessen mit den Getränken anrückten.

Kommen Sie bald wieder, sagte er zu einer.

Dann sagte er zu Helen: Kannst du es sehen?

Was sehen?

Die Insel. Das Haus.

Das Fenster ist dreckig.

Sie nippten an ihren Drinks, und einmal beugte er sich über Helens Schoß und blickte durchs Bullauge nach unten. Sah Dr Chalie mit einem Plastikeimer an Deck der Fähre, die Kurs auf die Insel genommen hatte. Weit draußen kippte er ein Baby über Bord und winkte ihm, und sein Bart war grün, wie die Dächer der Häuser in Murree.

Er sagte, ich glaube es nicht, sagte es nur zu sich.

Aber Helen hatte es gehört. Hast du geträumt? fragte sie.

Ja, sagte er.

Schlaf lieber, sagte sie.

Später, als sie schlief, suchte er die Bordtoilette auf. Als er fertig war und herauskam, ging er einfach an seinem Sitz vorbei und weiter nach vorne, setzte sich auf einen anderen Platz. So war er sich näher.

Man würde sehn.

Stunden später war es Nacht geworden. Schwaden düsteren Lichts, wie aus erloschenen Vulkanen geschabt, wehten durch die Passagierkabine, und als er durchs

Bullauge blickte, lag der Mond auf dem Rücken, eine schartige Sichel, die Gebirge um Gebirge trug, aufeinandergeschichtet bis tief hinein in den ewigen Raum – und niemand, der je dort gewesen wäre.

Pure Herrlichkeit!

Ich danke dem österreichischen Bundesministerium für Kunst und Kultur (BMUKK) für ein Projektstipendium 2018/19. Ein großer Dank geht an Rebecca Hill in Panama City für ihre Hilfestellung, mir Einblick in die antiliterarische Realität des internationalen Immobiliengeschäfts zu geben. Dank auch an Damien Dempsey, Wyckham Porteous, Ed Romanoff, Micah P. Hinson, Brian DellaValle und, auf der Papierseite, Graham Greene, Denis Johnson, William T. Vollman, Sam Shepard, James Salter und Colum McCann.

Der größte Dank aber für Rosi, die so lange gewartet hat, daß ich endlich zum Wort Ende finde …

Schluß und aus!

EVA SCHMIDT
Die untalentierte Lügnerin
Roman

Mit ihrem neuen Buch schreibt Eva Schmidt ihre »Erkundung menschlicher Minihöllen«, wie das ein Kritiker nannte, auf beeindruckende Weise fort; radikal fokussiert auf das bloße Zeigen bestimmter prekärer Zustände und Zusammenhänge, ohne jegliche Zugeständnisse an Markt und Moden. Wie Eva Schmidt es dabei vermag, das Monströse im Verschwiegenen, Verleugneten oder Ungesagten zu beschwören und fühlbar zu machen, das ist famos.

Peter Henning, *WDR3*

Genau dieses Unauffällige beeindruckt, ebenso die klare, unprätentiöse Sprache. Eva Schmidt ist eine Autorin mit großem Sensorium für die Psychologie des Alltäglichen. Sie beherrscht, was nur wenigen gelingt: den Stoff für unaufdringliche Bücher so überzeugend zu gestalten, dass sie umso bedeutsamer werden.

Gerhard Zeillinger, *Der Standard*

Es liegt an den Sätzen, dass man dieses Buch nie »ausgelesen« hat, sondern sich immer wieder darin verfängt, sobald man es aufschlägt. Musikalische Sätze, die über Abgründe gespannt sind und manchmal über sie hinausführen. Das eigentlich Sensationelle an diesem Roman ist ja, wie er ohne große Proklamation ein anderes Leben für möglich hält. Jedenfalls ist eine Prosa dieser Intensität selten. Sehr selten.

Cornelius Hell, *Ö1 Ex Libris*

NADINE SCHNEIDER
Drei Kilometer
Roman

Noch ist die Zeit für den Aufstand nicht gekommen, doch die Risse sind unübersehbar für das Auge der sensiblen Erzählerin. Wie die Hunde im Roman hat sie ein außerordentliches Gespür für die zwischenmenschlichen Beziehungen, für die Zeichen eines kommenden Umsturzes. [...] Ein Roman, der weniger Schockwellen auslöst als vielmehr ein Gefühl der Unausweichlichkeit.

Elmar Schenkel, *FAZ*

Das Bestechende an *Drei Kilometer* ist der Umstand, dass seine Autorin nichts versucht, was sie nicht auch beherrscht. [...] Schneiders Sprache ist durchsetzt und grundiert von poetisch aufgeladenen Beobachtungen und Beschreibungen, doch bleibt der Blick der Erzählerin stets auf die engen Verhältnisse fokussiert. Es zählt das, was gerade ist.

Christoph Schröder, *Die Zeit*

Immer wieder findet Nadine Schneider unerwartete und höchst individuelle Sätze und Bilder, um diesen kleinen Lebenshorizont aus seiner scheinbaren Banalität zu heben und den Alltag zum Leuchten zu bringen. Langsamkeit und Beiläufigkeit machen dieses Erzählen stark. [...] Man wünscht sich weitere Romane von Nadine Schneider, die so genau erzählen kann und ganz ohne große Erklärungen auskommt.

Cornelius Hell, *Die Presse*

DAGMAR LEUPOLD
Lavinia
Roman

So viele Fragmente, Gedanken, Erfahrungen verbindet Dagmar Leupold in ihrem Roman. Humor, Wut und Zärtlichkeit wechseln sich rhythmisch ab. [...] Mit Lavinia gibt Dagmar Leupold einer empathischen, engagierten, kraftvoll fühlenden und klug denkenden Frau eine unvergessliche Stimme.

Carsten Hueck, *Ö1 Exlibris*

Man kann diesen Roman auch als Beitrag zur »Me Too«-Debatte lesen. Das Fazit der Fallenden jedenfalls ist tragisch eindeutig: »Haut und Papier werden nie wieder geduldig sein.

Antje Weber, *Süddeutsche Zeitung*

Die Geschichte Lavinias ist gleichzeitig eine Geschichte der Einverleibung der Weltgeschichte in einen Frauenkörper, [...] auch das völlig ohne Pathos, ohne Selbstmitleid, dafür schonungslos erzählt. [...] Ein sehr kluger, ebenso fundierter wie weitreichender Kommentar zur metoo-Debatte.

Elke Engelhardt, *Fixpoetry*

MARTIN R. DEAN
Warum wir zusammen sind
Roman

Kein Zweifel: Dieser Text zeigt uns die Manufactum-Version von Tinder: eine Gesellschaft, die »Eifersucht« sagt, aber eigentlich libidinöse Defizienz meint, eine Ansammlung von Paaren, die ihre Vulgarität zwar nicht beim Sexting, aber immerhin beim Übersetzen französischer Gegenwartsliteratur lernen. Solche Leute mögen Grund zur Unzufriedenheit haben, aber Mitleid haben sie keines verdient. Und Dean ist viel zu klug, um es ihnen zu gewähren.

Philipp Theisohn, *NZZ*

In der Schweiz ist Martin R. Dean ein etablierter Autor, in Deutschland aber immer noch zu entdecken. Am besten gleich mit diesem Roman. Er überzeugt durch hintergründige psychologische Erzählkunst, die Sinn für heikle Situationen und schräge Momente hat, ohne sie ins Comedyhafte zu überzeichnen. Ein kluges Lesevergnügen.

Wolfgang Schneider, *SWR2 Lesenswert*

Der Roman beschäftigt sich auf anregende Weise mit brennenden Fragen unserer Zeit. Dass man bis kurz vor Schluss nicht weiss, ob man eine Trennungs- oder Liebesgeschichte liest, macht ihn besonders reizvoll. Tatsächlich entwickelt Dean in seinem Roman einen Sog, der an die Spannung von Serien erinnert.

Iris Meier, *Aargauer Zeitung*

KATHARINA GEISER
Vierfleck oder Das Glück
Roman

Uns begegnet in diesem Roman eine Schriftstellerin wieder, die schon in ihrem Roman Diese Gezeiten (2011) zeigte, wie sich geistvolle und poetische Schreibweise verknüpfen lassen.
Walter Hinck, *FAZ*

Der Autorin ist ein berührendes, kraftvolles Portrait ungewöhnlicher Menschen gelungen, an deren verschlungenen Schicksalen man Anteil nimmt und deren untergegangene Welt hier wieder lebendig wird.
Matthias Weichelt, *Süddeutsche Zeitung*

Als Literatin ist Katharina Geiser wundersam gefeit dagegen, dem Verführerischen des Zitierens oder Paraphrasierens zu erliegen. Beeindruckend stilsicher in der gewählten Tonlage und im Kompositionsprinzip schafft sie ein stimmungsmässiges Konzentrat, dicht und schwebend zugleich. Umso grösser ist das Vergnügen, von Zeitsprung zu Zeitsprung ins Leben, Wahrnehmen und Empfinden ihrer Figuren einzutauchen.
Sibylle Birrer, *NZZ*

Katharina Geisers Schilderung einer grandiosen Ménage-à-quatre steckt voller Komik und Witz, und doch spürt man, wie es rumort und bebt unter dem scheinbar so tragfähigen Fundament der großzügigen Übereinkünfte.
Susanne Schaber, *Ö1 Ex Libris*

MONIKA HELFER
Schau mich an, wenn ich mit dir rede!
Roman

Eine kleine Sensation! Silke Arning, *SWR2*

Helfer, die mit wenigen Strichen komplexe Charaktere und eindrückliche Miniaturen pinselt, macht gleichsam die kleinen Rädchen des Erzählens spürbar.
Wolfgang Paterno, *profil*

Monika Helfer verunsichert großartig!
Peter Pisa, *Kurier*

Vertraut sind uns Lesern aus früheren Helfer-Romanen die prekären Familienverhältnisse, neu ist der unbeschwerte, ja komödiantische Erzählton. Ingrid Bertel, *ORF*

Mit einer großen Empathie nähert sich Monika Helfer ihren Figuren, lässt sie ganz nahe an den Leser herankommen, doch ihr schonungsloser Blick ist nie denuntiativ. Aufrichtig beschreibt sie eine große Patchworkfamilie, die letztlich nur noch von Eigeninteressen zusammengehalten wird.
Wilfried Stanzik, *lovelybooks.de*